Jean Jacques Laurent
Elsässer Erbschaften

AF641950

PIPER

Zu diesem Buch

Major Jules Gabin ist gerade im Elsass angekommen, um seinen neuen Posten auf der Gendarmerie des beschaulichen Städtchens Rebenheim anzutreten, als sich plötzlich Unruhe in den Fachwerkgassen breitmacht. Nur wenige Kilometer vor der mittelalterlichen Stadtmauer wurde eine junge Frau erschlagen. Was wollte die Lokalreporterin auf dem brach liegenden Weinberg? Wurde sie zufällig zum Opfer, oder war sie einer brisanten Story auf der Spur? Schon bald hat Gabin den Exfreund der Toten im Verdacht, doch schnell muss er feststellen, dass die Uhren im Elsass etwas langsamer ticken. Und die Wurzeln des Verbrechens liegen tief in der Geschichte der Region verborgen …

Jean Jacques Laurent ist das Pseudonym eines deutschen Autors, der bereits zahlreiche Kriminalromane verfasst hat. Mehrmals im Jahr reist er zu seiner Familie ins Elsass, wo er Land und Leute studiert und die gute Küche genießt. Immer mit einem Gläschen Weißwein dazu, denn im Gegensatz zu Rotweinliebhaber Major Gabin hat der Autor nichts gegen den Elsässer Silvaner einzuwenden.

Jean Jacques Laurent

ELSÄSSER ERBSCHAFTEN

Ein Fall für Major Jules Gabin

PIPER

Mehr über unsere Autorinnen, Autoren und Bücher:
www.piper.de

Wenn Ihnen dieser Krimi gefallen hat, schreiben Sie uns unter Nennung des Titels »Elässer Erbschaften« an *empfehlungen@piper.de*, und wir empfehlen Ihnen gerne vergleichbare Bücher.

Von Jean Jacques Laurent liegen im Piper Verlag vor:
Jules-Gabin-Reihe:
Band 1: Elsässer Erbschaften
Band 2: Elsässer Sünden
Band 3: Elsässer Versuchungen
Band 4: Elsässer Verfehlungen
Band 5: Elsässer Intrigen
Band 6: Elsässer Machenschaften

Ungekürzte Taschenbuchausgabe
ISBN 978-3-492-31016-1
1. Auflage August 2016
5. Auflage Juli 2026

Für direkten Kontakt und Fragen zum Produkt wenden Sie sich an:
info@piper.de
erschienen im Verlagsprogramm Piper Paperback
Umschlaggestaltung: FAVORITBUERO, München
Umschlagabbildung: John Elk III/Getty Images; Duncan Shaw/ Getty Images; StevanZZ/Shutterstock.com
Karte: einsdreiundsechzig.com
Satz: Uhl + Massopust, Aalen
Gesetzt aus der Stempel Garamond
Druck und Bindung: CPI books GmbH, Leck
Printed in the EU

PROLOGUE

Sie war voller Zuversicht und so gut aufgelegt wie lange nicht mehr. Lächelnd strich sie durch den alten Weinberg, der seit vielen Jahren nicht bewirtschaftet wurde und dessen Reben verwahrlost und von Gras und Büschen überwuchert waren. Gut gelaunt bahnte sie sich ihren Weg durch das Dickicht, freute sich, als sie an einem der wenigen verbliebenen Weinstöcke Trauben entdeckte, und ließ sich die süßen Früchte schmecken. Sie wischte sich mit dem Handrücken den Saft vom Mund, blinzelte in die Spätsommersonne und setzte ihren Weg fort.

Bald sah sie hinter einer Kuppe die rostroten Schindeln eines Bauernhauses auftauchen, ebenso verwaist wie der Weinberg und dem Verfall preisgegeben. Für sie war dieser Anblick die pure Romantik. Voller Euphorie hüpfte sie einem Reh gleich die letzten Meter bis zu dem Hof hinab und hielt nach einem geeigneten Plätzchen Ausschau, wo sie auf ihre Verabredung warten könnte.

Sie entschied sich für eine sonnengewärmte, kniehohe Mauer aus Feldsteinen, auf der es sich eine Zauneidechse bequem gemacht hatte, die bei ihrem Auftauchen im flotten Zickzackkurs flüchtete. Schmunzelnd schaute sie dem kleinen Reptil nach, setzte sich hin und stützte ihre Ellenbogen auf den Knien ab. Das Kinn auf die Handflächen gelegt, dachte sie über ihr unverhofftes Glück nach. Schon bald würde sie ihr Ziel erreicht haben und viele Sorgen los sein. Eine Riesenchance hatte sich für sie aufgetan, und sie war fest dazu entschlossen, diese zu ergreifen. In bunten Farben malte sie sich ihre Zukunft aus, erdachte verheißungsvolle Szenarien, spielte alle denkbaren Varianten für sich durch. Dabei merkte sie kaum, wie die Zeit verstrich.

Erst ein Blick auf ihre Armbanduhr verriet ihr, dass sich ihre Verabredung verspätet hatte. Das machte nichts. Denn auf ein paar Minuten mehr oder weniger kam es nicht an. Für sie schien es eine sichere Sache zu sein, dass sich alles zum Guten wenden würde. Zweifel wollte sie gar nicht erst aufkommen lassen. Und wenn es doch Probleme geben sollte, würde sie wissen, wie sie zu lösen seien. Die geeigneten Worte dafür hatte sie sich bereits zurechtgelegt: schlagkräftige Argumente, gegen die kein Kraut gewachsen war. Auch ihr Talisman würde dabei helfen, dessen war sie sich gewiss, und sie umfasste das kleine Kreuz vor ihrer Brust.

Für sie stand der Plan fest: Heute Morgen würden sie sich einigen, mittags das Ganze offiziell machen, und am Abend wollte sie sich als Belohnung für ihre Hartnäckigkeit und den Erfolg eine besonders gute Flasche Wein gönnen, besser noch einen Champagner. Denn ihr Glück musste gefeiert werden! Wer weiß, vielleicht würden sie ja sogar zusammen anstoßen und gemeinsame Pläne für die nächste Zeit schmieden? Sie hätte nichts dagegen einzuwenden – im Gegenteil: Sie war für vieles offen.

Sie hörte das Knirschen von Kieseln. Schritte, die auf sie zukamen. Sie sparte es sich aufzusehen und lächelte stattdessen versonnen. Nun würde es gleich so weit sein: Ihre heimlichen Träume sollten bald wahr werden. So wie heute hatte sie sich nicht mehr gefreut, seit sie als kleines Mädchen vorm Weihnachtsbaum gestanden hatte. Bei dieser Erinnerung umhüllte sie ein tiefes Gefühl des Vertrauens und der Sicherheit.

Deshalb traf es sie völlig unvorbereitet: Ein brutaler Hieb auf den Hinterkopf ließ sie augenblicklich in sich zusammensacken. Sie kippte vornüber, die ockergelbe Erde raste auf sie zu. Mit dem Gesicht voran schlug sie auf dem Boden auf, schmeckte den trockenen Staub auf ihren Lippen. Nur mit äußerster Willensstärke gelang es ihr, sich auf ihren Handflächen abzustützen. In einer Fluchtreaktion, die sich nicht von der eines verwundeten Tieres unterschied, kroch sie mühsam vorwärts.

Da ereilte sie ein zweiter Schlag. Der Schmerz schoss ihr als lähmende Gewalt in die Glieder. Sie merkte, wie ihr die Sinne schwanden, bekam kaum noch mit, wie sie grob am Arm gepackt und herumgerissen wurde. Sie kniff die Augen zusammen, weil das morgendliche Sonnenlicht sie blendete. Jemand beugte sich über sie, zerrte ihr die Kette vom Hals und schlug ihr ins Gesicht.

Sie sah nur eine Silhouette, konnte nicht erkennen, mit wem sie es zu tun hatte. Doch sie wusste, dass derjenige gekommen war, um sie zu töten.

LE PREMIER JOUR

DER ERSTE TAG

Der Rollkoffer rumpelte über das Kopfsteinpflaster und geriet bei jeder größeren Unebenheit ins Kippen. Mehrmals musste er ihn aufrichten und gab schließlich auf, ihn hinter sich herzuziehen. Er hielt ihn am Griff und nahm sich vor, das schwere Ding den Rest des Weges zu tragen. Wie lang auch immer dieser Rest sein würde.

Das konnte er nicht wissen. Denn Jules Gabin kannte sich nicht aus in Rebenheim, diesem ihm bis dato unbekannten Winzerörtchen mitten im Elsass, einer Region, die ihm so fremd war wie kaum ein anderer Landstrich Frankreichs.

Während er seinen vollen Koffer durch die engen Gassen des Ortes schleppte, stellte er unwillkürlich Vergleiche mit seiner Heimat an, dem neun Autostunden entfernten Royan an der Atlantikküste, wo er morgens um sechs aufgebrochen war. Schon bei der Anreise waren ihm die landschaftlichen Unterschiede aufgefallen: statt Austernbänken und Pinienwäldern bloß Wein, so weit das Auge reichte. Während er das Meer und das flache Land gewöhnt war, reihte sich rund um Rebenheim ein Hügel an den nächsten, gleich dahinter das blaue Band der Vogesen. Und hier im Ort dominierte sorgsam gepflegtes Fachwerk anstelle des lieb gewonnenen Bröckelputzes. Jules konnte sich denken, dass in diesen Äußerlichkeiten gewiss nicht die einzigen Unterschiede lagen.

Er erreichte die Hauptstraße, die Rue de Strasbourg, an der sich einige kleine Geschäfte reihten wie die Perlen einer Kette: eine *boucherie*, daneben eine *boutique*, gleich dahinter einer von mehreren Souvenirläden. Ein schmales Gebäude beherbergte den Tabak- und Presseverkauf, ein stattlicher Altbau mit hölzernem Torbogen warb mit *vins d'Alsace dégustation*. Die Namen der Geschäfte prangten in reich verzierter Schrift auf schmiedeeisernen Schildern. Jules staunte über den Einfallsreichtum, der hinter den Bildern und Symbolen steckte. Sie zeigten Alltagsgegenstände wie goldglänzende Krüge und silbern funkelnde Werkzeuge ebenso wie emaillierte Nutztiere und aus Buntblech gedengeltes Getreide. Ein Friseur hatte sich eine überdimensionale Schere über den Eingang gehängt, ein Gastwirt ein bronzenes Weinfass. Jedes Schild wirkte wie ein individuelles Meisterstück. Nicht weniger beeindruckend fand er den allgegenwärtigen Blumenschmuck: kaum eine Fensterbank, auf der nicht Geranien, Petunien und Dahlien in knalligem Rot, Blau oder Violett wucherten.

Der Koffergriff schnitt sich unangenehm in seine Hand, als er merkte, dass er im Kreis gelaufen war, und sich darüber ärgerte, sich den Grundriss dieser an sich durchaus überschaubaren Stadt nicht besser eingeprägt zu haben. Im Schatten eines imposanten Wehrturms, den er wegen des trutzigen Baustils irgendwo im Mittelalter ansiedelte, blieb er stehen, um sich zu orientieren. Hoch oben auf der Turmspitze thronte ein riesiges Nest. Störche, dachte Jules und sah ein allseits bekanntes Klischee über das Elsass bestätigt. Dabei war ihm nicht ganz wohl in seiner Haut, denn seit ihn in Kindertagen eine angriffslustige Möwe im Kampf um ein Baguettestück in den Arm gepickt hatte, hielt er Abstand zu allem Gefiederten – besonders zu so großen Exemplaren wie diesen Turmbewohnern.

Er suchte in seiner Tasche nach dem Stadtplan, als ihn eine junge Frau ansprach. Sie hielt ein Kleinkind an der Hand, und ein Baby war im Wickeltuch vor die Brust geschnallt. »Kann ich Ihnen helfen?«, fragte sie freundlich.

Jules sah sie dankbar an. »O ja, sehr gern. Ich suche ein Gasthaus, die *Auberge de la Cigogne.* Wissen Sie, wo ich es finde?«

Die Frau mit dem offenen, sommersprossigen Gesicht nickte: »Sie sind hier leider in der verkehrten Ecke.«

»Aber das Gasthaus soll an einem Stadtturm liegen.«

Die junge Mutter nickte wissend und ließ sich nicht aus der Ruhe bringen, obwohl das Kind ungeduldig an ihrer Hand zog. »Wir haben zwei davon. Rebenheims Stadtmauer ist gut erhalten, inklusive der beiden Wehrtürme aus dem vierzehnten Jahrhundert. Leider stehen Sie vor dem falschen. Wir befinden uns hier auf der Rue du Sylvaner, Sie aber müssen in die Rue du Pinot. Am besten kehren Sie um, gehen quer durch die Stadt, an der Kirche Notre-Dame des Trois Épis vorbei bis zum Parc des Noyers, dann haben Sie es fast geschafft.«

Jules blickte irritiert in seinen zerknitterten Stadtplan. Hier fand er weder eine Sylvaner- noch eine Pinotstraße.

»*Pardon*«, erkannte die Frau ihren Fehler. »Da war ich etwas vorschnell. Die Straßen heißen nicht wirklich so, es hat sich bei uns bloß eingebürgert, die Gassen entlang der Stadtmauer nach unseren besten Weinen zu benennen.«

»Gibt es auch einen Boulevard, der nach einem großen Burgunder benannt ist?«, scherzte Jules, der Rotweinfreund.

Seine Gesprächspartnerin winkte ab. »Den werden Sie hier nicht finden.« Bevor sie dem Drängen ihres älteren Kindes nachgab und weiterging, sagte sie: »Grüßen Sie Clotilde von mir.«

»Clotilde?«, fragte Jules.

»Ihre Zimmerwirtin in der *Auberge de la Cigogne*. Grüßen Sie sie bitte von Angela.«

»Das werde ich gern tun. Vielen Dank für die Wegbeschreibung, Angela!«

Zehn Minuten später hatte er sein Ziel erreicht. Seine Bleibe für die nächsten Tage oder vielleicht Wochen entpuppte sich als uraltes Fachwerkhaus mit Butzenscheiben und zahlreichen Schnitzereien im Gebälk. Windschief schmiegte es sich an die Flanke des Wehrturms, ohne dessen solides Mauerwerk als Stütze es wahrscheinlich längst in sich zusammengebrochen wäre. Selbstredend verfügte auch die *auberge* über ein schmuckes Hauswappen und eine Vielzahl Geranien.

Jules, erschöpft von der Odyssee als Kofferträger, wischte sich den Schweiß von der Stirn und ordnete sein wirres schwarzes Haar, so gut es ging. Dann strich er sich durch den Dreitagebart, zog das T-Shirt unter seinem lässigen grauen Blazer glatt und öffnete eine schwere Holztür.

Seine Augen mussten sich erst an das Halbdunkel in dem beengten Foyer gewöhnen, ehe er die Klingel auf dem Empfangstresen entdeckte. Bevor er sie benutzen konnte, tauchte eine rundliche Frau in trachtenähnlichem Kleid auf. Grau gelocktes Haar umrahmte ein rotwangiges Gesicht, aus dem ihn zwei wache Augen neugierig betrachteten. »Monsieur le Commissaire?«, erkundigte sie sich.

»*Major* Jules Gabin«, korrigierte er sie und reichte ihr die Hand.

»Herzlich willkommen! Ich habe Sie schon erwartet. Ihr Zimmer ist gerichtet. Es ist das schönste, ganz wie es sich für den neuen Polizeichef gehört. Wollen Sie hinaufgehen und sich frisch machen? Oder möchten Sie sich erst einmal stärken? Sie haben bestimmt großen Appetit nach der langen Anreise. Danach müssen Sie unbedingt einen Stadtbummel unternehmen und Rebenheim kennenlernen…«

»Ich hatte bereits das Vergnügen«, unterbrach Jules die Wirtin, die ohne Punkt und Komma redete. »Es gab Probleme bei der Adresseingabe in meinen Navi, daher bin ich am falschen Ende der Stadt gelandet.«

»Etwa in der Rue du Muscat?«, fragte die Wirtin.

»Rue du Sylvaner«, nutzte Jules sein gerade erworbenes Insiderwissen. »Ich soll Sie übrigens von Angela grüßen, Madame…«

»Clotilde. Nennen Sie mich bitte einfach beim Vornamen.« Ihr herzliches Lächeln brachte zwei Grübchen zum Vorschein. »Danke für die Grüße. War Angela mit ihren beiden Kleinen unterwegs? Hat Phillippe noch immer ein Rotznäschen?«

»Ist Phillippe das Baby? Er wirkte nicht verschnupft, nein«, sagte Jules und nahm seinen Zimmerschlüssel entgegen, an dem ein hölzernes Gewicht in Form eines geschnitzten Storchs hing. Er nahm sich vor, das klobige Anhängsel bei nächster Gelegenheit abzunehmen, und wollte sich gerade auf sein Zimmer begeben, als Clotilde ihn zurückhielt.

»Einen Moment, bitte.«

»Der Meldebogen?«, riet Jules.

»Der eilt nicht. Sie können ihn später ausfüllen, beim Abendessen. Ich weiß ja, dass Sie ein ehrenwerter Herr sind, Monsieur le Commissaire.«

»Major«, nannte er noch einmal seinen korrekten Titel.

Clotilde beugte sich so weit vor, dass ihre beachtliche Oberweite fast den kompletten Tresen einnahm. »Wenn die Frage erlaubt ist: Wie kommt es, dass ein Mann von Welt, wie Sie es sind, die Polizeiwache in unserem wunderschönen, aber doch recht unbedeutenden Rebenheim übernimmt? Immerhin kommen Sie aus Bordeaux, einer Metropole des Südens.«

Jules nahm ihr die Neugierde nicht übel, fand sie sogar legitim. »Nicht aus Bordeaux, sondern aus Royan. Das ist eine ganze Ecke kleiner und liegt nahe La Rochelle.«

»La Rochelle, *oh, là là*! Freunde haben dort ihren Urlaub verbracht und sehr geschwärmt. Eine grandiose Stadt muss das sein.«

Jules erahnte die ungestellte Frage, nämlich ob er freiwillig von der beliebten Atlantikküste in den äußeren Nordosten Frankreichs gezogen sei. Eine Frage, mit deren Beantwortung er sich selbst nicht leichttat, zumindest was die Lebensqualität anbelangte. Doch für ihn stand fest: In Royan war er nur einer von vielen, ohne nennenswerte Perspektive. Auf die nächste Beförderung hätte er Jahre warten müssen, daher wuchs der Wunsch nach Veränderung, und es folgte der Wechsel ins Elsass, wo man ihm eine freie Stelle offeriert hatte. Hier würde er sein eigener Herr sein und mehr für sein Weiterkommen tun können.

Aber ging das Clotilde etwas an? Eigentlich hätte er darüber hinweggehen können. Doch – vielleicht lag es an der mütterlichen, vertrauenerweckenden Art der Wirtin – er entschied sich dafür, offen zu sprechen. »Ich habe mich auf eigenen Wunsch versetzen lassen. Der Karriere zuliebe.« Da sie ihn unverwandt ansah, ergänzte er lachend: »Wer weiß, vielleicht bringe ich es durch meine Verdienste im Elsass bald zum Capitaine oder eines Tages sogar zum Général?«

Clotilde stimmte in sein Lachen ein. »Damit werden Sie sich schwertun, denn das Verbrechen hat bei uns nicht gerade Hochkonjunktur. Vielleicht hätten Sie sich besser nach Marseille versetzen lassen sollen.«

Jules war erleichtert, dass seine Vermieterin es dabei bewenden ließ und nicht weiter nachbohrte. So blieb es ihm vorerst erspart, seine weiteren, ganz privaten Beweggründe für seine Flucht bis ans andere Ende Frankreichs zu enthüllen. Die Flucht aus einer Beziehung, die ihm zu eng geworden war, und auch die vor einer vorbestimmten Zukunft, die ihn für immer und ewig an Royan gebunden hätte.

Er hob seinen Koffer an, kam allerdings wieder nicht weit. Bevor er die erste Stufe einer liebevoll gepflegten Holztreppe voller Schnitzereien am Geländer nehmen konnte, fuhr er zusammen – alarmiert durch das sich rasch nähernde Signalhorn eines Polizeiwagens. Kurz darauf spiegelte sich das charakteristische Blaulicht eines Einsatzfahrzeugs in den milchigen Butzenscheiben neben der Eingangstür. Jules rollte seinen Koffer zurück zur Empfangstheke und ging zur Tür, die im selben Moment aufgerissen wurde.

Er sah sich einem hochgewachsenen jungen Mann in der Uniform der Gendarmerie nationale gegenüber: dunkelblaue Hose, hellblaues Hemd, die charakteristische Kappe auf dem Kopf. Der Mann war dermaßen dürr, dass Hose und Hemd aussahen, als wären sie mindestens zwei Nummern zu groß. Das Gesicht, aus dem ihn zwei wässrig blaue Augen ebenso ängstlich wie ehrfürchtig ansahen, war mit Pickeln übersät.

Der Gendarm mit den Rangabzeichen eines Adjutanten hielt, kaum dass er Jules erblickt hatte, mitten in der Bewegung inne, riss die rechte Hand zum militärischen Gruß nach oben und stellte sich mit unpassend lauter Stimme vor: »Alain Lautner meldet sich zum Dienst!«

Jules, überrumpelt von diesem ungewöhnlich förmlichen Auftritt seines künftigen Mitarbeiters, wechselte einen kurzen Blick mit der Wirtin, die vielsagend die Augen verdrehte.

»Major Jules Gabin«, machte er sich mit ruhigen Worten bekannt und reichte dem äußerst nervös wirkenden Adjutanten die Hand. »Freut mich, Sie kennenzulernen, Monsieur Lautner.«

»Mich auch, Major!«, rief der Adjutant und fuhr zappelig fort: »Wenn Sie bitte mitkommen würden.« Er deutete auf den Polizeiwagen, dessen Blaulicht noch immer das Foyer des Gasthauses illuminierte.

Jules verzog leicht verärgert den Mund. »Es ist nett von Ihnen, dass Sie mich abholen wollen, doch ich bin gerade erst eingetroffen und würde mich gern auf meinem Zimmer einrichten. Vielleicht schaue ich später in der Gendarmerie vorbei oder morgen. Man sollte nichts überstürzen. Übrigens …«, er setzte eine strenge Miene auf, »… das Blaulicht wird laut Dienstvorschrift nur bei Gefahr in Verzug eingesetzt und nicht, um dem neuen Vorgesetzten zu imponieren.«

Lautner lief augenblicklich rot an und wurde noch unruhiger. »Aber nein, Major. Ein Missverständnis!«, beeilte er sich zu erklären. »Das ist nicht Ihretwegen.«

»Sondern?«

»Wegen der Toten!«, platzte es aus Lautner heraus. »Wir haben eine Leiche auf dem Hauensteinschen Hof. Die Meldung ist gerade reingekommen. Ich dachte, Sie würden sich den Tatort gern selbst ansehen.«

Mit flottem Tempo steuerte Lautner den Einsatzwagen, einen spritzigen Renault Mégane RS, aus der Ortschaft. Kaum hatten sie die Stadtmauer hinter sich gelassen, umfingen sie die Weinberge wie ein breites grünes Band. Dazwischen tauchten in einiger Entfernung die Dächer anderer Ortschaften und einzelner Gehöfte auf. Der Adjutant trieb den Wagen die kurvigen Straßen entlang und schaltete hektisch herunter, um mit hoher Drehzahl steilere Anhöhen zu meistern. Mit gewagten Überholmanövern ließ er Traktoren, gemächlich vor sich hin zuckelnde Lieferwagen und ein Wohnmobil hinter sich.

Als sie ihr Ziel rund fünf Kilometer außerhalb Rebenheims erreichten und auf einen Schotterweg voller Schlaglöcher einbogen, erteilte Lautner seinem neuen Chef ein kurzes Briefing: »Eine Frau, Identität ungeklärt. Wanderer haben sie gefunden und eine Streife der Police municipale angehalten. Die Kollegen haben mich umgehend informiert.«

Die Federung des Renaults krachte, als das linke Vorderrad in ein besonders tiefes Schlagloch rollte. Jules wunderte sich über den miserablen Zustand der Zufahrt ebenso wie über den verwahrlosten Eindruck, den der Weinberg dieses Guts auf ihn machte. Die Rebstöcke waren völlig verwildert und von Unkraut überwuchert.

»Der Hauensteinsche Hof wird schon lange nicht mehr bewirtschaftet«, erklärte Lautner. »Der Weinbau liegt brach, das Herrenhaus verfällt. Sehr schade drum.«

Jules wollte wissen, wie das denn sein könne. In einer bevorzugten Region, einer Grand-Cru-Lage nahe der berühmten Weinstraße, erschien es ihm geradezu als eine Sünde, einen Weinberg dermaßen verkommen zu lassen. Ob die Besitzer zu alt für den Anbau seien und keinen Nachfolger hätten, wollte er wissen. Er erfuhr, dass die Familie Hauenstein den Hof bereits vor Jahrzehnten aufgegeben hatte und fortgezogen war. Wegen unklarer Besitzverhältnisse konnte der Hof lange Zeit nicht veräußert werden. Doch das werde sich bald ändern, denn auf dem Areal solle eine Hotelanlage mit eigenem Weinanbau entstehen.

Die Kollegen der Police municipale, eine junge Frau und ihr nicht wesentlich älterer Partner, kamen ihnen entgegen. Die beiden Ortspolizisten gaben ihnen zu verstehen, den Dienstwagen lieber am Rand des Feldwegs abzustellen und den restlichen Weg zu Fuß zurückzulegen. Andernfalls würden sie riskieren, die Stoßfänger vollends zu ruinieren. Adjutant Lautner wartete brav das Einverständnis seines Chefs ab, bevor er den Motor abstellte und ausstieg. Auch Jules erhob sich vom Beifahrersitz, reichte den beiden Kollegen die Hand und ließ sich den Weg zum Tatort weisen.

Nach nur ein paar Schritten gelangten sie zum Fundort der Leiche. Jules sondierte zunächst die Umgebung, betrachtete die verwitterte Fassade des ehemals stolzen Bauernhauses und der zum Teil eingestürzten Scheunen und hölzernen Verschläge. Dahinter standen einige Obstbäume. Sie waren ungeschnitten und standen schief, vom Wind gebeugt. Der Weinberg reichte bis zum Hof hinunter und wurde durch ein Steinmäuerchen abgetrennt. Am Fuße des Berges, direkt neben der niedrigen Mauer, sah er das Opfer.

Jules näherte sich sehr langsam und ließ dabei die Eindrücke auf sich wirken: Die Frau lag ausgestreckt auf dem Rücken, die Beine leicht angewinkelt. Sie trug Sandaletten mit braunen Lederriemen und ein blumiges Sommerkleid. Am Oberkörper war das Kleid heruntergerissen worden, ebenso ihr BH. Eine Brust lag frei. Ihr ovales Gesicht wurde von hellblondem Haar umrahmt, das sich fächerförmig um ihren Kopf verteilte. Ihre graublauen Augen standen weit geöffnet und schienen auf einen imaginären Punkt dicht über ihr zu starren. Die Gesichtsfarbe wirkte fahl, was entweder ihrem natürlichen Teint entsprach oder dem hohen Blutverlust geschuldet war, denn unter ihrem Kopf hatte sich eine tiefrote Lache gebildet.

Jules ging neben der Frau in die Knie, beugte sich zu ihr hinunter, bis sein Gesicht dicht über dem des Opfers war. Er hielt sein Ohr über Nase und Mund der Frau.

»Wir haben ihren Puls geprüft. Sie ist wirklich tot«, meldete sich die Polizistin zu Wort, woraufhin sich Gabin wieder aufrichtete.

Allem Anschein nach hatten die Kollegen nicht nur das getan. Den zahlreichen Abdrücken ihrer Stiefel nach zu urteilen, die sie rings um die Leiche hinterlassen hatten, waren sie wenig zimperlich mit diesem potenziellen Tatort umgegangen und hatten möglicherweise wertvolle Spuren zerstört.

»Haben Sie die Tote bewegt?«, fragte Jules.

Die Polizistin nickte. »Ja, ich habe ihren Arm genommen, um den Puls zu messen.«

»Und ich habe nach ihren Papieren gesucht und sie kurz angehoben«, ergänzte ihr Partner. »Sie hatte aber nichts dabei, weder Ausweis noch Fahrlizenz.«

Jules, für den die Kollegen ihre Kompetenzen ganz klar überschritten hatten, holte zu einer Standpauke aus. Aber er besann sich, wollte er sich als Neuling doch nicht schon am ersten Tag unbeliebt machen. In angemessen strengem Ton sagte er: »Haben Sie sonst etwas gefunden, das Rückschlüsse auf die Identität zulässt?«

»Nur diese Kette.« Der junge Uniformierte wies ihn auf ein silbernes Kettchen hin, das ungefähr einen Meter vom Rumpf der Leiche entfernt lag. Jules sah es sich an und bemerkte, dass die schmalen Glieder gerissen waren. An ihrem Ende hing ein seltsam verschnörkeltes Kreuz. Ziemlich aus der Mode gekommen, dachte Jules. Wahrscheinlich ein Erbstück.

Er wandte sich wieder an die Polizisten. »Sie haben sicher Flatterband dabei. Sperren Sie den Tatort bitte bis auf zwei Meter Entfernung zum Opfer ab. Niemand rührt etwas an, bis die Spurensicherung und der Polizeiarzt vor Ort sind.« Dann fragte er aufs Geratewohl: »Schon eine Idee, wodurch sie sich die Kopfverletzung zugezogen hat?«

Die Polizistin hob wie auf Kommando einen größeren Stein auf und hielt ihn Jules hin. Sie lächelte stolz, als sie erklärte: »Der lag direkt neben der Toten. Sehen Sie hier.« Sie drehte den keilförmigen Brocken herum. »Alles voller Blut. Jemand muss ihr damit den Schädel zertrümmert haben.«

Jules stellte fest, dass die Kollegin keine Handschuhe trug, und seufzte. Es fiel ihm zusehends schwerer, sich zu beherrschen. An was für Laien war er hier bloß geraten? »Bitte legen Sie den Stein genau dorthin zurück, wo Sie ihn gefunden haben«, ordnete er an und fügte ein scharfes »Sofort!« hinzu.

Das Lächeln auf den Lippen der Polizistin erstarb. Wortlos kam sie seiner Forderung nach.

»Wo sind die Wanderer, die die Tote entdeckt haben?«, fragte Jules den Polizisten. Es würde ihn nicht wundern, wenn die beiden Grünschnäbel die Zeugen nach Hause geschickt hätten, ohne zuvor ihre Personalien aufzunehmen. Doch ganz so schlimm kam es nicht.

»Sie warten im Schatten hinter der Scheune«, lautete die Antwort. »Wir wollten ihnen den Anblick der Leiche nicht länger zumuten.«

Jules beauftragte Adjutant Lautner damit, die Spurensicherung zu verständigen, und umrundete die marode Scheune, auf die der Polizist gezeigt hatte. Auf einer Bank, deren Holz genauso morsch aussah wie alles andere, saß ein älteres Paar und wirkte wie bestellt und nicht abgeholt. Bei den beiden handelte es sich um

Rentner aus Belgien, wie er erfuhr. Dass sie zum Wandern ins Elsass gekommen waren, ließ sich unschwer an ihren robusten Stiefeln, den Kniebundhosen, Wanderstöcken und Rucksäcken erkennen.

Ob sie denn nun Schwierigkeiten bekommen würden, wollte die Frau wissen. Denn sie seien ja Ausländer, sprächen zwar die gleiche Sprache, seien aber verunsichert, was aus ihren Ferien werde. Jules konnte sie beruhigen. Er wies darauf hin, dass man im Laufe der Ermittlungen eventuell noch einmal Kontakt zu ihnen aufnehmen würde, sie ihren Urlaub jedoch gleich nach seiner Befragung fortsetzen könnten. Das Paar wirkte erleichtert und begann sich zu entspannen, sodass Jules den geeigneten Moment gekommen sah, um seine Fragen anzubringen.

»Wann genau und unter welchen Umständen haben Sie die Tote gefunden?«

Die Frau übernahm das Reden: »Ich habe nicht auf die Uhr gesehen, aber es muss so gegen drei gewesen sein. Vielleicht auch halb vier.«

»Wir sind recht früh am Morgen in Ribeauvillé aufgebrochen und haben einen strammen Fußmarsch hingelegt«, fügte ihr Mann hinzu.

»Mittags haben wir eine Weinprobe eingeschoben«, ergriff abermals die Frau das Wort. »Das dauerte länger als geplant, weil Franck sich nicht lösen konnte.«

»Der gute Pinot gris!«, geriet ihr Mann sogleich ins Schwärmen.

»Nicht nur der«, hielt ihm die Gattin vor.

»Du hast ja so recht, der Riesling, der Muscat …«

Jules bat darum, zurück aufs Thema zu kommen.

»Ja, Monsieur«, sagte die Frau und warf ihrem Mann

einen scheltenden Blick zu. »Ich habe zum Aufbruch gedrängt, wollten wir doch vor Einbruch der Dunkelheit am nächsten Etappenziel ankommen, in Sélestat. Der reguläre Wanderweg, der auf unserer Karte angegeben ist, erschien uns zu ausgedehnt, zumal Franck nach den vielen Weinproben nicht mehr ganz so gut zu Fuß war. Also haben wir eine Abkürzung durch die Weinberge gewählt und uns dabei beinahe verlaufen. Schließlich sind wir an diesem Hof vorbeigekommen und sahen das arme Geschöpf dort liegen – hingestreckt auf dem Boden, regungslos, mit starrem Blick …«

»Und blankem Busen«, fügte Franck hinzu und fing sich einen weiteren tadelnden Blick seiner Frau ein.

»Haben Sie vorher etwas Ungewöhnliches gehört, einen Schrei oder Kampfgeräusche? Oder ist Ihnen etwas anderes Verdächtiges aufgefallen?«, erkundigte sich Jules. »Kam Ihnen vielleicht jemand entgegen, der oder die es besonders eilig hatte und nervös wirkte?«

»Uns ist den ganzen Nachmittag keine Menschenseele begegnet«, antwortete Franck nach kurzem Überlegen.

Seine Frau sah ihn an, als wollte sie sagen: »Kein Wunder, dass du niemanden mehr gesehen hast in deinem Dusel.« Stattdessen stimmte sie ihm nickend zu. »Da war niemand anderes in der Nähe.«

»Haben Sie anschließend, also nachdem Sie die Tote gefunden hatten, etwas in der Umgebung wahrgenommen? Ein Motorgeräusch zum Beispiel?«, fragte Jules. Diese Information wäre wichtig gewesen, um den Fluchtweg des Täters zu ermitteln.

Beide sahen sich an und schüttelten die Köpfe.

Jules machte sich einige kurze Notizen in einem Block, den er immer bei sich führte, selbst wenn er wie jetzt keine Uniform trug. Anschließend setzte er die Befragung fort. »Woran haben Sie erkannt, dass die Frau tot war?«

»Nun ja, so wie sie dalag …«, suchte Franck nach einer Erklärung.

»An den Augen. Es war kein Leben mehr darin zu erkennen«, meinte seine Frau.

Jules nahm mit Erleichterung zur Kenntnis, dass die beiden Wandervögel die Leiche nicht ebenfalls angefasst und Spuren verwischt hatten. Doch er hatte sich zu früh gefreut.

»Um ganz sicherzugehen, habe ich gefühlt, ob ihr Herz noch schlägt«, sagte Franck.

Aus dem nächsten bitterbösen Blick der Frau las Jules den Vorwurf, dass der weinselige Franck die Herztöne nicht etwa am Handgelenk, sondern auf Brusthöhe zu ertasten versucht hatte.

Bevor Jules näher darauf eingehen konnte, sagten die beiden Zeugen beinahe gleichzeitig: »Das Tatwerkzeug haben wir auch gefunden, einen Stein voller Blut und ziemlich schwer.«

»Schwer?« Jules mochte es kaum glauben. »Haben Sie ihn etwa in den Händen gehalten?«

»Ja«, räumte Franck ein, erkannte seinen Fehler und fügte eilig hinzu: »Aber nur ganz kurz.«

Nachdem Jules ein paar weitere Routinefragen abgespult hatte und sich die Heimatadresse, Handynummer sowie die weitere Reiseroute der Belgier hatte geben lassen, entließ er das Ehepaar aus dem Verhör und kehrte zu den anderen zurück.

Weil ihm die Scheune den Blick auf den Tatort versperrt hatte, war ihm die Ankunft einer weiteren Person entgangen. Als er hinter den Brettern hervortrat, sah er sie zunächst nur von hinten: eine mittelgroße, schlanke Frau in legerer Freizeitkleidung. Er ging auf sie zu, sah sie nun im Profil. Hübsches Gesicht und gute Figur, registrierte er. Jules schätzte sie auf Anfang oder Mitte dreißig. Das Haar war sportlich kurz geschnitten und heublond. Ihr Auftreten war forsch, und soweit Jules das aus der Entfernung beurteilen konnte, tanzten sowohl die beiden Ortspolizisten wie auch Adjutant Lautner nach ihrer Pfeife. Beim Näherkommen beobachtete er sie dabei, wie sie selbstbewusst das gerade angebrachte Absperrband anhob, darunter hinwegtauchte und die Tote inspizierte. Wer mochte das sein, fragte er sich und beschleunigte seinen Schritt. Etwa die Sensationspresse? Nein, wohl eher jemand in offizieller Mission.

Er eilte zu ihr und räusperte sich. »Major Gabin«, stellte er sich vor. »Ich gehe davon aus, dass Sie die Untersuchungsrichterin sind?«

Die Angesprochene, die vor der Toten in die Hocke gegangen war, machte sich nicht die Mühe, zu ihm aufzusehen. Auch blieb sie ihm eine Antwort schuldig und setzte stattdessen ihre Untersuchung der Leiche fort. Sie beugte sich dicht über die Tote und unterzog sie einer genauen Musterung. Dabei sagte sie in nüchtern distanziertem Ton: »Eine schwere Kopfverletzung, wahrscheinlich zugefügt mit diesem Stein hier. Das zerrissene Kleid deutet auf einen Kampf hin. Möglicherweise eine Vergewaltigung, ob versucht oder vollendet muss uns die Gerichtsmedizin sagen. Mit Sicherheit haben wir es mit einer Gewalttat zu tun, ein Unfall ist auszuschließen. Dafür sprechen die Schürfwunden und Kratzer an Oberkörper und Gesicht, aber auch die Hämatome auf den Armen.«

»Hämatome?«, fragte Jules. Die hatte er bei seiner ersten oberflächlichen Beschau übersehen.

»Ja, sogar recht ausgeprägt. Haben Sie sie etwa nicht beachtet? Blaue Flecken an beiden Seiten. Da hat jemand kräftig zugepackt.«

Erst jetzt erhob sich die Untersuchungsrichterin langsam, strich sich sorgsam einige Erdkrumen von den Händen, wandte sich Jules zu – und stutzte. Sie sah ihn einmal an, sie sah ihn zweimal an. Etwas blitzte in ihren Augen auf. Jules vermochte nicht zu sagen, ob es sich um ein positives oder ein negatives Blitzen handelte.

Die Richterin gab ihm keine Gelegenheit, darüber nachzudenken. Sie fragte: »Sie sind also Major Gabin, der neue Kommandant unserer Gendarmerie? Müssten Sie nicht Uniform tragen?«

Jules, der sich eine Amtsperson ihres Ranges auch eher in einem standesgemäßen Kostüm statt in schlichtem T-Shirt und verwaschenen Jeans vorgestellt hatte, lag eine patzige Antwort auf der Zunge. Es gelang ihm nur mit Mühe, sich zu beherrschen. »Ich bin eben erst eingetroffen, meine Uniform steckt noch im Koffer.«

»Soso.« Die Untersuchungsrichterin zögerte ein weiteres Mal, bevor sie sich dazu durchrang, ihm die Hand zu reichen. »Joanna Laffargue aus Colmar. Ich bin zuständig für Ihren Distrikt.«

Ihre schmalgliedrige Hand verschwand fast vollständig in der von Jules. Sie war kühl und samtweich. Er sah Joanna Laffargue an und stellte fest, dass sie wirklich ziemlich attraktiv war. Er blickte in zwei mandelförmige, ozeanblaue Augen, über die sich zwei dunkle Brauen wie elegante Bögen spannten. Eine ebenmäßige Nase führte hinab zum Mund. Die leicht aufgeworfenen Lippen trugen das zarte Rot eines dezenten Lippenstifts. Jules nahm einen raffinierten Duft an ihr wahr.

Als er merkte, dass er ihre Hand länger als angemessen hielt, gab er sie mit einem Ruck frei und ertappte sich bei einem befremdlichen Gedanken: Richterin Laffargue übte trotz ihres arroganten Auftretens eine elektrisierende Wirkung auf ihn aus. Dies traf ihn völlig unvorbereitet, denn es kam äußerst selten vor, dass ihn die Begegnung mit einer Fremden bewegte. Er meinte sogar zu spüren, dass es ihr umgekehrt ebenso erging.

Joanna Laffargue, der Jules' Reaktion gewiss nicht entgangen war, räusperte sich und richtete ihre Aufmerksamkeit erneut auf die Leiche. »Haben Sie übrigens ihre Handtasche sichergestellt?«

»Handtasche?«, vergewisserte sich Jules, der nichts davon wusste.

»Ja natürlich. Kennen Sie etwa eine Frau, die ohne ihre Handtasche das Haus verlässt? Wenn Sie sie nicht gefunden haben, ließe das Rückschlüsse auf einen Raubmord zu.«

»Das stimmt«, sagte Jules etwas beschämt darüber, dass er nicht selbst daran gedacht hatte. Er schrieb dies den Strapazen der langen Autofahrt zu, die seine Konzentration schmälerten.

»Lassen Sie nach der Tasche suchen«, wies ihn die

Untersuchungsrichterin an und fügte wie beiläufig hinzu: »Alles in allem sieht mir das nicht nach einem besonders komplexen Tathergang aus. Keine große Sache, meinen Sie nicht auch?« Sie warf ihm einen prüfenden Blick zu und verzichtete wieder auf eine Antwort. »Ich denke, wir können es uns sparen, Ihre Kollegen aus Colmar hinzuzuziehen. Dort sind sie ohnehin völlig überlastet. Budgetkürzungen, Stellenstreichungen, na, Sie wissen ja sicher Bescheid. Die würden mir was husten, wenn ich einen teuer bezahlten Commissaire anfordern würde, kaum dass in der Provinz mal etwas passiert. Mit einer läppischen Triebtat brauche ich denen gar nicht erst zu kommen.« Sie lächelte jovial. »Ich lege diesen Fall in Ihre Hände, schließlich ist im ländlichen Raum die örtliche Gendarmerie die zuständige Stelle bei Gewaltverbrechen, solange diese keine politische Relevanz erlangen oder auf organisierte Kriminalität hindeuten. Beides scheint nicht gegeben zu sein.« Eine Bemerkung, die sich in Jules' Ohren anhörte wie: »Die Dorfpolizisten sollen gefälligst auch mal etwas für ihr Geld tun!«

Eigentlich hätte er spätestens jetzt aufbegehren und betonen müssen, dass er so nicht mit sich umspringen lasse, schließlich war er kein Anfänger. Umso mehr irritierte es ihn, dass ihm die herablassende Art der Richterin nicht etwa die Zornesröte ins Gesicht trieb, sondern ein Lächeln auf die Lippen zauberte. Er grinste wie ein Honigkuchenpferd und konnte nichts dagegen tun. Wie peinlich und ärgerlich, schalt er sich selbst. Denn die Richterin würde sein Lächeln natürlich als Ausdruck des Hohns auslegen. Sie musste denken, dass er sie nicht für voll nahm und sich über sie lustig machte.

Tatsächlich wurden ihre Augen schmaler. Für den Moment machte es den Anschein, als würde sie an Souveränität einbüßen. Was ihr anscheinend keineswegs verborgen blieb, denn abrupt kehrte sie ihm den Rücken zu und nahm ein Gespräch mit Lautner auf. Jules stand direkt daneben – und traute seinen Ohren nicht. Obwohl er rein akustisch alles mitbekam, verstand er plötzlich kein einziges Wort mehr.

Die seltsame Unterhaltung der beiden fiel kurz und knapp aus. Dann, nachdem die Richterin Jules ein weiteres Mal einer abschätzigen Musterung unterzogen hatte, entschwand sie so schnell, wie sie aufgetaucht war. »Halten Sie mich auf dem Laufenden, Major. Ihr Adjutant hat meine Handynummer«, rief sie ihm noch zu. Hocherhobenen Hauptes und mit wiegendem Schritt erklomm sie die Anhöhe, hinter der der Feldweg zurück zur Straße führte.

Wenig später heulte ein Motor auf. Richterin Laffargue war also nicht nur resolut in ihrem Job, sondern auch eine energische Fahrerin, folgerte Jules und kreidete sich an, dass er ihr bis zum Verschwinden hinter der Kuppe nachgesehen hatte.

Er blies seine Backen auf und ließ die Luft mit einem Pfiff entweichen. Eine seltsame Begegnung, dachte er. Ziemlich verwirrend. Denn so, wie er sich verhalten hatte, kannte er sich selbst nicht. Normalerweise hielt er sich für jemanden, dem man nicht die Butter vom Brot nehmen durfte und der sich von weiblichen Reizen nicht so leicht blenden ließ. Er konnte seine Reaktion nur dadurch erklären, dass ihn die lange Anreise ermüdet hatte und er ganz einfach nicht in Form war. Während er noch immer in Richtung der Anhöhe blickte und dem leiser werdenden Motorgeräusch lauschte, tastete er gedankenverloren seine Jackentasche ab, zog eine knisternde Zellophantüte hervor und entnahm ihr ein eckiges, erdnussfarbenes Bonbon. *Caramel au beurre salé*, eine Spezialität von der Atlantikküste. Er schob sich das Bonbon in den Mund, schmeckte die intensive Süße des Karamells und gleich darauf die dezente Salznote und spürte, wie ihn die kleine Kalorienbombe augenblicklich mit neuer Energie versorgte. Die Tüte war fast leer, und er bedauerte es, nicht mehr Bonbons eingesteckt zu haben. Denn im Elsass würde er wohl kaum einen Süßwarenhändler finden, der seine Lieblingsdrops im Sortiment führte.

»Major Gabin?«

Jules zuckte zusammen, so sehr fixiert war er auf die kurze Begegnung mit Joanna Laffargue. Alain Lautner stand neben ihm und sah ihn kummervoll an.

»Was gibt es denn?« Jules bemühte sich um einen aufgeräumten Gesichtsausdruck.

»Es tut mir leid«, sagte Lautner und klang aufrichtig.

»Was? Dass Sie sich mit der Richterin auf Elsässisch unterhalten haben?«

»Ich wollte Sie nicht ausschließen, aber es ist hierzulande nach wie vor weit verbreitet. Natürlich nur bei den Alteingesessenen. Das nächste Mal werde ich darauf achten, dass wir uns in der offiziellen Amtssprache verständigen.«

»Schon gut«, tat Jules die Sache ab. »Um was ging es denn bei dem Gespräch?«

»Ach …« Lautner machte eine wegwerfende Handbewegung. »Nichts von Bedeutung.«

Den Eindruck hatte Jules aber schon. Er sah seinen Mitarbeiter verstimmt an.

Daraufhin fühlte sich Lautner zu einer Erklärung bemüßigt. »Sie ist nicht ganz einfach. Schon Ihr Vorgänger hatte gewisse Probleme mit Madame Laffargue.«

Aus für ihn selbst unerklärlichen Gründen stieg in Jules ein Gefühl der Enttäuschung auf. »Madame« hatte sein Adjutant gesagt – also war Joanna Laffargue verheiratet. Es gab keinen rationalen Grund dafür, weshalb ihn diese Tatsache stören sollte, schließlich war er ja auch in festen Händen. Nicht verheiratet zwar, aber so gut wie. Und doch … Andererseits verwendete heutzutage niemand mehr das angestaubte Wort *mademoiselle*. Daher konnte es durchaus sein, dass die Untersuchungsrichterin noch ungebunden war.

»Ist alles in Ordnung?« Lautner klang besorgt.

Jules, der plötzlich die Hitze der spätsommerlichen Sonne spürte, wischte sich mit dem Handrücken über die Stirn. »Ja, ja. Alles ist bestens. Wir übernehmen den Fall. Madame Laffargue hat ja vollstes Vertrauen in die Arbeit der Rebenheimer Gendarmerie, richtig?«

Lautner atmete erleichtert auf. »Darüber bin ich froh, denn Mademoiselle Laffargue kann auch anders.«

»Ha!«, platzte es aus Jules heraus.

Lautner zuckte zusammen. »Bitte?«

Jules bemühte sich, seine impulsive Freude darüber, dass die Richterin wohl doch frei war, zu verbergen, indem er sie mit trocken vorgebrachten Anweisungen zu überspielen versuchte. »Mir ist es wichtig, möglichst unkompliziert und reibungslos mit den örtlichen Instanzen zusammenzuarbeiten. Daher sollten wir tunlichst darauf achten, gleich von Anfang an …«

Lautner hob seinen dürren Zeigefinger. »Wenn ich Sie kurz unterbrechen darf.«

Jules sah fragend ins pickelübersäte Gesicht seines Assistenten. »Ja, bitte?«

»Ich war mir anfangs nicht ganz sicher. Wegen des vielen Blutes und der Aufregung.«

»Wobei waren Sie sich nicht sicher?«, fragte Jules aufmerksam.

»Nun ja – zu hundert Prozent bin ich es immer noch nicht. Denn die Gesichtszüge sind irgendwie nicht so, wie sie sein sollten.«

»Sondern?«

»Entstellt.«

»Sie sprechen von der Toten, ja?«, fragte Jules und sah Lautner intensiv an. »Wollen Sie andeuten, dass Sie das Opfer kannten?«

Der Adjutant nickte zögerlich. »Wie gesagt, ich bin nicht völlig sicher.«

»Tote Menschen haben in den meisten Fällen ein verändertes Aussehen«, redete Jules ihm zu. »Wenn Sie keine Routine im Identifizieren von Leichen haben, ist es allzu verständlich, dass Sie zweifeln. Nennen Sie einfach Ihre Vermutung. Dann haben wir immerhin einen Anhaltspunkt.«

Lautner zauderte, doch nach einem weiteren Blick auf die Tote rang er sich durch. »Ich denke, das ist Zoé.« Er sah noch einmal hin, nickte und bekräftigte: »Ja. Sie ist es. Zoé Lefèvre.«

Jules sagte dieser Name erwartungsgemäß überhaupt nichts. Eigentlich hätte das auch Lautner klar sein müssen, doch der schien in seine Gedanken versunken zu sein und schwieg.

»Zoé? Eine Bekannte von Ihnen?«, fragte Jules.

»Bekannte? Das wäre übertrieben. Sie arbeitete als Journalistin in der Stadt, da blieb es nicht aus, dass man sich das eine oder andere Mal über den Weg gelaufen ist.«

Bei dem Wort Journalistin horchte Jules auf. Reporter waren für ihn gleichbedeutend mit Ärger. Eine besondere Spezies, die in anderer Leute schmutziger Wäsche wühlte. Dem augenscheinlichen Tatmotiv Sexualtrieb kamen mit dieser Erkenntnis etliche weitere hinzu. Denn Journalisten scharten ihre Feinde dutzendfach um sich, so jedenfalls sah Jules' Vorstellung aus.

»Eine Mitarbeiterin der *Les Nouvelles du Haut-Rhin*«, führte Lautner aus. »Unsere Lokalzeitung. Sie sollten sie abonnieren, wenn Sie informiert sein wollen über das, was bei uns läuft.«

Lokalzeitung? Bei diesem Stichwort ordnete Jules die Verstorbene abermals anders ein. Ihr Job verlor sogleich wieder an Relevanz, denn Lokalblätter waren nach seiner Erfahrung weniger kritisch, weil eher auf Belanglosigkeiten des Alltags fokussiert. Mit investigativem Enthüllungsjournalismus, der mächtige Widersacher aus Politik und Wirtschaft auf den Plan rufen konnte, hatten Provinzgazetten nur in den seltensten Fällen zu tun. Dies blieb den Reportern der großen Blätter wie *Le Figaro*, *Le Monde* oder *Libération* überlassen. Dennoch wollte Jules keinen Hinweis außer Acht lassen und machte sich eine Notiz in seinen Block. Er würde Kontakt zum Redaktionsleiter der Zeitung aufnehmen, nahm er sich vor.

Jules hielt den Stift noch in der Hand, als die ländliche Stille durch das Dröhnen eines Motors gestört wurde. Kehrte Joanna Laffargue zurück? Hatte sie etwas vergessen? Wollte sie ihn noch einmal sprechen? Jules spürte ein leichtes Ziehen in seiner Brust, als ihm diese Fragen durch den Kopf gingen.

Der Motorenlärm wurde schnell lauter, das basslastige Dröhnen einer PS-starken Maschine. Jules sah erwartungsvoll in Richtung der Kuppe, auf der kurz darauf ein kantiger schwarzer Wagen auftauchte. Das schwere Gefährt, ohne Frage ein SUV, meisterte die Schlaglochpassage dank Vierradantrieb und geländetauglicher Stoßdämpfer ohne Mühen und hielt mit hohem Tempo auf sie zu.

Das war wohl kaum das Auto der Richterin. Jules fragte sich angesichts der aggressiven Fahrweise, ob er es mit einem Amokfahrer zu tun bekam. Er warf seinem Adjutanten einen Rat suchenden Blick zu, doch Lautner zuckte nur unbeholfen mit den Schultern.

Der Wagen, den Jules jetzt als BMW X6 identifizieren konnte, bremste erst wenige Meter vor ihrem Standort und wirbelte eine Staubwolke auf. Steinchen stoben auf und landeten geradewegs auf dem Tatort. Eine weitere Verunreinigung der Spuren, registrierte Jules, doch darauf kam es auch nicht mehr an.

Kaum hatte sich der Staub gelegt, schwang die Tür des Protzschlittens auf. Von dem Fahrer nahm Jules zunächst die spitz zulaufenden Cowboystiefel, dann eine dunkle Bluejeans und schließlich ein kariertes Hemd wahr. Ein kräftig gebauter, jedoch nicht übergewichtiger Mann kam ihm entgegen. Jules schätzte ihn auf etwa eins fünfundachtzig, einige Zentimeter größer als er selbst. Sein dunkelblondes Haar war für sein Alter, das Jules auf Anfang fünfzig ansetzte, noch voll. Das

Gesicht wies eine gesunde Farbe auf, wirkte aber leicht aufgeschwemmt. Die dunklen Augen bildeten einen Kontrast zum hellen Haar.

Jules war gespannt, mit wem er es hier zu tun bekam. Seinem Auftritt nach zu urteilen handelte es sich um einen Angeber oder jemanden mit besonderer Bedeutung. Jules tippte auf eine lokale Größe mit entsprechendem Status. Er sah sich in seiner Vermutung bestätigt, als Lautner Haltung annahm und seine Hand wie zum militärischen Gruß an den Schirm seiner Kappe führte.

»Monsieur Moreau, stets zu Ihren Diensten«, meldete sich der Adjutant unterwürfig.

Moreau? Jules rief sich sein angelesenes Wissen über seine neue Wirkungsstätte in Erinnerung: Moreau lautete weder der Name des Bürgermeisters noch der des Präfekten. Handelte es sich um einen anderen Politiker? Einen Abgeordneten aus Paris oder einen Vertreter des Europäischen Parlaments in Strasbourg? Er kam nicht drauf.

»Was ist hier los?«, fragte der Neuankömmling. Seine Stimme klang dunkel und selbstsicher. »Meine Sekretärin sagte mir, dass ...« Moreaus suchende Blicke fanden ihr Ziel bei der Toten. Ohne seinen Satz zu Ende zu führen, ging er auf das Sperrband zu und stieg darüber hinweg.

»Das dürfen Sie nicht!« Jules eilte ihm hinterher. »Monsieur, hören Sie ...«

»Das geht in Ordnung.« Lautner war Jules gefolgt und raunte ihm zu: »Monsieur Moreau ist der Eigentümer.« Das Wort Eigentümer sprach er so ehrfürchtig aus, wie es für die Bezeichnungen Landesfürst oder Schlossherr angebracht gewesen wäre.

»Verstehe ich nicht«, tuschelte Jules ihm zu. »Ich dachte, wir befinden uns auf besitzlosem Brachland?«

»Monsieur Moreau ist Investor und Bauherr der neuen Hotelanlage. Er hat das Recht dazu, sich hier aufzuhalten.«

»Einen Teufel hat er!«, reagierte Jules ungehalten, stieg ebenfalls über das Band und baute sich neben Moreau auf. Mit in die Hüften gestemmten Armen sagte er laut: »Monsieur, ich muss Sie auffordern, sich von der Toten fernzuhalten. Sie sind im Begriff, Spuren an einem Tatort zu verwischen, und machen sich damit strafbar.«

Der Angesprochene schaute sich zu ihm um, die Stirn gekräuselt. »Strafbar?« Er hob entschuldigend seine Hände. »Das war nicht meine Absicht.« Ohne Umschweife verließ er den gesperrten Bereich, dicht gefolgt von Jules. »*Pardon.* Verzeihen Sie mein unbedachtes Vorpreschen.« Er ließ Lautner unbeachtet und sprach nun ausschließlich zu Jules. »Mein Name ist Robert Moreau.«

»Major Jules Gabin«, stellte Jules sich vor. »Ich bin der neue Leiter der Gendarmerie nationale und zuständig für diesen Bereich. Mein Adjutant sagte mir, Sie seien der Grundbesitzer?«

Moreau zeigte sich nun auskunftswilliger. »Mehr oder weniger, ja. Die Besitzverhältnisse werden derzeit neu geordnet. Ich beabsichtige, in dieses Terrain zu investieren. Daher verstehen Sie sicherlich, dass mich die Nachricht vom Fund einer Toten alarmiert hat. Immerhin ist dies hier bald Baugrund.«

»Da stört eine Leiche sehr. Ja, das verstehe ich«, antwortete Jules süffisant. Er fixierte Moreaus Augen und fuhr mit fester Stimme fort: »Wer hat Sie über den Vorfall informiert?«

Moreau hielt seinem Blick stand. »Ich sagte doch, meine Sekretärin.«

»Und woher wusste Ihre Sekretärin davon?«

»Offen gesagt, habe ich keine Ahnung. Diese Frage müssen Sie ihr selbst stellen. Aber Rebenheim ist klein, dort sprechen sich Neuigkeiten schnell herum«, sagte er mit einem wissenden Lächeln.

»Gut. Wir werden das prüfen.« Wieder trug Jules etwas in seinen Block ein. »Kannten Sie die Tote?«

Moreau sah ihn leicht irritiert an, bevor er sich noch einmal zu der Leiche umdrehte. »Ich glaube kaum. Das heißt, ganz sicher bin ich nicht. Sie kommt mir vage bekannt vor. Es kann sein, dass ich sie hin und wieder in der Stadt gesehen habe. Wer ist es denn?«

Jules sah keine Veranlassung, Moreau diese Information vorzuenthalten, und sagte es ihm. Er nannte Zoé Lefèvres Namen und ihren Beruf. Anschließend fragte er: »Kommen Sie häufig vorbei, um Ihr künftiges Grundstück zu inspizieren?«

»Ja, in letzter Zeit öfter. Seit sich die Hotelbaupläne konkretisieren, gilt es Entscheidungen zu treffen. Dafür muss ich mich mit dem Gelände vertraut machen.«

»Waren Sie auch heute hier?«

»Wie meinen Sie das?«

»Genau wie ich es sage. Waren Sie heute schon einmal hier?«

Moreaus Brauen zogen sich zusammen. »Das hört sich an, als würden Sie mich verdächtigen.«

»Reine Routine«, tat Jules die Sache ab.

Moreau sah ihn verärgert an. »Ich sehe zwar nicht

ein, dass ich der Polizei Rede und Antwort stehen muss, aber meinetwegen. Nein, ich habe mich zuletzt gestern gegen Abend in der Gegend aufgehalten. Ich musste einen Vermessungsfehler überprüfen. Aber um Ihre nächste Frage vorwegzunehmen, Mademoiselle Lefèvre war zu diesem Zeitpunkt noch nicht hier. Und auch sonst niemand. Zumindest habe ich keinen gesehen. Wann soll es denn überhaupt passiert sein? Ich meine, kennen Sie den Todeszeitpunkt?«

Jules verneinte. Zum einen, weil er es vor der Untersuchung durch den Polizeiarzt oder Gerichtsmediziner nicht wissen konnte. Zum anderen wollte er die Fragen stellen und keine beantworten. Er fragte: »Ist Ihnen gestern Abend etwas Ungewöhnliches aufgefallen? Haben Sie jemand anderen beobachtet?«

»Nein, das habe ich doch gerade gesagt. Niemand war hier.« Moreau dachte kurz nach, schüttelte entschieden den Kopf. »Außerdem habe ich nicht besonders darauf geachtet, denn ich war ja mit meiner Karte beschäftigt. Die Karte mit dem fehlerhaften Messergebnis.«

»Und heute waren Sie ganz sicher nicht in der Nähe?«, vergewisserte sich Jules. Dafür erntete er einen weiteren erzürnten Blick von Moreau und einen besorgten von Lautner, der sich bestürzt über diese Unverfrorenheit die Hand vor den Mund hielt.

»Nein«, antwortete Moreau sehr energisch. »Muss ich mich dauernd wiederholen? Ehe Sie auf die Idee kommen, mich nach einem Alibi zu fragen. Ich habe heute Vormittag mit meiner Frau gefrühstückt und anschließend einen Termin bei Madame Cantalloube, unserer Fremdenverkehrsleiterin, wahrgenommen. Dem folgte ein Meeting mit meinem Kellermeister. Danach bin ich wie gewöhnlich ins Büro gegangen, um mit meiner Sekretärin die Korrespondenz durchzugehen. Und nun, ja nun führe ich dieses ungemein erquickliche Gespräch mit Ihnen, Major … Wie war gleich der Name?«

»Gabin. Major Jules Gabin.«

»Werde ich mir merken.« Moreau ließ diesen Satz wie eine Drohung klingen.

»Danke, Monsieur Moreau.« Jules klappte seinen Block zu. »Das genügt mir fürs Erste. Wahrscheinlich komme ich später noch einmal auf Sie zu.«

Moreau bedachte ihn mit einem Blick, der schwer zu deuten war: vorwurfsvoll, warnend, lauernd. Er nickte erst Jules, dann Lautner zu, stieg ohne ein Wort des Abschieds in seinen Wagen und gab Gas. Wieder flogen Dreck und Steine auf und ließen die Gendarmen in einer Staubwolke stehen.

»Oje«, jammerte Lautner, kaum dass der BMW hinter der Kuppe verschwunden war. »Ich fürchte, Sie haben sich mit dem Falschen angelegt.«

Jules, dem die hervorgehobene Stellung Moreaus allein schon durch dessen selbstherrliches Auftreten und Lautners Unterwürfigkeit aufgefallen war, wollte mehr wissen. »Was macht er beruflich? Ein Immobilienhai?«

Lautner, der mit gekrümmtem Rücken und nach unten gezogenen Mundwinkeln neben ihm stand, verneinte. »In erster Linie ist er Weinbauer, der größte der Region. Aber er mischt auch bei vielen anderen Dingen mit. Er hat großen Einfluss und ist ein guter Freund des Bürgermeisters. An Moreau kommt man nicht vorbei, wenn man in Rebenheim etwas werden will.«

Das sollte wohl ein gut gemeinter Ratschlag sein, dachte Jules. Trotzdem ließ er sich nicht einschüchtern. »Bei einer Mordermittlung darf man keinen Unterschied machen zwischen Arm und Reich, Bedeutend und Unbedeutend«, betonte er, obwohl er genau wusste, dass dieser Vorsatz in der Praxis leider oft genug gebrochen wurde.

Lautner überprüfte Moreaus Aussage unverzüglich und telefonierte mit Madame Bonnet, Moreaus Sekretärin. Madame Bonnet bestätigte, dass sie ihren Chef über den Leichenfund informiert habe. Sie selbst habe es von einer Mitarbeiterin erfahren, die wiederum auf Facebook auf die Nachricht gestoßen sei.

»Auf Facebook?«, fragte Jules seinen Adjutanten, während sie zurück nach Rebenheim fuhren. Den Tatort hatten sie der inzwischen eingetroffenen Einheit der Spurensicherung überlassen. »Wer postet so etwas auf Facebook? Etwa die Wanderer?«

»Nein. Ich fürchte, das haben wir den Kollegen der Police municipale zu verdanken. Ihnen war wohl langweilig, während sie auf uns warteten.«

Jules wollte es kaum glauben. »Sind die denn von allen guten Geistern verlassen? Das ist gegen jede Vorschrift!«

»Gewaltverbrechen sind an der Weinstraße sehr selten. Für die Kollegen war dieser Einsatz eine spannende Abwechslung von der üblichen Routine«, nahm Lautner die beiden in Schutz. Er ließ den Wagen direkt neben der *auberge* ausrollen und sah Jules wohlwollend an. »Ich wünsche Ihnen einen geruhsamen ersten Abend in Rebenheim.«

Jules blickte erst auf seinen Adjutanten, dann auf seine Armbanduhr. »Es ist gerade mal sechs.«

»Ja, längst Zeit für den Feierabend«, meinte Lautner. Ehe sein Chef auf die Idee kommen könnte, zu widersprechen, fügte er schnell hinzu: »Die Wache können Sie sich morgen ansehen. Sie haben heute mehr als genug geleistet.«

Jules zögerte. Er wollte seinem Mitarbeiter nicht den Abend verderben. Doch immerhin war ein Mord geschehen, es gab noch eine Menge zu tun. »Wir müssen die Angehörigen verständigen«, nannte er nur eine von vielen Aufgaben.

Lautner rückte unruhig auf dem Sitz herum. »In Ordnung, Major, ich werde mich darum kümmern. Zoé Lefèvre war eine Zugereiste. Sofern ich weiß, hat sie keine Verwandtschaft in der Nähe. Aber ich werde sehen, was sich machen lässt. Spätestens morgen früh ist das erledigt.«

»Heute Abend wäre mir lieber«, blieb Jules beharrlich, was Lautners Unruhe verstärkte. Ob der Adjutant noch etwas vorhatte? Wartete zu Hause eine Frau oder Freundin auf ihn?

»Ich versuche es«, gab Lautner klein bei und spielte mit dem Gas. Eine unmissverständliche Aufforderung an Jules, endlich auszusteigen.

Er tat ihm den Gefallen und verabschiedete sich. Mit einem Tempo, als wäre er im Einsatz, brauste Lautner davon. Jules sah ihm kopfschüttelnd nach, wandte sich dem Gasthaus zu und merkte, wie müde er war. Lautner hatte recht, er hatte heute genug getan und brauchte eine Pause.

Umso angenehmer empfand er den Anblick seiner

Herberge. Das milde Licht der Dämmerung ließ das prachtvoll herausgearbeitete Fachwerk noch besser zur Geltung kommen. Die filigranen Schnitzereien wirkten durch den Schattenwurf der tief stehenden Sonne ungemein plastisch. Der pastellfarbene Putz der gemauerten Flächen korrespondierte harmonisch mit der Blütenpracht auf den Fensterbänken. Sogar die mächtigen Sandsteinquader des benachbarten Stadtturms verloren dank des zarten Lichts an Wuchtigkeit und schimmerten in samtenem Wüstengelb.

Jules ließ sich Zeit, diese Eindrücke aufzunehmen, bevor er seine Hand auf das warme Holz der Tür legte. Drinnen wurde er bereits erwartet.

»Monsieur le Commissaire!«, begrüßte ihn die matronenhafte Wirtin schon von der Theke aus. Sie kam ihm mit einem freudestrahlenden Lächeln entgegen, als wäre er ihr einziger Gast. »Ich habe bereits vor einer Stunde mit Ihnen gerechnet.«

Jules fragte sich, weshalb, denn er hatte nie irgendwelche Angaben darüber gemacht, wann er vorhatte, zurück zu sein.

Clotilde klärte ihn auf: »Die Gendarmerie schließt für gewöhnlich um vier, danach kehren die Herrschaften in der *brasserie* ein, um den Nachmittag bei einem *apéritif* ausklingen zu lassen. Einen Kir, Sherry, am liebsten Bier. Ihr Vorgänger bevorzugte dagegen Pastis. Gegen fünf geht man in den Verein, treibt Sport oder kehrt heim.«

Der letzte Satz fiel derart kategorisch aus, dass Jules das Gefühl hatte, er müsse sich für die Verspätung entschuldigen. »Ich fürchte, ich werde mich diesem Stundenplan nicht anpassen können. Das Verbrechen kennt keinen pünktlichen Feierabend.«

Clotilde ging darüber hinweg, indem sie sagte: »Sie sehen erschöpft aus. Und hungrig. Kein Wunder, erst die Strapazen der Anreise und gleich danach der erste Einsatz.« Sie wusste Rat. »Es ist zwar ein wenig früh für das *dîner*, aber mein Mann hat den Holzofen schon vorgeheizt. Wie wäre es mit einer kleinen Stärkung?« Ohne lange zu fackeln, schob sie ihn mit sanftem Druck durch die im Halbdunkel liegende und noch verwaiste Gaststube, die hier – wie auf einem hölzernen Schild zu lesen war – *winstub* hieß.

Durch eine Hintertür führte sie ihn geradewegs in einen Garten, dessen Anblick Jules die Sprache verschlug: ein verwunschenes Kleinod, romantisch schön. Halbrundes Kopfstein bildete den ehrwürdig gealterten Untergrund, auf dem Tische und Stühle aus massivem Eichenholz standen, dahinter eine verschnörkelte gusseiserne Bank. Aus steinernen Kübeln wucherten Pflanzen mit Blüten in allen Farben des Regenbogens. Über eine Rabatte schlängelten sich die Ranken mehrerer Weinstöcke, deren großflächige Blätter ein grünes Dach bildeten. Dichte Trauben hingen herab, so prall und schwer, als würden sie jeden Moment herunterfallen. Ein alter Mühlstein, aus dessen Mitte blutrote Rosen wuchsen, und eine zerbeulte zinnerne Gießkanne dienten als optisches Beiwerk. Den Mittelpunkt bildete ein Brunnen mit hüfthoher steinerner Umfassung, in dem das Wasser aus einem kranichförmigen Speier plätscherte. Oder sollte es ein Storch sein?

»Suchen Sie sich ein Plätzchen aus«, forderte Clotilde ihn auf. »Ich bringe Ihnen gleich eine *tarte flambée*. Möchten Sie sie klassisch nur mit Sauerrahm, Zwiebeln und Speck?«

Jules, der in den letzten Stunden außer seinem Karamellbonbon nichts gegessen hatte, lief das Wasser im Mund zusammen. Von der elsässischen Spezialität, den Flammkuchen, hatte er natürlich schon gehört. Und obwohl seine kulinarischen Vorlieben bei Meeresfrüchten und Fisch aus dem Atlantik lagen, stimmte er freudig zu.

Das Essen ließ nicht lange auf sich warten. Jules hatte es sich gerade an einem Tisch direkt neben dem Brunnen bequem gemacht, als die Wirtin ein Servierbrett aus hellem Holz über das Kopfsteinpflaster balancierte und vor ihm abstellte. Darauf lag der hauchdünne, kross gebackene Teig, der in der Gluthitze des Ofens schwarz geränderte Blasen gebildet hatte. Bestrichen mit sahnig weißem Rahm und bestreut mit Schinkenwürfeln und klein gehackten Zwiebeln verströmte er einen betörenden Duft. Obwohl die *tarte flambée* stattliche vierzig mal vierzig Zentimeter maß, wusste Jules schon jetzt, dass er mit seinem Heißhunger mindestens zwei Flammkuchen schaffen würde. Beherzt griff er zu und wollte es sich schmecken lassen, als Clotilde ihn jäh in seinem Elan bremste. Sie stellte ihm ein Glas hin, dazu eine Karaffe mit Wein – Weißwein.

»Danke, nein«, sagte Jules und schob die Karaffe beiseite. »Ich bin Rotweintrinker.« Dafür musste Clotilde Verständnis haben. Schließlich genoss seine Heimat einen Ruf für ihren hervorragenden *vin rouge*. Vor allem südlich der Gironde-Mündung und im Hinterland rund um Cognac reiften Trauben für Spitzenweine. Und Bordeaux mit seinen weltbekannten Erzeugnissen lag nur siebzig Kilometer von Royan entfernt. Jules schwor auf vollmundige, in Eichenfässern gereifte Tropfen. Je dunkler und schwerer, desto besser.

Die Wirtin taxierte ihn mit einer gewissen Enttäuschung. »Sie bevorzugen Bordeaux, Monsieur le Commissaire? Leider führe ich keine Importweine. Wollen Sie es nicht mit unserem Silvaner versuchen?« Sie zeigte nach oben. Über der Gartenmauer leuchtete die Kuppe eines Weinbergs im Abendrot. »Die Trauben sind dort drüben gelesen worden. Eine hervorragende Lage.«

Jules schmunzelte und war angesichts ihrer freundlichen Hartnäckigkeit geneigt, doch noch anzunehmen. Er liebäugelte mit dem kühlen, goldgelben Wein, der durch die Karaffe schimmerte. Am Glas kondensierte die Feuchtigkeit, bildete Tropfen und rann herab. Sollte er mit seinen Gewohnheiten brechen?

»Vielleicht ein andermal«, blieb Jules sich treu. »Bringen Sie mir bitte bloß eine Flasche Wasser.«

Dann machte er sich über den Flammkuchen her. Es krachte, als er in den knusprigen Rand biss. Eine leicht rauchige Note bildete den Auftakt eines rustikalen Geschmackserlebnisses, dem sich die milde Säure der *crème*, die leichte Süße der Zwiebeln und der markant salzige Charakter des gebackenen Specks anschlossen und sich in seinem Mund zu einem köstlichen Gemenge vereinten.

Clotilde war wenig später mit dem Wasser zur Stelle. Dabei ließ sie es jedoch nicht bewenden, sondern stellte ein Glas mit bernsteinfarbenem Inhalt dazu. »Gegen einen hausgemachten Federweißer werden Sie gewiss nichts einzuwenden haben.« Das war keine Frage, sondern eine Feststellung.

Jules zwinkerte ihr zu, hob das Glas an und probierte. Frisch, spritzig, angenehm kühl. »Formidabel«, lautete sein Urteil, und er erwartete, dass seine Wirtin nun voller Genugtuung zurück in die Küche ziehen würde. Doch sie machte keinerlei Anstalten, sondern blieb neben dem Tisch stehen.

Jules nahm sich das nächste Stück Flammkuchen und sagte schmatzend: »Ich bin noch nicht so weit. Sie können sich mit dem zweiten ruhig Zeit lassen.«

Die Wirtin missinterpretierte ihn und fasste seine Worte als Aufforderung auf, sich zu setzen. Sie raffte ihr trachtenähnliches Kleid und ließ sich mit leisem Stöhnen neben ihm nieder. »Man wird nicht jünger«, erklärte sie ihre Schwerfälligkeit. »Wer weiß, wie lange Pierre und ich die *auberge* noch führen können. Ein Nachfolger ist nicht in Sicht. Schon gar nicht jemand, der die elsässische Kochkunst so gut beherrscht wie mein Mann.«

Während Jules aß, erzählte Clotilde ihm die Geschichte der *tarte flambée*. Eine Spezialität, entsprungen aus den Praktiken der Bäcker, die vor langer Zeit nach Wegen suchten, um die optimale Temperatur ihrer Brotöfen auszuloten. Jemand kam auf die Idee, eine Handvoll Teig zu opfern, ihn dünn auszurollen und aufs Ofenblech zu legen. Wurde er zu schnell schwarz und verbrannte, lag die Temperatur zu weit oben. Brauchte er dagegen lang, um Farbe anzunehmen, musste der Bäcker stärker anschüren. Da es zu schade war, den krossen Fladen einfach wegzuwerfen, probierte man ihn und begann, mit Aufstrichen und Belegen zu experimentieren. Seinen Namen verdankte die herzhafte Köstlichkeit der Tatsache, dass die Proben bereits in die Öfen gegeben wurden, als die Flammen noch aufstiegen und an dem Teig leckten.

»Zutaten, Ruhezeiten für die Teigmasse, die richtige Hitze – das Wissen um die perfekte *tarte flambée* wird verloren gehen, wenn unsere Generation eines Tages ausstirbt«, seufzte die Wirtin und stützte ihr rundliches Gesicht auf ihren gefalteten Fingern ab.

»Haben Sie keine Kinder, die in Ihre Fußstapfen treten wollen?«, fragte Jules, der das Problem der Nachfolgeregelung nur zu gut kannte. Genauso erging es seinen künftigen Schwiegereltern, die eine kleine Reederei betrieben und während der Saison Touristen auf die Leuchtturminsel Cordouan übersetzten. Mitten im Meer, zwischen der Küste von Royan und der Landzunge von Grave gelegen, ragte das im sechzehnten Jahrhundert errichtete Leuchtfeuer imposante siebenundsechzig Meter weit in die Höhe. Eine gefragte Attraktion und seit Generationen die Haupteinnahmequelle von Lilous Familie.

Lilou – bei dem Gedanken an seine *petite amie* verschluckte er sich an einem Teigsplitter und hustete. Er musste sie unbedingt anrufen. Er hatte ihr versprochen, sich gleich zu melden, sobald er in Rebenheim angekommen war.

»Geht es?« Clotilde klopfte ihm auf die Schulter. »Trinken Sie einen Schluck Wasser und spülen Sie den letzten Happen herunter.«

»Danke, danke, ich komme zurecht.«

Clotilde überzeugte sich davon, dass es ihrem Gast wirklich besser ging, holte aus der Küche den zweiten Flammkuchen und ließ sich, um Atem ringend, langsam erneut nieder.

»Um Ihre Frage zu beantworten, ja, wir haben Kinder. Vier an der Zahl. Aber sie gehen anderen Interessen nach.« Stolz schwang in ihrer Stimme. »Alle vier haben es auf die Universität geschafft. André studiert Medizin, Jérôme Jura, Joséphine Luft- und Raumfahrttechnik und Béatrice Journalistik.« Der bekümmerte Gesichtsausdruck kehrte zurück, als sie sagte: »Bea möchte Reporterin werden. Genau wie dieses bedauernswerte Mädchen, das auf dem Hauensteinschen Hof erschlagen worden ist. Ein gefährlicher Beruf, wie es scheint.«

Jules fuhr ruckartig auf. »Woher wissen Sie von der Identität der Toten?« Ihm kam ein Verdacht. »Etwa auch von Facebook?«

Clotilde neigte ungläubig den Kopf. »Verschonen Sie mich bitte mit solch neumodischem Zeug. Meine Kinder liegen mir andauernd damit in den Ohren, dass wir uns einen Computer anschaffen sollen. Allein schon für die Buchhaltung wäre das wichtig und für die Reklame, behaupten sie. Wir bräuchten unbedingt auch eine eigene Webseite. Aber Pierre und ich meinen, dass wir zu alt sind, um uns …«

»Beantworten Sie bitte meine Frage«, unterbrach Jules den Redeschwall der Wirtin. »Woher wissen Sie davon?«

»Ich … ähm …« Sie zog die Stirn in Falten. »Es ist mittlerweile Stadtgespräch. Lino ist mit seinem Wagen am Hauenstein-Hof vorbeigefahren, als er zurück vom Angeln kam. Ihm sind die Polizeifahrzeuge aufgefallen. Deshalb hat er sich erkundigt. Und wenn es Lino weiß, dann weiß es ganz Rebenheim. Vincent ist auch schon dran und wird es in der morgigen Ausgabe bringen. Obwohl ihm das sicher schwerfällt, darüber zu schreiben, immerhin war Zoé ja seine Volontärin.«

Jules schob das Holzbrett mit den letzten Krümeln des Flammkuchens beiseite. »Wer sind Lino und Vincent?«, fragte er darum bemüht, zumindest ein wenig Struktur in ihr Gespräch zu bringen.

»Vincent ist der Lokalchef unserer Zeitung *Les Nouvelles du Haut-Rhin*. Und Lino ...« Sie schnalzte mit der Zunge. »Den werden Sie früh genug kennenlernen.«

Bevor Jules nachhaken konnte, stand sie plötzlich auf – viel flinker, als sie sich vorhin gesetzt hatte – und eilte mit den Worten »das Dessert« davon.

Jules schaute ihr nach und fragte sich, inwieweit er noch Herr der Lage war. In diesem Dorf schienen sich die Dinge zu verselbstständigen, und er hatte ständig das Gefühl, der aktuellen Entwicklung hinterherzuhinken.

Eine Melodie summend kehrte Clotilde zurück und drapierte einen bauchigen Porzellanteller auf dem Tisch. Er enthielt einen schneeweißen, schaumigen Ball, umgeben von einer cremigen Soße, der Rand dekoriert mit flüssigem Karamell.

Als *île flottante* betitelte Clotilde die Nachspeise, schwimmende Insel. Jules griff zur Dessertgabel, kostete von der zuckersüßen Kalorienbombe und bekam die Erklärung, dass es sich um Eischnee auf *crème anglaise* handelte.

Spätestens jetzt, da er die Eischneeinsel mitsamt dem Vanillesoßenmeer und der üppigen Karamellgarnierung aufgegessen hatte, wurde Jules klar, dass er eine Verdauungshilfe benötigen würde. Entweder einen Cognac, einen Obstschnaps wie den Marc de Gewurtz oder aber einen Noilly Prat, ein kräftiger Wermut. Die gesündere Alternative wäre ein Spaziergang oder eine sonstige sportliche Tätigkeit. Zu Hause in Royan, dachte er, würde er in einer vergleichbaren Situation an die Strandpromenade gehen und sich einer der zahlreichen Boule-Gemeinschaften anschließen.

Doch die Chancen, dass er seinem Hobby auch hier frönen konnte, standen schlecht. Er hatte sich vor seiner Versetzung erkundigt, in diesem nordöstlichen *département* konnte man dem Zielwerfen mit schweren Kugeln wenig abgewinnen. Dennoch erkundigte er sich: »Gibt es einen Bouleplatz in Rebenheim?«

Wie erwartet musste Clotilde passen. »Nein, damit können wir nicht dienen.« Dennoch wollte sie ihren Gast nicht enttäuschen und suchte nach Alternativen. Der Markt sei gepflastert und komme daher nicht infrage, und im Parc des Noyers mit seinen vielen Nussbäumen sei es um diese Zeit schon zu dunkel. Doch es gebe eine Fläche, die eventuell passend sei. »Vor der *Brasserie Georges* stehen zwei Kastanien. Der Untergrund dazwischen ist nicht befestigt, aber ebenmäßig, und aus der Kneipe fällt genug Licht auf den Platz.«

»Vor der *Brasserie Georges,* sagen Sie?«

»Ja, der Treffpunkt unserer Radsportgruppe. Fast jeden Tag nach Feierabend kommen sie dort zusammen, fahren ein paar Runden und belohnen sich für das bisschen Sport mit dem einen oder anderen *bière pression*. Sie können die *brasserie* nicht verfehlen. Halten Sie sich einfach links an der Stadtmauer und gehen die Rue du Pinot entlang, dann sind Sie in ein paar Minuten dort.«

Jules bedankte sich für den Insidertipp, legte Serviette und Besteck beiseite und eilte die knarrende Treppe zu seinem Zimmer hinauf. Ein hübscher Raum mit schräger Decke, unebenen Dielen, pastellfarben gestrichenen Möbeln. Die Flügel vor den Fenstern waren, von wuchernden Petunien blockiert, nur zur Hälfte aufgeklappt.

Aus den Tiefen seines Koffers barg Jules ein gewichtiges Bouleset, das sorgsam verstaut in einer abgenutzten Lederhülle ruhte. Er zog den Reißverschluss der Tasche auf und kontrollierte das Equipment auf Vollständigkeit. Anschließend nahm er eine der tennisballgroßen Kugeln heraus und wog das kalte Metall in seiner Hand. Er betrachtete es versonnen. Jules hatte die Ausrüstung für seine liebste Freizeitbeschäftigung von seinem Vater übernommen, der sie bei ihm in guten Händen wähnte. Sein Vater galt in Royan als ungekrönter Großmeister des Boulesports. Und das wollte etwas heißen, da mindestens jeder zweite männliche Einwohner der Küstenstadt dieser verbreiteten Leidenschaft frönte. Die ehemals silbern glänzende Kugel, die Jules nun mit Besitzerstolz beäugte, hatte nicht nur seinem Vater zu Sieg um Sieg verholfen, sondern inzwischen auch ihm. Sie mochte im Laufe der Jahre an Glanz eingebüßt haben und war überzogen mit kleinen Einkerbungen. Jules würde sein Set trotzdem gegen kein neues eintauschen, denn jede der alten Kugeln war ihm vertraut. Er hätte sie mit verbundenen Augen voneinander unterscheiden können, indem er die Narben ihrer Oberflächen abtastete. Und er wusste sehr genau um ihr unterschiedliches Flug- und Abrollverhalten.

Mit der Ledertasche unterm Arm verließ er das Gasthaus und zog los. Die Sonne war untergegangen und tauchte den abendlichen Himmel in beinahe kitschige

Rosarottöne. Das allgegenwärtige Fachwerk und die Sandsteinfassaden mit ihrem überbordenden Blumenschmuck wirkten dadurch noch behaglicher. Diese Stadt strahlte eine angenehme Wohlfühlatmosphäre aus, dachte Jules und suchte nach Worten, die den besonderen Charakter Rebenheims am besten trafen: romantisch, heimelig oder lieblich? Er war sich sicher, dieses architektonische Kleinod voller lebendiger Geschichte würde auch Lilou gefallen.

Bei dem Gedanken an seine Freundin fiel ihm siedend heiß der versprochene Anruf ein. Unverzüglich angelte er sein Handy aus der Hosentasche und wählte ihre Nummer.

Sie nahm schon nach dem ersten Tuten ab: »*Chéri?*«, fragte sie und sprach die liebevolle Anrede aus wie einen Vorwurf.

Jules entschuldigte sich unverzüglich bei ihr, wusste er doch um ihr Temperament, das man gut und gern als südländisch bezeichnen konnte. Seine langjährige Liebe, deren seidig schwarzes Haar wundervoll mit ihren dunklen Augen korrespondierte, war zierlich und schlank, gleichzeitig aber ein quirliges Energiebündel. Jules schätzte ihre stürmische Art, mit der sie ihn so manches Mal auf Trab brachte. In Situationen wie dieser konnte ihre Impulsivität jedoch auch anstrengend sein. Denn dass er bereits an seinem ersten Fall arbeitete, ließ sie natürlich nicht als Grund für das späte Telefonat gelten.

»Für einen kurzen Anruf ist immer Zeit«, beschwerte sie sich.

»Keine Chance. Ich musste sofort zum Tatort«, erklärte Jules. »Ich habe es hier mit einer sehr resoluten

Untersuchungsrichterin zu tun, die schnelle Ergebnisse erwartet.« Das Wort »resolut« betonte er besonders, in der Hoffnung, Lilou möge sich Joanna Laffargue als alten Drachen vorstellen.

Doch das tat sie nicht, sondern witterte unverzüglich Konkurrenz. »Ist sie hübsch?«, fragte sie spitz.

»Hübsch? Wer?« Verflixt, dachte Jules und biss sich auf die Zunge. Mit dieser naiven Gegenfrage hatte er unbewusst signalisiert, dass es sich bei der Richterin sehr wohl um eine ansehnliche Vertreterin ihres Geschlechts handelte.

»Und jung?«, folgte prompt die nächste, durchaus besorgt klingende Frage. »Jünger als ich?«

Nun fing das wieder an! Jules stieß ein leises Stöhnen aus. Lilou ging stramm auf die dreißig zu und war die einzige Unverheiratete in ihrem Freundeskreis. Ihre Liaison währte seit sechs Jahren, doch hatte sich Jules nie dazu hinreißen lassen, seiner Angebeteten einen Antrag zu machen. Er fühlte sich – trotz seiner dreiunddreißig Lenze – nicht reif für die Ehe. Eine Einstellung, die ihm seine Freundin tagtäglich in Form eines wahlweise stillen oder lauten Vorwurfs ankreidete.

»Ich weiß nicht, wie alt Madame Laffargue ist«, antwortete er gereizt. »Ich habe mir nicht ihren Ausweis zeigen lassen.« Indem er sie als Madame bezeichnete, hoffte er darauf, dass sich Lilou beruhigte.

Tatsächlich wechselte sie das Thema. »Wie gefällt es dir dort oben im Norden? Hast du dich warm genug angezogen?«

»Das brauche ich nicht. Hier herrscht ein mildes Klima, und selbst um diese Uhrzeit weht nur ein laues Lüftchen. Sehr angenehm.«

»Hoffentlich nicht zu angenehm. Du brauchst dich gar nicht erst ans Elsass zu gewöhnen. Deine Heimat liegt hier am Atlantik. Sei fleißig und bewähre dich, dann steigst du bald auf und kannst zurückkommen.«

»So schnell, wie wir uns das wünschen, wird es sicher nicht passieren.«

»Du weißt, dass du jederzeit bei der Gendarmerie aufhören kannst. Papa würde dir die Reederei lieber heute als morgen überschreiben.«

Reederei – was für ein hochgestochenes Wort für eine Klitsche mit zwei Touristenbooten, dachte Jules. Außerdem wäre die Ehe mit Lilou die Voraussetzung für den Deal. »Ja, ich weiß«, sagte er nur.

Lilou stellte ihren Tonfall um – von strenger Partnerin auf säuselnde Geliebte. »Weißt du, wie sehr ich dich schon jetzt vermisse?«

Ihre gehauchten Worte zeigten Wirkung. Jules wurde warm ums Herz. »Ich dich auch«, sagte er sanft. Sie turtelten ganz wie in alten Zeiten, bevor er ihr eine gute Nacht wünschte und versprach, sich morgen früher bei ihr zu melden.

Die ersten Sterne sandten ein schwach glitzerndes Licht vom schwärzer werdenden Himmel, doch der kleine Platz, auf den er zuging, war belebt wie am helllichten Tag. Ein Lokal, wohl die *Brasserie Georges*, verströmte genug Helligkeit, um das von Clotilde beschriebene Gelände davor auszuleuchten. Die sandige Fläche, behütet von zwei stattlichen Kastanienbäumen, fiel allerdings kleiner aus als erwartet. Grob maß er sie ab. Für weite Würfe würde es wohl nicht reichen, doch zumindest den Untergrund stufte er als geeignet für sein Training ein.

Nachdem Jules den Platz einer ersten Musterung unterzogen hatte, wandte er sich der *brasserie* zu, aus deren scheppernden Lautsprechern eine krude Mischung aus betagten Chansons und französischem Rap tönte. Das Publikum, vorwiegend Männer, schien sich nicht daran zu stören, sondern amüsierte sich blendend. Es wurde viel gelacht, die Gläser klirrten beim Anstoßen. Er fing Satzfetzen angeregter Unterhaltungen auf, konnte aber nicht verstehen, worum es sich handelte. Fast schien es ihm, als würde die Stammtischrunde eine andere Sprache sprechen. Womöglich wieder Elsässisch?

Was Jules besonders auffiel, war die große Anzahl von Fahrrädern, die rings um die Terrasse der *brasserie* lehnten: Tourenräder, Mountainbikes, vor allem Rennräder jeder denkbaren Farbe und Ausstattung. Jules kannte sich nicht aus, ahnte aber, dass er es hier mit echten Freaks zu tun bekommen würde.

Jules grüßte unverbindlich in Richtung der Männerrunde. Ein einzelnes *Bonsoir!* kam zurück. Ohne großes Aufheben darum zu machen, legte er seine Ledertasche ab, entnahm ihr den *cochonnet*, die Zielkugel, und warf sie aus dem Handgelenk auf die freie Fläche unter dem grünen Dach der Kastanienkronen. Anschließend griff er zur ersten Silberkugel. Angesichts der beengten Verhältnisse entschloss er sich dazu, das *pétanque*, eine besondere, in Südfrankreich verbreitete Variation des Boulespiels zu wählen. Statt zwei oder drei Schritte Anlauf zu nehmen, ließ er sich federnd in die Knie und warf aus dem Stand heraus. Die Kugel schrieb einen Bogen durch die Luft und landete nur wenige Zentimeter vom Ziel entfernt auf dem trockenen Boden. Der Aufprall erzeugte ein dumpfes Rumsen, Staub stieg auf. Jules nahm die zweite Kugel zur Hand, federte, holte mit dem Arm Schwung und warf. Das silberne Geschoss schlug dicht neben dem ersten Wurf auf. Jules konnte schwer abschätzen, welche der beiden Kugeln näher am *cochonnet* lag. Um das festzustellen, holte er ein ausziehbares Maßband hervor, mit dem man im Zweifelsfall bis auf den Millimeter genau nachprüfen konnte, welcher Wurf der bessere war.

Jules wusste sehr wohl: Dieses Korrektiv konnte Leben retten, wenn es darum ging, einen Streit zwischen rivalisierenden Spielern zu schlichten. Denn in der Hitze des Gefechts konnten die Emotionen hochschlagen. Auch wenn die Anhänger des Boulesports für Außenstehende als Phlegmatiker gelten mochten, die in sich selbst ruhten, waren die emotionale Kraft und das verborgene Aggressivitätspotenzial dieses Sports nicht zu unterschätzen.

Jules kam nach genauer Messung zu dem Schluss, dass sein erster Wurf den Favoriten stellte, und wollte gerade zur dritten Kugel greifen, als er aufschaute und sich von den Männern aus der *brasserie* umgeben sah.

Neun oder zehn von ihnen hatten die Bierrunde verlassen und bildeten mit verschränkten Armen und abwartend neugierigen Blicken einen Halbkreis. Jules musste zweimal hinsehen, bis er einen von ihnen erkannte.

»*Bonsoir*, Major«, grüßte dieser.

Lautner! Es war der Adjutant, der sich aus der Gruppe löste und auf ihn zutrat. Nun kannte Jules den Grund für dessen Drang, pünktlich Feierabend zu machen. Er gehörte der Radsportgruppe an. Sie schüttelten sich die Hände, woraufhin die Umstehenden ihre starren Posen aufgaben und ebenfalls näher traten.

Die Situation entbehrte nicht einer gewissen Komik. Obwohl das Boulespiel in diesen Breitengraden offenkundig nicht populär zu sein schien, zeigten sich die Männer mehr oder weniger offen interessiert. Jules dachte daran, einem von ihnen eine Kugel in die Hand zu drücken und dazu zu animieren, es einfach einmal selbst zu versuchen. Aber bei wem sollte er anfangen?

Lautner nahm ihm die Entscheidung ab, indem er selbst die Initiative ergriff. »Darf ich, Chef?«, fragte er und bediente sich aus der Ledertasche. Ein wenig ungelenk holte er aus und schmiss die Kugel grob in Richtung des Ziels. Anerkennendes Grummeln der anderen wurde laut, und schon wog der nächste Kandidat eine Kugel in der Hand.

Die Sache verselbstständigte sich, was Jules wohlwollend amüsiert verfolgte. Dabei trat er – um Fehlschüssen nach hinten auszuweichen – ein paar Schritte zur Seite und stieß an eines der geparkten Fahrräder. Ein Rennrad mit dermaßen dünnen Felgen, dass Jules sich kaum vorstellen konnte, wie dieses Leichtgewicht einen ausgewachsenen Mann tragen konnte. Jules fasste an den Lenker und hob es an.

»Der Rahmen ist aus Carbon, ein Kohlefaserverbundwerkstoff. Der macht es sehr leicht. Dieser wiegt vielleicht ein Kilogramm, nicht mehr. Trotzdem ist es extrem steif, das heißt, die Arbeit bei jedem Tritt wird unmittelbar in Vortrieb umgesetzt und geht nicht durch Verbiegen des Rahmens verloren. Anderseits ist es unkomfortabel, weil ziemlich hart.«

Der Mann, der das sagte, hatte die siebzig mit Sicherheit schon überschritten. Er war etwas kleiner als Jules, wirkte knorrig wie eine alte Eiche und ebenso standhaft. Sein weißes Haar trug er raspelkurz, was sein ausdrucksstarkes Gesicht mit dicker Knollennase besonders hervorhob.

»Es ist empfindlich gegen Stürze. Einmal heftig gegen eine Bordsteinkante gedonnert und der Rahmen ist hinüber. Es reichen ein paar wenige Haarrisse, um den Rahmen spontan und ohne jede Vorwarnung brechen zu lassen«, redet der Alte weiter. »Viel zu riskant für meinen Geschmack. Denn wenn ein alter Sack wie ich stürzt, sind auch die Knochen gebrochen.«

»Sie kennen sich aus«, sagte Jules anerkennend.

»Das will ich meinen! Ich habe in meinem Leben so viele Kilometer *à vélo* zurückgelegt, dass es für mehrere Erdumrundungen gereicht hätte.«

»Aber nicht auf dem Sattel eines Carbonrads.«

»Gewiss nicht.« Der Alte deutete auf ein anderes Zweirad, dem sein lang zurückliegendes Baujahr selbst für einen Laien wie Jules nicht zu verkennen war. »Ich halte nichts von dem neumodischen Schnickschnack. Meines kommt aus der traditionsreichen Radschmiede Cycles Gitane. Es ist derselbe Typ, mit dem der letzte französische Tour-de-France-Sieger Bernard Hinault 1985 ins Ziel gefahren ist.«

»Soll das eine Ode an den Stahlrahmen aus französischer Produktion sein?«, fragte Jules, dem das Gespräch gefiel, schmunzelnd.

Jules' Gegenüber aber verzog den Mund, wohl weil er nicht einzuschätzen vermochte, ob die Bemerkung spöttisch gemeint war. »In meinem Rennstall habe ich auch ein englisches Raleigh-Rad«, sagte er beinahe trotzig.

»Ebenfalls ein Gewinnerrad?«

»Dafür hat es nicht ganz gereicht. Auf einem Raleigh hat Laurent Fignon die 1989er-Tour mit acht Sekunden Rückstand verloren. Zugegeben, daran war seine konservative Einstellung schuld, denn der Sieger Greg LeMond benutzte im entscheidenden Einzelzeitfahren erstmals einen tiefen aerodynamischen Lenker, während Fignon ja sein klassisches Rad fuhr.«

»Das würde ich bei Gelegenheit gern mal ausprobieren: eine Proberunde auf Ihrem Raleigh oder dem Gitane.«

Offenbar entschied sich der betagte Rennrad-Enthusiast dafür, dass Jules einer Vorstellung würdig war, denn er streckte ihm mit schwungvoller Entschiedenheit die Hand entgegen. »Pignieres«, machte er sich bekannt. »Aber hier nennen mich alle nur beim Vornamen.«

»Und wie lautet der?«

»Lino.«

Lino? War das nicht der Name, den Clotilde erwähnt hatte? Auch Jules stellte sich vor, woraufhin Linos Händedruck fester wurde.

»Der neue Kommandant? Es ist mir eine Ehre! Wie man hört, kommen Sie von weit her.«

»Aus Royan«, sagte Jules. »Das ist nicht gerade um die Ecke.«

»Aus der Bretagne also.«

»Aber nein! Bretonen haben keinen Hals, bei denen sitzt der Kopf direkt auf dem Rumpf. Sehe ich etwa so aus?«, fragte Jules in gespielter Empörung. »Royan liegt im *département* Charente-Maritime. Die Bretagne beginnt erst bei Nantes.«

»Ach ja? Man lernt eben nie aus.«

»Macht nichts. Einige meiner Bekannten wussten auch nicht, dass das Elsass zu Frankreich gehört.«

Linos Wissensdurst über Jules' Herkunft schien schon gelöscht zu sein, denn unversehens wechselte er das Thema. »Ihr Werdegang?«, fragte er, wobei er einen befehlsmäßigen Ton anschlug, den Jules zur Genüge von älteren Kollegen kannte.

Er musste über den plötzlichen Schneid des Alten lächeln, antwortete aber brav: »Der klassische Weg. Ich habe die Polizeischule der Gendarmerie nationale in Rochefort besucht und bin anschließend in Royan stationiert worden. Dort habe ich mir meine Sporen verdient, um hier in Rebenheim meine erste Kommandantur übernehmen zu können.«

»Ein guter Posten, ein wichtiger Posten. Wie man hört, sind Sie auch schon Joanna Laffargue über den Weg gelaufen. Eine fesche Braut, was?«

Jules merkte, wie ihm augenblicklich warm wurde. Auch ohne Spiegel wusste er, dass sich seine Wangen rot färbten. »Ja, ich habe die Untersuchungsrichterin kennengelernt. Wir führten eine kurze Unterhaltung.«

Lino taxierte ihn, zog seine Schlüsse aus Jules' Reaktion und raunte ihm zu: »Lassen Sie sich einen gut gemeinten Rat geben.«

»Ich höre.«

»Passen Sie auf, dass Sie sich an der nicht die Finger verbrennen. Die hat es faustdick hinter den Ohren.«

»Wie meinen Sie das?«, fragte Jules irritiert über diesen ebenso ungewollten wie überraschenden Ratschlag.

»So wie ich es sage. Außerdem will sie immer das letzte Wort haben.« Da Jules nichts darauf erwiderte, stellte Lino nach einer weiteren kurzen Musterung seines Gegenübers fest: »Sie sind bestimmt nicht liiert.«

»O doch, sehr sogar.«

»Dann sollten Sie die Frauen besser kennen. Sie wird Ihnen immer einen Schritt voraus sein. Denn wo bei uns Männern ein langer Denkprozess notwendig ist, genügt bei denen die Intuition und das Gefühl.«

»Und sie irren sich genauso oft wie wir«, meinte Jules, der den Lebensweisheiten des Alten nicht viel abgewinnen konnte.

Adjutant Lautner gesellte sich mit einer Boulekugel in der Hand zu ihnen. »Sie haben sich schon bekannt gemacht?«, fragte er und schaute die beiden abwechselnd an.

»Ja, ich lerne gerade viel über ... über den Radsport«, mied Jules das zuletzt von Lino angeschnittene Thema.

Lautner strahlte. »Es freut mich, wenn Sie sich mit Ihrem Vorvorgänger so gut verstehen.«

Jules hob fragend die Brauen, woraufhin Lino berichtete, dass er bis zu seiner Pensionierung die Gendarmerie geleitet hatte. »Ich stamme aus einer Polizistenfamilie. Mein Vater war Gendarm, mein Großvater ...«

Lautner ließ die schwere Boulekugel unbedacht von einer Hand in die andere rollen. Sie entglitt ihm, fiel zu Boden. Jules konnte seinen Fuß nicht schnell genug zurückziehen und wurde am großen Zeh getroffen.

»*Putain!*«, fluchte er mit schmerzerfülltem Gesicht.

Während Lautner rot anlief und stammelnd nach den richtigen Worten für eine Entschuldigung suchte, klopfte Lino Jules auf die Schulter. »So was sagt man hier nicht, mein Lieber. Das ist Gossensprache. Da hört gleich jeder, dass Sie aus dem Süden stammen.«

»Das sagt man nicht? Was sagt man denn sonst?«, fragte Jules und kämpfte gegen den Schmerz an.

»*Merde*. Schlicht und einfach *merde*.«

Jules, dem angesichts seines pochenden Zehs nicht nach Wortklauberei zumute war, nahm die Zurechtweisung mit verkniffenem Lächeln zur Kenntnis und ließ sich von seinem ehemaligen Kollegen zu einem *bière pression* einladen, das ihnen gut gekühlt an einem der Bistrotische auf der Terrasse gereicht wurde. Nachdem sich beide ein wenig beschnüffelt hatten, indem sie sich gegenseitig scheinbar unverfängliche Fragen stellten, war das Eis spätestens beim zweiten Bier gebrochen.

»Sie scheinen ein anständiger Kerl zu sein«, befand Lino und ging nahtlos ins Du über. »Kannst mich Lino nennen.« Lautner, der wortlos und mit etwas Abstand bei ihnen gestanden hatte, bewog diese Aussage zu einem erleichterten Aufatmen. Jules schloss daraus auf die gewichtige Rolle seines Vorvorgängers.

Linos Rat schien jedenfalls nach wie vor gefragt zu sein, denn Lautner erkundigte sich bei ihm: »Über die Tote auf dem Hauensteinschen Hof hast du dir bestimmt deine Gedanken gemacht. Wir tippen auf das Werk eines Sexualstraftäters. Was meinst du?«

Jules musste unwillkürlich schmunzeln. Wie sollte Lino ohne jede weitergehende Information über den Fall und ohne den Tatort in Augenschein genommen zu haben eine Vermutung äußern können? Doch der alte Gendarm schien mehr zu wissen, als er dürfte.

»Schlagt euch das aus dem Kopf«, sagte Lino mit seiner brummig festen Stimme. »Weshalb sollte sich ein Triebtäter ausgerechnet an einem so abgelegenen Hof auf die Lauer legen, an dem normalerweise keine Menschenseele vorbeikommt? Schon gar kein hübsches Mädchen, noch dazu allein.«

»Stimmt«, pflichtete Lautner ihm bei. »Das wäre ziemlich blöd.«

Lino war in seinen Überlegungen schon weiter. »Was hatte Zoé Lefèvre dort überhaupt zu suchen? Durch Zufall ist sie bestimmt nicht da gewesen.«

Dieser Gedanke war auch Jules gekommen. Eine mögliche Erklärung sah er in Zoés Job. »Vielleicht war sie hinter einer Story her«, mutmaßte er.

Lautner nickte zunächst beipflichtend, hörte jedoch sofort damit auf, als er Linos skeptische Miene wahrnahm.

»Wenn das Hauensteinsche Anwesen für etwas taugt, dann für ein Schäferstündchen«, wusste Lino. »Durch die abseitige Lage ist man dort ungestört. Ideal für Liebespaare und heimliche Rendezvous.«

Auch dieser Gedanke hatte etwas für sich, musste Jules seinem erfahrenen Gegenüber zugestehen. Für diskrete Stelldicheins erschien ihm der abgelegene Hof mit seinem romantisch verwilderten Ambiente geradezu perfekt. »Mit wem könnte sie sich getroffen haben?«, fragte er. »Ist Ihnen, äh, dir etwas von einer Liaison bekannt – womöglich mit einem verheirateten Mann?« Wenn das so wäre, hätten sie ihren ersten Tatverdächtigen.

Zu Jules' Bedauern zuckte Lino die Schultern. »Ich will nicht ausschließen, dass Zoé Lefèvre Affären mit gebundenen Männern hatte. Denn sie war ein aufgewecktes Kind und hübsch anzusehen. Die Männer haben sich nach ihr umgedreht, wenn sie über den Place

Turenne stolziert ist. Selbst den Bürgermeister habe ich mal dabei beobachtet, wie er Stielaugen bekam.«

Lautner hustete demonstrativ in seine Faust, woraufhin Lino ihn anblaffte: »Was ist? Ich bin in Rente. Mir kann keiner mehr was! Ich darf reden, wie mir der Schnabel gewachsen ist!« Etwas ruhiger fuhr er fort: »Wahrscheinlicher ist, dass sie sich mit ihrem Freund getroffen hat.«

Jules horchte auf. »Sie hatte einen Freund? Wie heißt er? Und was ist das für ein Typ?«

»Was für ein Typ er ist?« Lino verzog den Mund. »Na, so wie heute alle sind. Ein ganz Cooler mit Bart, Turnschuhen und engen Jeans. Sein Name ist Robin, soviel ich weiß. Wohnt irgendwo zur Miete, draußen in der Neustadt.«

Das klang abfällig, als zählten nur die Einwohner der Altstadt zu den besseren Bürgern. »Du kennst den jungen Mann?«, fragte Jules.

»Nein, aber ich habe einiges über ihn gehört: ein Hitzkopf, leicht aufbrausend. Er ist hin und wieder mit dem Gesetz in Konflikt geraten, aber das waren nur Kleinigkeiten. Ob er zur Gewalttätigkeit neigt? Keine Ahnung. Das musst du selbst überprüfen.«

Jules brannten weitere Fragen unter den Nägeln. Doch der Auftritt eines ihm bereits bekannten Rebenheimers ließ ihre Unterhaltung jäh enden.

»Schluss für heute!« Wie ein militärischer Befehl hallte die Stimme von Robert Moreau über die Terrasse der *brasserie* und den kleinen Platz. »Morgen steht unsere Tour mit sechshundert Höhenmetern auf dem Programm. Geht nach Haus und schlaft euch aus, damit ihr fit genug dafür seid.«

Voller Erstaunen beobachtete Jules, wie die Männer, die bis eben ausgelassen und heiter mit dem Boulespiel experimentiert hatten, die Kugeln beiseitelegten, ihre Zeche zahlten und sich auf ihre Räder schwangen. »*Salut!*«, rief der eine oder andere, woraufhin sich die Runde schnell auflöste.

Moreau gab also nicht nur in seinem Weinbetrieb und auf Tatorten den Ton an, sondern auch bei der örtlichen Radsportgruppe. Auf Jules machte sein herrisches Auftreten einen alles andere als sympathischen Eindruck. »So schnell sieht man sich wieder«, sagte er und klang dabei feindseliger, als es angebracht gewesen wäre.

Moreau quittierte das mit einem abschätzigen Blick. »Wir haben uns einiges vorgenommen in dieser Saison und viel erreicht. Doch wir dürfen uns nicht auf unseren Lorbeeren ausruhen. In zwei Wochen nehmen wir an einem Etappenrennen entlang der Weinstraße teil. Wenn wir bis dahin nicht top in Form sind, haben wir keine Chance. Das Team aus Sélestat ist ausgezeichnet, ganz zu schweigen von Obernai und Molsheim. Wir müssen uns richtig reinhängen. Das geht nur mit einer ausgeruhten Mannschaft, die sich nicht in irgendwelchen südländischen Randsportarten verausgabt.«

»Na dann …« Auch Lino machte Anstalten zu gehen.

Jules wollte dem allgemeinen Aufbruch nicht im Wege stehen und stellte seine offenen Fragen in Bezug auf den Fall hintan. Er schloss sich Lino und Lautner an, die ihre Räder neben ihm herschoben. Wohlwollend registrierte er, dass Lino ganz beiläufig seinen Mittelfinger ausstreckte. Eine eindeutige Geste in Richtung

Moreau. Ob dieser sie im Dämmerlicht sehen konnte, blieb dahingestellt.

»Hast du Interesse?«, fragte Lino an Jules gerichtet, während sie die abendlich verschlafene Einkaufsstraße Rue des Vosges entlangzogen und Jules die kühle weiche Abendluft genoss.

»Interesse an was?«

»Am Radfahren?« Lino zog einen kleinen lederumfassten Block aus seiner rostbraunen Cordjacke und notierte einen Namen: *Cycl'évasion*. »Ein ausgezeichnetes Fahrradgeschäft in der Rue Albert Schweitzer. Richte einen schönen Gruß von mir aus, dann macht Gilbert dir einen guten Preis.«

Jules nahm den herausgerissenen Zettel entgegen. »Danke«, sagte er und wusste die Geste des Alten zu schätzen. »Ich werde es mir durch den Kopf gehen lassen.«

»Nicht durch den Kopf«, scherzte Lino. »Vor allem durch die Waden!«

LE DEUXIÈME JOUR

DER ZWEITE TAG

Noch vor seinem Antrittsbesuch in der Gendarmerie zog es Jules in die Redaktion der *Les Nouvelles du Haut-Rhin*, bei der Zoé Lefèvre gearbeitet hatte. Das kleine, nur aus zwei Räumen und einem winzigen Empfang bestehende Büro lag im ersten Stock eines schmalen Hauses in der Rue de Lipsheim, einer Seitengasse der Rue des Vosges.

Zuvor hatte Jules ein *petit-déjeuner* ganz nach seinem Geschmack zu sich genommen. Zum *café au lait* hatte Clotilde ihm ein ofenfrisches *pain au chocolat* gereicht, knusprig und luftig wie ein Croissant, versetzt mit schmelzwarmen Schokoladenstückchen. Eine Kalorienbombe, wie Jules sehr wohl wusste – aber eine, die ihm den Tag versüßte. Entsprechend gut gelaunt ging er zu Werke, als er sich bei einer ältlichen und leicht untersetzten Sekretärin nach dem Redaktionsleiter erkundigte.

»Für gewöhnlich ist Monsieur Le Claire um diese Zeit noch nicht im Haus«, belehrte sie ihn und ließ sich durch seine Uniform nicht im Mindesten beeindrucken. »Wir öffnen zwar um acht, doch nur um Inserate aufzunehmen. Die Redaktion ist erst ab zehn Uhr besetzt.«

Jules wusste nicht recht, woran er war. »Sie sagen ›für gewöhnlich‹. Heißt das, Monsieur Le Claire ist heute früher dran?«

Die Sekretärin schien mit sich zu hadern, was sie ihm darauf antworten sollte. »Monsieur Le Claire möchte ungestört sein.«

»Schon gut, Mathilde!«, rief ein Mann, der bis eben tief über eine Computertastatur gebeugt in der hinteren Ecke des rückwärtigen Büros gesessen hatte. »Ich komme ja.«

Jules sah sich dem Prototyp des in die Jahre gekommenen Lokalreporters gegenüber: schlaksig, ein wenig ungepflegtes Erscheinungsbild, die Lesebrille auf dem Nasenrücken. Der Lokalchef, dessen Alter schwer zu schätzen war, schien geradewegs den Siebzigerjahren entsprungen zu sein. Zumindest pflegte er eine Vorliebe für die Mode aus dieser Zeit, ließ sich Koteletten stehen und trug Schlaghosen.

»Vincent Le Claire«, stellte er sich vor. »Sie sind der neue Kommandant der Gendarmerie?«

Jules bestätigte dies, nannte ebenfalls seinen Namen sowie den Dienstrang und kam ohne Umschweife auf Zoé Lefèvre zu sprechen. Le Claire erwies sich sogleich kooperativ, bestätigte die Zusammenarbeit mit Zoé und zeigte sich betrübt über deren gewaltsamen Tod. Mehr aber auch nicht. Von Bestürzung konnte nicht die Rede sein. Jules schrieb das dem Umstand zu, dass ein langjähriger Journalist abgebrüht genug sein musste, um in der Lage zu sein, Nachrichten wie diese ohne großartige Emotionen wegstecken zu können. Doch womöglich gab es auch andere Gründe, weshalb ihn Zoés Tod augenscheinlich wenig rührte. Stellte er seine Coolness nur zur Schau, um seine wahren Emotionen zu verbergen?

»Was war Zoé Lefèvre für ein Mensch?«, lautete Jules'

Einstiegsfrage. »Eine nette Kollegin oder gab es Probleme mit ihr?«

»Probleme? Aber nein«, antwortete der Reporter eine Spur zu schnell. »Zoé hatte ein freundliches Wesen. Humorvoll, hilfsbereit, zuverlässig. Wir kamen alle gut mit ihr aus.«

»Wer ist wir?«

Le Claire zeigte auf die strenge Dame am Empfang. »Mathilde und ich. Aber auch Victor, der bei uns die Lokalpolitik abdeckt, und René, zuständig für Sport und Kultur, haben nichts auf sie kommen lassen.«

»Sport und Kultur? Eine gewagte Mischung«, meinte Jules.

»Bei uns muss mehr oder weniger jeder alle Ressorts beherrschen. Wir sind wie Schweizer Messer: vielseitig verwendbar. So läuft das nun mal in einer kleinen Redaktion.«

»Gibt es sonst etwas, das wir über die Verstorbene wissen sollten? Irgendwelche Auffälligkeiten?«

»Nein«, antwortete Le Claire. »Das heißt …«

Jules entging nicht, dass die Augen seines Gegenübers zu flimmern begannen. »Das heißt?«, hakte er nach.

»Na ja, Zoé an sich war auffällig.«

»Im Sinne von attraktiv?«

Le Claire vermied eine direkte Antwort. »Sie war eine natürliche Schönheit, doch kein bisschen affektiert.«

Womit er indirekt zugab, dass er für sie geschwärmt hatte, dachte Jules. »Was waren denn ihre Aufgaben?«, fragte er und setzte sich Le Claire gegenüber an einen abgenutzten Schreibtisch, der unter der Last mehrerer hoher Papierstapel ächzte. »Womit hat sich Zoé zuletzt beschäftigt?«

Vincent Le Claire kratzte sich am unrasierten Kinn. »Nun ja, ich kann mir denken, worauf Sie hinauswollen. Aber da muss ich Sie enttäuschen. Zoé war nicht gerade das, was man gemeinhin als Sensationsreporter bezeichnet. Mit Enthüllungsjournalismus à la Watergate hatte sie wenig zu schaffen. Ich glaube, sie hätte nicht einmal gewusst, worum es sich bei der Watergate-Affäre handelte.«

»Ich denke, mit Watergate hat dieser Fall nichts zu tun«, insistierte Jules.

»Nein, natürlich nicht. Ich wollte damit nur andeuten, dass Zoé eher ihren Hang zum Seichten pflegte.« Er merkte, wie abwertend sich seine Worte anhören mussten, und fügte schnell hinzu: »Sie besaß Potenzial, ohne Frage. Aber hier in Rebenheim beschränkt sich die Berichterstattung nun mal auf das Alltägliche.«

»Dann konkreter: Worum drehte es sich in der letzten Story, an der sie arbeitete?«

Le Claire musste nicht lange überlegen. »Sie hatte eine viel beachtete Serie über die örtliche Storchenpopulation verfasst. Wirklich gut geschrieben, Hut ab! Und zuletzt recherchierte sie über das Thema …«

»Über welches Thema?«, drängte Jules und hoffte auf einen Hinweis, der so etwas wie ein Motiv liefern könnte.

»Nun, sie wollte einen Bericht über die neue Straßenkehrmaschine schreiben, die der Bürgermeister hat anschaffen lassen und die einige hier im Ort für überteuert halten.«

»Straßenkehrmaschine…«, griff Jules den Begriff enttäuscht auf.

»Das ist nicht ohne«, meinte Le Claire. »Immerhin wurde sie durch Steuermittel finanziert. Eine kostenintensive Anschaffung, und manch ein genügsamer Rebenheimer vertritt die Auffassung, dass es die alte noch getan hätte. Die hat zwar fünfundzwanzig Jahre auf dem Buckel, aber keine hunderttausend Kilometer auf dem Tacho. Außerdem – und das ist wirklich ein Affront – stammt die neue Maschine von Mercedes-Benz, wohingegen die alte mit einem Renault-Motor fuhr.«

»Nicht wirklich ein Skandal, für den man mordet, oder?« Jules ließ sich zu dieser Frage hinreißen und bereute es sofort.

»Mord? Sie gehen also wirklich von einer vorsätzlichen Tat aus?« Le Claires Augen blitzten. »Nicht bloß ein gewöhnliches Sexualverbrechen? Kein Totschlag im Affekt, sondern ein motivierter Mord?«

Jules ruderte sogleich zurück. »Ich gehe von gar nichts aus, sondern sondiere vorläufig nur das Umfeld der Verstorbenen. Und dabei bin ich auf Ihre Hilfe angewiesen.« Er ließ seine gefalteten Hände auf der Tischplatte ruhen und sah den Redaktionsleiter forschend an.

Das machte diesen offenbar nervös, denn Le Claire fingerte in der Tasche seines blassblauen Hemds nach einer zerknautschten Packung Gauloises. Er nahm sich selbst eine heraus und hielt Jules die Schachtel hin. »Möchten Sie?«

Jules lehnte dankend ab. Das Rauchen hatte er sich längst abgewöhnt und seine letzte Selbstgedrehte mit

Ende zwanzig genossen. Das war kurz, nachdem er Lilou kennengelernt hatte, die sich über den bitteren Tabakgeschmack beim Küssen beschwerte. Aus Zuneigung zu Lilou rührte er Zigaretten seitdem nicht mehr an.

»Halten Sie es für möglich, dass Zoé Lefèvre ohne Ihr Wissen an einer Story mit höherer Brisanz gearbeitet hat?«

Le Claire zündete sich seine Gauloises an, nahm einen tiefen Zug und dachte nach. »Sie meinen, Zoé ist jemandem auf die Füße getreten? Und derjenige hat sie auf das einsame Grundstück gelockt, um sie dort zu töten?«

Betont langsam schüttelte Jules den Kopf. »Um es noch einmal deutlich zu machen. Es geht nicht darum, was ich meine, sondern was Sie davon halten. Dies ist keines Ihrer Zeitungsinterviews. Ich bin es, der die Fragen stellt – und Sie werden mir antworten. So lauten die Spielregeln, verstanden?«

Le Claire senkte reumütig den Kopf. »Schon klar, Major. Aber mir ist nichts von einer heiklen Recherche bekannt. Wie gesagt, Zoé war nicht der Typ dafür, sie hatte nicht den Biss eines Skandalreporters. Ganz abgesehen davon, dass ich es wüsste, wenn in Rebenheim irgendeine große Sache laufen würde.«

»Ich wäre Ihnen trotzdem dankbar, wenn Sie das noch mal überprüfen. Vielleicht stoßen Sie auf einen Hinweis, der uns weiterbringen könnte.«

Le Claire willigte ein, auch wenn er nach eigenen Worten nicht viel Sinn darin sah. Als Nächstes kam Jules auf den jungen Mann zu sprechen, mit dem Zoé laut Linos Hinweis angeblich liiert gewesen sein sollte.

Diesmal antwortete der Zeitungschef weitaus bereitwilliger. Robin sei ihm sehr wohl bekannt. Ein ungestümer Bursche, jähzornig und aufbrausend. Für Le Claire war es ein Rätsel, wie sich die besonnene Zoé auf einen solchen Rabauken einlassen konnte. Robin sei weit unter ihrem Niveau gewesen, meinte der Reporter. Einmal habe er ihn sogar eigenhändig aus der Redaktion werfen müssen, nachdem er lautstark mit Zoé gestritten hatte und handgreiflich zu werden drohte. Jules zeigte sich alarmiert und wollte wissen, ob Le Claire es Robin auch zutrauen würde, im Übereifer einen Menschen zu töten. Wie zu erwarten stand, ließ sich Le Claire nicht dazu hinreißen, dies zu bestätigen. Er gab Jules lediglich den Rat, sich möglichst bald mit Robin selbst zu unterhalten. Er konnte Jules sogar die Adresse nennen, die er von Zoé kannte.

»Danke«, verabschiedete sich Jules nach einem gut halbstündigen Gespräch, dem die schrullige Sekretärin mit weit aufgesperrten Ohren gelauscht hatte. »Bitte denken Sie daran, sich unverzüglich bei mir zu melden, sollten Sie noch auf einen anderen Aspekt stoßen.«

»Mache ich. Halten Sie mich bitte auch auf dem Laufenden. Wir sind immer interessiert an einer guten Polizeistory«, sagte Le Claire verschmitzt. Als er Jules' strengen Blick registrierte, fügte er hinzu: »Und natürlich sind wir es unserer verstorbenen Kollegin schuldig, dass wir uns für die baldige Aufklärung des Falls einsetzen.«

Jules hatte die Redaktion fast verlassen, als er sich noch einmal umdrehte: »Ach, da fällt mir etwas ein.«

Le Claire neigte den Kopf: »Ist das etwa die Columbo-Masche? Die richtig harten Fragen kommen erst, wenn man glaubt, das Verhör schon hinter sich zu haben?«

»Das war kein Verhör, bloß eine Befragung«, meinte Jules schmunzelnd. »Keine Sorge, ich habe nur ein privates Anliegen. Haben Sie in Ihrem Blatt einen Immobilienteil? Ich muss mich nach einer Wohnung umsehen, denn ansonsten laufe ich Gefahr, dass mich meine Zimmerwirtin mästet wie eine Weihnachtsgans.«

»Sie sind bei Clotilde untergekommen, ja?«

»Richtig, und schon nach dem ersten Tag habe ich geschätzte fünf Kilo zugelegt«, sagte Jules und klopfte sich mit der flachen Hand auf den Bauch.

»Den Mietmarkt finden Sie immer samstags in der Wochenendausgabe, direkt nach den Familienanzeigen. Aber ich sage Ihnen gleich, viel wird nicht dabei sein, zumindest kein bezahlbares Quartier in der Altstadt.«

»Sie machen mir ja wenig Hoffnung.«

Le Claire gab ihm einen Tipp: »Was Sie brauchen, sind gute Beziehungen. Doch bis Sie die haben, werden Sie Clotilde wohl noch eine Weile erhalten bleiben.«

Als Jules gegangen war, konnte er sich des Eindrucks nicht erwehren, dass der Redaktionsleiter trotz seiner an den Tag gelegten Offenheit etwas vor ihm verbarg. Denn fast schien es ihm so, als wäre Le Claire trotz aller Sympathiebekundungen erleichtert über das plötzliche Ableben seiner Volontärin. Jules fragte sich, wie er wirklich zu Zoé gestanden hatte. Ob da mehr gewesen war als nur ein Beschäftigtenverhältnis. Und ob Le Claire dieses »Mehr« am Ende zu viel geworden war.

Es ging auf zehn Uhr zu, als Jules den von pittoresken Fachwerkhäusern umgebenen Place Turenne erreichte, der bereits sehr belebt war. Dominiert wurde der Platz von der im romanischen Stil errichteten Kirche Notre-Dame des Trois Épis und einem großen runden Brunnen, dessen gemauerte Umfassung und schmiedeeiserner Überbau mit prachtvollem Blumendekor versehen war. Ganz ähnlich dem aus dem Garten seiner *auberge*, nur deutlich größer. Der Brunnen lag wenige Meter von seinem Ziel entfernt, dem Corps de Garde. Das schmucke Sandsteingebäude aus dem sechzehnten Jahrhundert, dessen Mauerwerk im Morgenlicht honigfarben leuchtete, beherbergte die Gendarmerie nationale. Jules strebte voller Vorfreude auf die Trikolore zu, die über dem Portal wehte, und hoffte darauf, dass die Fenster seines neuen Büros zum schönen Marktplatz zeigen würden.

Kaum betrat er die Amtsstube im ersten Stock, sprang Alain Lautner von seinem Stuhl auf und eilte ihm entgegen. Gleichzeitig wedelte er mit den Armen, um auch die beiden anderen Mitarbeiter des Kommandantenbüros aufzuscheuchen: einen Mittdreißiger mit zurückgehendem Haar, dessen Hemd über einem beachtlichen Bauch spannte, und eine in Zivil gekleidete junge Frau, klein, schlank, mit brünettem Pagenschnitt und etwas nichtssagend, aber mit einem offenen und freundlichen Lächeln auf den Lippen.

Lautner gab den unbekannten Gesichtern Namen. »Gendarm François Kieffer und Charlotte Regnier, Verwaltungskraft und unsere gute Seele.«

»Schön, Sie kennenzulernen«, sagte Jules und schüttelte ihnen die Hände. »Ich bin Jules Gabin und freue mich auf die Zusammenarbeit.«

Im Nu hatte Lautner ihn durch drei Büros geführt,

von denen das größte dem Kommandanten vorbehalten war – und von dem aus man tatsächlich einen freien Blick auf den Place Turenne genoss. Lautner zeigte ihm auch eine kleine Küchennische. Die dort abgestellte Filterkaffeemaschine benutze aber niemand, meinte er, denn keine Gehminute entfernt gebe es den besten *café crème* der Stadt.

Lautner schlug vor, dass sich Jules Zeit lassen sollte, um sich im Büro einzurichten und seinen PC in Betrieb zu nehmen. Doch das lehnte Jules ab. Ihm brannte es unter den Nägeln, im Fall Zoé voranzukommen.

»Liegen die Ergebnisse der Spurensicherung vor?«, erkundigte er sich.

Lautner, den der Tatendrang seines neuen Chefs aus dem Konzept brachte, musste sich erst sammeln. »Ja. Das heißt: nein.«

»Was denn nun? Ja oder nein?«, fragte Jules.

»Ja, der Bericht liegt vor. Ich drucke ihn sofort für Sie aus. Er enthält jedoch kaum brauchbare Hinweise. Es konnten nur fragmentarische Fingerabdrücke isoliert werden. Auch die Spuren um den Fundort der Leiche haben sich nicht als ergiebig erwiesen. Die gesicherten Fußabdrücke und Reifenspuren stammten von den Zeugen und den Kollegen der Police municipale.«

»Kein Wunder, so wie die da gehaust haben«, ärgerte sich Jules. »Wie sieht es mit dem Obduktionsbericht aus?«

Lautner zog den Kopf ein. »Ist noch nicht eingetroffen. Die Gerichtsmedizin in Strasbourg ist überlastet. Sie befassen sich dort noch mit anderen Fällen von höherer Priorität. Die haben mich am Telefon ganz schön abgekanzelt, als ich nachfragte.«

»Kennen wir wenigstens den Zeitpunkt des Todes?«

»Bisher nur sehr vage. In den Vormittagsstunden, hieß es. Definitiv kann es erst der Leichenbeschauer sagen, doch sicher nicht vor morgen.«

»Dann müssen wir warten«, meinte Jules verkniffen.

Nun zauberte Lautner doch noch eine positive Nachricht aus dem Hut. »Wir haben übrigens die Handtasche gefunden.«

»Die der Toten?«

»Ja, sie lag ganz in der Nähe des Tatorts. Sie war hinter eine kleine Mauer gerutscht. Es ist anzunehmen, dass das Opfer vor dem Überfall dort gesessen hatte.«

»Enthielt die Tasche etwas Besonderes?«, fragte Jules.

»Nur das Übliche: Lippenstift und Lidschatten, eine Packung Papiertaschentücher, Schlüssel und Ausweis. Damit ist die Identität der Toten noch einmal bestätigt worden. Ach ja, auch ein Portemonnaie mit fast siebzig Euro steckte drin. Die hatte niemand angerührt.«

»Raubmord können wir demnach ausschließen«, resümierte Jules und erkundigte sich: »Haben Sie mittlerweile die Eltern erreichen können?«

Lautner, der nach der Meldung des Taschenfundes ein wenig an Oberwasser gewonnen hatte, schien sich sogleich wieder kleiner machen zu wollen. Es war ihm sichtlich unangenehm, abermals passen zu müssen. »Ihre Eltern leben nicht mehr. Sie sind vor Jahren Opfer eines Unfalls in Afrika geworden. Meinen Recherchen nach handelte es sich um einen Flugzeugabsturz bei einem Rundflug über der Serengeti.«

Übel, dachte Jules, jedoch nicht zu ändern. »Sonstige Verwandte? Großeltern, Onkel oder Tanten?«

Lautner zog einen Notizblock zurate. »Es gibt einen

Cousin in Saint-Étienne, von dem ich aber noch keine Kontaktdaten habe. Und einen Onkel, der allerdings in einem Übersee-*département* lebt, auf der Insel La Réunion.«

»Das ist verdammt weit weg und hilft uns momentan kein Stück weiter.« Jules sah seinen Adjutanten forschend an. »Gibt es denn wirklich gar nichts, woran sich anknüpfen lässt? Nicht den Hauch einer Spur?«

Lautner dachte nach und stöberte wieder in seinen Notizen. Seine selbstkritischen Gesichtszüge klarten auf, als ihm etwas Wichtiges einfiel. »Ich habe eine Freundin der Toten aufgestöbert. Marie Cécile Schwab. Die beiden haben sich vor einiger Zeit angefreundet. Marie kellnert in einem Bistro in der Rue des Vosges, in dem Zoé meistens ihre Mittagspause verbrachte.«

»Was sagt diese Marie?«

»Sie war schockiert über die Nachricht von Zoés Tod. Das hat sie sehr mitgenommen. Ich hatte echte Skrupel, sie zu befragen.«

»Ich hoffe, Sie haben Ihre Skrupel überwunden«, drängte Jules.

»Ja, habe ich. Und ich denke, es hat sich gelohnt. Marie Cécile belastete mehr oder weniger direkt Robin, den Freund des Opfers – besser gesagt, den *Ex*freund.«

»Werden Sie bitte konkreter«, bat Jules mit aufkeimender Unruhe.

Lautner sah seinen Chef mit wachsendem Stolz an, als er merkte, dass Jules seiner Meldung Bedeutung zumaß. »Marie Cécile hat ausgesagt, dass sich Zoé am vergangenen Wochenende nach einem weiteren Streit von Robin getrennt hat.«

»Sie hat Schluss gemacht?« Jules fragte sich, warum

sein Adjutant mit dieser brisanten Nachricht erst am Ende herausrückte. Aber egal: Dank Lautners Gespräch mit der Freundin hatten sie nun nicht nur einen Tatverdächtigen, sondern vor allem auch ein Motiv! Gekränkte Eitelkeit, Eifersucht, vielleicht eine tödliche Mischung aus beidem. »Halten Sie die Aussage dieser Freundin für glaubwürdig?«, vergewisserte er sich.

Lautner ließ seinen Kopf kreisen, weshalb Jules nicht auf Anhieb wusste, ob dies als Bejahung oder Verneinung seiner Frage zu verstehen war. »Ich hatte nicht den Eindruck, dass Cécile mir einen Bären aufbinden wollte«, erklärte er dann.

Das musste als Bestätigung reichen, befand Jules. Er hatte noch keine fünf Minuten auf seinem neuen Bürostuhl gesessen, als er aufsprang. »Gehen wir!«, rief er Lautner zu. »Diesen Robin knöpfen wir uns vor! Seine Adresse hat mir dieser Schreiberling Le Claire überlassen, wir können also sofort los.«

Weit kamen sie nicht, da sie im Vorzimmer von einer schimpfenden Frau aufgehalten wurden. Jules stachen sofort ihre extravagante Garderobe und eine Fülle dunkler Locken ins Auge, die anscheinend nicht zu bändigen waren. Er siedelte die Besucherin irgendwo um die vierzig an; genauer konnte er es wegen ihrer starken Schminke nicht einschätzen. Sie trug eine bunte seidene Tunika, die wohl mondän wirken sollte, Jules aber nur als schrill empfand. Ihr intensives Veilchenparfüm rundete das Gesamtbild einer überkandidelten Person ab.

»Wie können Sie das zulassen?«, rief die Frau und wedelte dabei mit der aktuellen Ausgabe der *Les Nouvelles du Haut-Rhin* herum. »Ein Mord als Aufmacher im Lokalteil! Wissen Sie, was das ist?«, fragte die Frau und gab selbst die Antwort. »Pures Gift für den Fremdenverkehr! So etwas gehört verboten! Das ist fahrlässig, ja, ich behaupte sogar strafbar!«

Für Jules erschloss sich nicht auf Anhieb, ob sie damit den Mord an sich oder die Berichterstattung darüber meinte.

Für Lautner offenbar schon, denn er hob beruhigend die Hände und appellierte: »Regen Sie sich bitte nicht auf, Madame Cantalloube. Es ist doch nur ein Zeitungsartikel.«

»Selbstverständlich rege ich mich auf!«, schmetterte sie seine Beschwichtigungsversuche ab und ruderte aufgebracht mit den Armen. »Wenn dieser Bericht nur von einem einzigen Touristen gelesen wird, macht das ruck, zuck die Runde. Es spricht sich herum, dass man im friedlichen Rebenheim neuerdings seines Lebens nicht mehr sicher sein kann und dass in unseren Weinbergen Meuchelmörder lauern. Eine Katastrophe!«

Nach Jules' Empfinden sprach diese Frau eindeutig zu laut. Er war versucht, sich die Ohren zuzuhalten.

»Ist es denn zu viel verlangt, um etwas Diskretion zu bitten? Nicht genug damit, dass über das Verbrechen an jeder Ecke gesprochen wird, als würde es sonst kein anderes Thema mehr im Ort geben«, ereiferte sich die Besucherin. »Muss jetzt auch noch die Presse darauf herumreiten und ihre blutrünstigen Schlagzeilen unters Volk bringen? So etwas kann uns die ganze Saison verhageln. Der volkswirtschaftliche Schaden ist gar nicht abzuschätzen.«

»*Pardon*, Madame«, sagte Jules streng, als sie endlich zu zetern aufhörte. »Wir sind im Einsatz. Wenn

Sie eine Strafanzeige stellen wollen, wenden Sie sich bitte an Madame Regnier, die sie gern aufnehmen wird. Wobei ich Ihnen gleich sagen kann, dass Ihre Erfolgsaussichten gering sind, da in Frankreich Pressefreiheit herrscht.«

Daraufhin plusterte sich der schrille Gast noch mehr auf. »Wissen Sie überhaupt, wen Sie vor sich haben? Ich bin Isabelle Cantalloube, die Leiterin des *office de tourisme*. Ich vertrete die wichtigste Branche in der Region.«

»Zumindest die zweitwichtigste nach dem Weinbau«, merkte Lautner leise an.

»Und ich bin Major Jules Gabin, neuer Kommandant der Gendarmerie und zuständig für die Einhaltung von Recht und Ordnung in dieser Stadt. Mit Verlaub …« Er schob die aufdringliche Fremdenverkehrschefin beiseite. »Sie stehen mir im Weg.«

»Mutig, mutig«, zollte Lautner ihm Respekt, als sie endlich im Einsatzwagen saßen. »Das trauen sich nur wenige, sich mit der Cantalloube anzulegen. Sie ist ausgezeichnet vernetzt und hat gute Drähte in die Politik.«

Jules seufzte. »Wenn ich auf solche Dinge Rücksicht nehmen würde, käme ich überhaupt nicht mehr zum Arbeiten. Glauben Sie mir, Lautner, das sah in Royan nicht anders aus. Auch dort gab es die selbst erklärten Unantastbaren. Ich bin immer gut damit gefahren, alle Menschen gleich zu behandeln.«

»Ich weiß nicht, ob Ihnen das auch hier gelingen wird«, zweifelte Lautner.

Sie verließen die Altstadt am nördlichen Stadttor, auf dessen Turmspitze Jules ein weiteres Storchennest ausmachte. Er fragte sich, wie lange es dauern mochte, bis die Stadt mehr gefiederte als menschliche Einwohner haben würde.

Lautner steuerte den Renault Mégane mit straffem Tempo auf die vorgelagerte Neustadt zu, die durch schmale Straßen, Geranienschmuck an den Laternen und den Verzicht auf größere Wohnblocks zwar mit Bedacht und Augenmaß angelegt worden war, jedoch den Charme des historischen Städtchens bei Weitem nicht aufbieten konnte.

Bei der von Vincent Le Claire genannten Adresse handelte es sich um ein schlichtes Einfamilienhaus mit Einliegerwohnung im Souterrain. Ein nahezu quadratischer, zweckmäßig bepflanzter Vorgarten wurde von einem gekiesten Weg durchschnitten, an dem verschiedene getöpferte Figuren Spalier standen. Darunter – wie nicht anders zu erwarten – mehrere storchähnliche Exponate. Neben der Klingel waren zwei Namen angebracht, der untere lautete auf Robin Bisauge.

Bevor er den Klingelknopf drückte, wechselte Jules einen Blick mit Lautner. Dies war ein wichtiger Moment. Sie standen vor einer schwer kalkulierbaren Situation und wussten nicht, wie Robin reagieren würde. Zwar waren sie vorläufig nur gekommen, um ihn zu befragen. Doch nach den Beschreibungen seines Charakters mussten sie darauf gefasst sein, dass er aggressiv auftreten könnte. In einer derart prekären Lage musste man voll auf seinen Partner zählen können, was Jules von zahlreichen früheren Einsätzen wusste. Seinen Adjutanten aber kannte er gerade erst einen Tag. Deshalb stellte er sich die alles entscheidende Frage, ob auf ihn Verlass war. Wie würde sich Lautner verhalten, wenn es hart auf hart käme?

Lautner kürzte Jules' inneren Abwägungsprozess ab, indem er selbst klingelte.

Nichts rührte sich.

Lautner versuchte es erneut und ließ seinen Zeigefinger diesmal länger auf dem Knopf. Das melodiöse Läuten konnte man selbst durch die geschlossene Haustür hören.

»Unser Vogel scheint ausgeflogen zu sein«, meinte Jules nach angemessener Zeit und sah auf seine Armbanduhr. »Wir müssen feststellen, ob und wo er arbeitet, um ihn dort abfangen zu können.«

»Wenn er nicht längst getürmt ist«, orakelte Lautner.

Sie wollten gehen, als sich drinnen doch etwas tat. Schlurfende Schritte näherten sich der Tür. Durch das Milchglas zeichnete sich eine kleine, gedrungene Gestalt ab.

»*Bonjour* … ?« Eine ältere Dame in einer weit fallenden beigefarbenen Hose und farblich passender Bluse stand ihnen gegenüber. Sie machte große Augen, als sie die beiden Männer in Uniform sah.

»*Bonjour*, Madame«, sagte Jules und entschuldigte sich für die Störung.

»Sie wollen zu meinem Mieter, ja?« Kummerfalten breiteten sich in ihrem rundlichen Gesicht aus. »Gibt es wieder Ärger? Was hat Robin diesmal angestellt?« Sie stöhnte. »Herrje, ich werde ihm kündigen müssen, wenn das so weitergeht. Dabei ist er eigentlich ein netter Junge, aber er hat sich nicht im Griff. Schlägt ständig über die Stränge. Meine Nachbarin, die Isolde, hat mir schon vor Wochen geraten, dass ich ihn vor die Tür setzen soll. Aber das habe ich nicht fertiggebracht. Immerhin – vom Alter her könnte er mein Sohn sein.

Er ist mir ans Herz gewachsen. Wir selbst haben ja keine Kinder. Dieses Glück war Eugen und mir nicht vergönnt …«

»Wir müssen Ihren Mieter dringend sprechen«, fuhr ihr Lautner ins Wort. »Wissen Sie, wie wir ihn erreichen können? Wo arbeitet er?«

»Er hält es nie lange bei einer Firma aus. Mal erledigt er den einen Job, mal einen anderen. Ich kann nicht sagen, womit er gerade sein Geld verdient. Aber die Miete ist er mir nie schuldig geblieben. Eugen und ich haben die Wohnung allerdings auch sehr preisgünstig hergegeben.«

»Sie haben keine Idee, wo er sich aufhalten könnte?«, fragte Jules.

Die Vermieterin streckte ihren kurzen Hals, um hinter die beiden Gendarmen sehen zu können. »Sein Auto ist nicht da, also muss er unterwegs sein. Er fährt einen alten Opel, ein kleines Modell. Corsa heißt es, glaube ich. Robin hat ihn drüben in Deutschland gekauft, wo er nicht mehr durch den TÜV gekommen ist. Hier hat er gerade noch die Zulassung durch die *contrôle technique* erhalten, obwohl Eugen meint, dass es grenzwertig ist, mit dieser Rostlaube die Straßen unsicher zu machen.«

»Haben Sie Robin heute Vormittag gesehen?«

Sie schüttelte den Kopf. »Nein. Gestern auch nicht. Ich denke, er ist verreist. Das macht er manchmal ganz spontan, meistens ohne Eugen oder mir Bescheid zu geben. Er fährt dann zu Freunden in Besançon, manchmal auch nach Paris. Ich will gar nicht wissen, was die jungen Leute dort alles treiben. Nach ein paar Tagen kommt er aber immer zurück.«

»So lange können wir nicht warten«, stellte Jules fest und erwog, Robins Auto zur Fahndung auszuschreiben und eine Handyortung einzuleiten. »Sie haben sicher seine Mobilfunknummer. Geben Sie sie mir bitte.«

»Das kann ich gern tun, aber es wird Ihnen nicht helfen. Ich habe selbst versucht, ihn anzurufen, da klingelte es in seiner Wohnung. Ich habe aufgesperrt, um nachzusehen. Er hat sein Handy neben dem Waschbecken liegen gelassen.«

Das machte es nicht einfacher, dachte Jules. Eine Handyortung schloss sich somit aus. Er fragte die Vermieterin nach Robins Freundin. Von Zoés Tod hatte sie offenbar noch nichts gehört, denn unbekümmert erzählte sie von dieser »netten, aufgeschlossenen und aparten jungen Dame«. Sie habe Robin gutgetan und ein wenig mehr Struktur in sein chaotisches Leben gebracht. In letzter Zeit aber habe es in der Beziehung gekriselt. Da seien öfter mal die Fetzen geflogen. Vom Liebesaus der beiden wusste sie indes noch nichts.

Jules klärte sie über den Todesfall auf und bat darum, einen persönlichen Gegenstand von Robin mitnehmen zu dürfen. »Am besten wäre ein Kamm oder die Zahnbürste.«

»Ich weiß nicht, ob Robin das recht wäre«, sträubte sich die Vermieterin.

»Es ist notwendig«, beharrte Jules auf seinem Wunsch. »Wir stellen Ihnen gern eine Bescheinigung aus, damit Sie etwas Offizielles in der Hand haben.«

»Wofür brauchen Sie denn seinen Kamm?«, zögerte sie noch immer.

»Für polizeiliche Untersuchungen«, erklärte er sehr allgemeingültig. Hätte er etwas von einem Abgleich mit DNA-Spuren vom Tatort gesagt, hätte dies unwillkürlich zu weiteren Nachfragen geführt.

Schweren Herzens beugte sich die Vermieterin dem Druck, verschwand in Robins Wohnung und kehrte mit einem schwarzen Kunststoffkamm zurück. Jules hielt ihn gegen das Licht und stellte zufrieden fest, dass sich eine ausreichende Zahl von dunklen Haaren zwischen den Zargen verfangen hatte. Er bedankte sich bei der Frau und drückte ihr seine Karte in die Hand. Ein Provisorium, das er handschriftlich auf den neuesten Stand gebracht, indem er seinen Titel und die Telefonnummern ausgetauscht hatte. »Für den Fall, dass Ihnen noch etwas einfällt. Auf der Rückseite steht auch meine Handynummer.«

Im Renault steckte er den Kamm in einen verschließbaren Klarsichtbeutel. Gleich darauf nahm er das Funkgerät zur Hand, um Robin zur landesweiten Fahndung auszurufen. Doch diesen Schritt müsste er rein formal zunächst mit Untersuchungsrichterin Laffargue besprechen und ihr Einverständnis einholen. Davor scheute er nach ihrer seltsamen ersten Begegnung zurück.

Lautner schien sein Dilemma zu erkennen. »Bei Gefahr in Verzug darf man den Dienstweg abkürzen«, behauptete er.

Jules griff diesen Vorschlag gern auf und setzte den Funkspruch ab.

Die notwendige Abstimmung mit Joanna Laffargue wollte er noch eine Weile aufschieben, weil er ihre Reaktion nicht einschätzen konnte – und noch weniger seine eigene.

Zurück auf der Wache wollte Jules die Bilder des Polizeifotografen in Augenschein nehmen. Zwar hatte er sich am Tatort ausgiebig umgeschaut, aber nach seiner Erfahrung ließen sich mit etwas Abstand auf den Fotos Details erkennen, die im Eifer des Gefechts gern übersehen wurden. Lautner kümmerte sich darum, dass sich Jules an seinem PC einloggen konnte, kurz darauf erhielt er Zugriff auf die Fotodatei.

»Gut, dass der Fotograf flotter arbeitet als die Jungs von der Gerichtsmedizin«, meinte Jules, während er sich durch die Bilder klickte.

»Fotografin«, verbesserte ihn der Adjutant. »Die Aufnahmen stammen von Carol, einer Kollegin aus Colmar. Und in der Gerichtsmedizin arbeiten – soviel ich weiß – auch überwiegend Frauen.«

»So?« Jules nahm diesen Hinweis zur Kenntnis und fasste den Vorsatz, das nächste Mal geschlechtsneutraler zu formulieren.

Der Bildschirm auf seinem Schreibtisch wurde jetzt von einer Nahaufnahme der Toten ausgefüllt. Zu sehen waren Kopf und Oberkörper, deutlich erkennbar auch die äußeren Blessuren im Gesicht und an den Armen.

»Was denken Sie?«, fragte er Lautner und fixierte dabei weiterhin den Monitor. »Ist ihr das Kleid im Kampf mit dem Mörder heruntergerutscht, oder hat der Täter sie entblößt, weil er sich an ihr vergehen wollte?«

»Noch wissen wir ja nicht, ob es keine Täterin war«, antwortete Lautner.

»Jetzt machen Sie aber mal einen Punkt.«

Kollege Kieffer kam herein, woraufhin Lautner auch ihm das Foto zeigte und ihm einige Fragen stellte. Was genau er von ihm wissen wollte, bekam Jules nicht mit. Denn erneut wechselte Lautner ins Elsässische.

»Bleiben wir bitte beim Französischen«, wies ihn Jules höflich, aber bestimmt auf seinen Lapsus hin.

»Oh, *pardon*«, entschuldigte sich Lautner. »Das ist kein böser Wille, sondern reine Gewohnheit. Es rutscht mir einfach raus.«

»Mir geht es genauso«, sagte der dickliche Kieffer, der über ein sonniges Gemüt und große Gelassenheit zu verfügen schien. In aller Ruhe erklärte er: »Ich habe früher kaum ein Wort Elsässisch sprechen können, denn es war eine Zeit lang ja nicht mehr sonderlich angesagt. Aber dann habe ich ein bisschen Stammbaumforschung betrieben, und das hat mich umdenken lassen. Die Kieffers leben nachgewiesenermaßen seit mehr als zehn Generationen in der Region. Da wurde mir eines bewusst. Wenn ich kein Elsässisch spreche, dann gehöre ich zur ersten Generation meiner Familie, die diese Sprache nicht mehr beherrscht.«

»Inzwischen interessieren sich wieder mehr Leute dafür«, ereiferte sich Lautner. »Ein Rentner aus unserer Fahrradrunde erteilt Sprachkurse, ein Nachbar von mir richtet sogar Theaterprojekte auf Elsässisch aus.«

Mittlerweile hatte sich Charlotte Regnier zu ihnen gesellt. Auch sie konnte etwas beitragen, kaum dass sie mitbekam, über was sich die Männer unterhielten. »Bei uns zu Hause haben meine Eltern den Dialekt nie benutzt. Sie hatten Angst davor, dass wir Kinder einen Akzent bekommen, wenn sie mit uns Elsässisch redeten. Sie wollten nicht, dass wir schlechtes Französisch sprechen und deshalb in der Schule oder im Beruf benachteiligt werden.«

Jules hob seine Hand, um die rege Diskussion über einen vom Aussterben bedrohten Dialekt zu beenden. Denn er sah sich nicht als Beschützer der Sprache, sondern der Menschen. Die anderen jedoch schienen ihn gar nicht wahrzunehmen.

»Es ist unsere Aufgabe, das Erbe unserer Ahnen zu bewahren«, sagte Lautner ziemlich pathetisch. »Die Regionalsprachen gehören zum Erbgut Frankreichs.«

»Aber Artikel zwei unserer Verfassung legt fest, dass die Sprache der Republik Französisch ist«, wandte Charlotte Regnier ein.

Daraufhin bestärkte Kieffer Lautners Forderung. »Ich finde auch, dass wir zu unserem Brauchtum stehen müssen. Andere machen es ja vor. Das Elsass hat dreißig Jahre Rückstand gegenüber der Bretagne«, sagte er voller Überzeugung. »So wie es den *Bretons* gelungen ist, ihre Kultur wieder zu feiern, muss auch dem Elsässischen neues Leben eingehaucht werden.«

»Da sind Sie ja fleißig dabei«, meinte Jules und unterband eine Fortsetzung der Unterhaltung. »Können wir uns für einen Moment wieder unserem Fall widmen?«

Lautner gelang es als Erstem, sich aufs Wesentliche zu konzentrieren. Er entschuldigte sich erneut, blickte auf das Foto und sagte: »Den Schürfwunden nach lag sie zuerst mit dem Bauch nach unten. Vielleicht versuchte sie, zu entkommen. Sie wollte fliehen, konnte infolge ihrer Verletzungen aber nur noch kriechen.«

»Dabei rissen die Träger des Kleids, und es rutschte herunter«, folgerte Jules und nickte. »So könnte es sich abgespielt haben.«

Die nächste Aufnahme erschien auf dem Bildschirm. Es handelte sich um die Detailaufnahme der Kette.

»Noch so eine Variable«, sagte Jules. »Wurde ihr die Kette vom Hals gerissen, oder löste sie sich während des Handgemenges?«

Diesmal war es Charlotte Regnier, die etwas dazu beitrug. »Die Kette ist ein oder zwei Meter vom Opfer entfernt gefunden worden, richtig?«

Jules bestätigte das. »Was schließen Sie daraus?«, wollte er wissen.

»Wenn sie sich im Verlaufe eines Kampfes gelöst hätte, wäre sie wahrscheinlich einfach nur zu Boden gefallen und hätte direkt neben der Leiche liegen müssen«, antwortete sie. »Ich denke, der Mörder hat sie weggeworfen. Und zwar ganz bewusst.«

»Das hieße ja, dass die Kette eine Bedeutung für ihn gehabt haben müsste«, wandte Jules ein und vergrößerte die Aufnahme des Anhängers, ein kitschig verschnörkeltes Kruzifix.

»Wer weiß?«, meinte Charlotte Regnier. »Vielleicht hatte er ihr den Anhänger ja geschenkt und meinte, sie wäre es nicht mehr wert gewesen, das Kreuz zu tragen.«

»Mit ›er‹ meinen Sie wohl den Freund der Toten.« Jules kräuselte die Stirn. »Nun ja, wir werden sehen.«

Der Rest des Tages verlief ereignislos und erfüllte Jules von Stunde zu Stunde mehr mit einer inneren Unruhe, die ihn immer dann befiel, wenn er in einer Sache schnell vorankommen wollte, aber durch äußere Umstände daran gehindert wurde. Umstand Nummer eins war der mangelnde Erfolg der Fahndung nach Robin. Weder dessen Wagen, geschweige denn er selbst wurden gesichtet.

Umstand Nummer zwei lag an der Überlastung der Gerichtsmedizin, die erst am späten Nachmittag den

Obduktionsbefund übermittelte – fast eineinhalb Tage nach der Tat. Der Befund barg keine Überraschungen, gab Jules aber immerhin Gewissheit, dass es sich definitiv um kein Sexualdelikt handelte. Denn körperliche Hinweise auf eine Vergewaltigung wurden nicht festgestellt. Als Todesursache diagnostizierten die Rechtsmediziner wie erwartet eine massive Gehirnblutung in Verbindung mit einem Schädelbruch. Hervorgerufen durch mindestens einen Schlag mit einem harten, scharfkantigen Gegenstand. Die Zusammensetzung der in der Wunde gefundenen Partikel deutete auf den sichergestellten Feldstein, einen Schiefer, als Tatwaffe hin, hieß es in dem Bericht. Die Form des Steines konnte genau die vorgefundene Verletzung hervorgerufen haben. Den Todeszeitpunkt setzten die Ärzte auf den Zeitraum zwischen acht und elf Uhr vormittags an.

Umstand Nummer drei erwies sich als Zeitfresser – allerdings als ein ausgesprochen delikater. Um Punkt zwölf erschien eine bohnenstangendürre Frau in der Gendarmerie, die abgesehen von ihren grauen Haaren eine frappierende Ähnlichkeit zu Alain Lautner aufwies. Daher wunderte es Jules nicht im Geringsten, dass sein Adjutant freudig »*Maman!*« rief, aufsprang und die Besucherin mit zwei Wangenküssen begrüßte. Was Jules dagegen sehr überraschte, war die Selbstverständlichkeit, mit der Madame Lautner auf einen Besprechungstisch zuging, einen Weidenkorb darauf abstellte und begann, ihn auszuladen. Zum Vorschein kam eine Schüssel voller *tartelettes*, mit Crème fraîche bestrichene Buchweizenpfannkuchen und zwei Pasteten, von denen – wie Jules bald erfuhr – die eine mit Kalbfleisch, Nelken und Piment und die andere mit einer Mischung aus Waldpilzen und Esskastanien gefüllt war. Kaum hatte Madame Lautner ihre köstlichen Appetithappen ausgebreitet und dazu eine ebenfalls mitgebrachte Flasche Rosé entkorkt, waren auch Gendarm François Kieffer und Schreibkraft Charlotte Regnier zur Stelle. Sie setzten sich ungefragt neben den bereits schlemmenden Adjutanten und griffen beherzt zu.

Als Jules, völlig überrumpelt von diesem offensichtlich lange eingespielten mittäglichen Ritual, um eine Erklärung bat, wurde er herzlich eingeladen, sich dazuzugesellen. Da die Ermittlungen ohnehin stockten und er einen Bärenhunger hatte, ließ er sich nicht zweimal bitten. Nur auf den Wein verzichtete er, ließ es aber durchgehen, dass sich Lautner und Kieffer ein kleines Glas einschenkten.

»Eine böse Geschichte. Das arme Mädchen«, seufzte Madame Lautner, während sie den anderen beim Essen zusah und sich darüber freute, dass es ihnen schmeckte. »Aber, wie ich immer wieder sage, so etwas kommt nicht von ungefähr.«

»Wovon sprechen Sie?«, fragte Jules, der den Genuss der *tartelettes* ungern unterbrach.

»Wenn sich die jungen Dinger heutzutage nicht festlegen wollen und mit mehreren Männern etwas anfangen, dürfen sie sich nicht wundern.«

Jules schluckte seinen Bissen herunter und rieb sich mit einer Serviette die Mürbeteigkrümel von den Lippen. »Worauf wollen Sie hinaus?«, fragte er.

»Ihr wurde die eine oder andere Beziehung nachgesagt. Sie war wohl nicht sonderlich wählerisch bei der Suche ihrer Liebhaber«, erging sich Madame Lautner in Andeutungen.

Jules beschloss, sie ein wenig zu reizen, um mehr zu erfahren. »Soweit wir wissen, hatte Zoé sich von ihrem Freund Robin getrennt. Sie war frei und konnte tun und lassen, wonach ihr der Sinn stand. Meinen Sie nicht auch?«

»Das mag ja sein«, erwiderte die Mutter des Adjutanten mit heller, leicht vibrierender Stimme. »Aber nach allem, was man sich im Ort erzählt, hatte sie es auch vorher nicht so genau genommen mit der Treue.«

»Sie meinen, während sie noch mit Robin liiert gewesen war?«

»Richtig.«

»Haben Sie sie mit jemandem Fremden beobachtet?«

»Das nicht. Aber meine Freundin Odile will sie mit einem anderen gesehen haben. Natürlich würde ich nicht meine Hand ins Feuer legen für das, was Odile sagt, aber vorstellen kann ich es mir schon.«

»Odile erzählt viel, wenn der Tag lang ist«, mischte sich Alain Lautner ein, doch Jules winkte ab.

»Wissen Sie, um welchen anderen Mann es sich handelte? Nennen Sie mir einen Namen?«, fragte er.

»Lieber nicht«, antwortete Madame Lautner, weil ihr Sohn sie so streng ansah.

Jules entschied, Partei für Zoé zu ergreifen, um sie herauszufordern. »Ich bitte Sie, Madame! Zoé war eine junge, unverheiratete Frau, die es mit ihrem Freund nicht gerade leicht hatte. Da kann man es ihr kaum verübeln, wenn sie sich anderweitig orientieren wollte.« Jules war gespannt, ob er nun mehr von Madame Lautners Kaffeeklatschweisheiten zu hören bekommen würde. »Verraten Sie mir, mit wem sie sonst noch angebandelt hat?«

»Aber ich weiß doch nichts Genaues«, wich sie aus. »Ich habe bloß das eine oder andere gehört.«

»Sagen Sie mir doch einfach, was Sie gehört haben. Es fällt bestimmt nicht auf Sie zurück«, blieb Jules beharrlich, woraufhin Alain Lautner einschritt.

»Genug, *maman*. Der Kommandant fragt nur höflichkeitshalber. Er interessiert sich nicht ernsthaft für euer Weibergewäsch«, erklärte er scharf.

»Doch, das tut er«, korrigierte ihn Jules mit einem Augenzwinkern. Dabei griff er zum nächsten Stück Teiggebäck.

Madame Lautner sah ihren Sohn voller Genugtuung an. »Angeblich lief da was mit jemandem aus ihrer Zeitungsredaktion.«

»Doch nicht etwa mit ihrem Chef, Vincent Le Claire?«, staunte Jules.

»Der ist mindestens doppelt so alt wie sie«, echauffierte sich Alain Lautner. »Er könnte ihr Vater sein.«

»Na und?«, fragte ihn seine Mutter. »Hat der Altersunterschied Männer jemals davon abgehalten?«

In dieser Beziehung musste ihr Jules zustimmen. »Wie wahr, Madame, wie wahr. Aber Belege für diese Beziehung gibt es nicht, oder?«

»Belege?« Lautners Mutter fing an, ihre Sachen zusammenzupacken. »Natürlich nicht. Es ist ja nur Gerede.«

»Tratsch!«, warf Alain Lautner ihr vor. Er half seiner Mutter beim Aufräumen, um den Prozess zu beschleunigen und sie schnell loszuwerden. »Danke, *maman*«, sagte er und schob sie mitsamt ihrem Korb zur Tür hinaus. »Wir sehen uns heute Abend.«

Mit einer Entschuldigung auf den Lippen kehrte er

zurück. Der Auftritt seiner Mutter war ihm offensichtlich peinlich. Doch das brauchte er nicht zu sein. Jules wies Lautner darauf hin, dass es stets hilfreich sei, das Ohr an Volkes Munde zu haben.

»Immerhin wissen wir jetzt, dass es unsere Tote mit der Liebe nicht so genau nahm«, meinte Jules.

»Was die Aufklärung des Falls auch nicht einfacher macht«, erwiderte Lautner seufzend. »So leicht, wie wir anfangs dachten, lässt sich die Sache nicht lösen.«

»Wenn es zu leicht wäre, würde es ja keinen Spaß machen«, scherzte Jules. Leise fügte er hinzu: »Wir sollten diesen Le Claire im Auge behalten und bei Gelegenheit sein Alibi überprüfen. Priorität behält aber die Suche nach Robin.«

Als bis kurz vor Ladenschluss bei der Fahndung immer noch kein Vollzug gemeldet worden war, entschied sich Jules dazu, den Feierabend einzuläuten. Er war ohnehin der Letzte, der sich noch im Corps de Garde aufhielt. Da er keine Lust hatte, schon in seiner *auberge* einzukehren, entschloss er sich zu einem Abstecher. Sein Weg führte ins Zweiradgeschäft Cycl'évasion, wo ein kahlköpfiger Endfünfziger mit breiten Hosenträgern über seinem ölbefleckten T-Shirt gerade die Rollläden herunterließ. Als er Jules bemerkte, zog er sie wieder nach oben. Er bat ihn herein und wurde sogar recht freundlich, als Jules sagte, dass er von Lino geschickt worden sei. Offenbar war Jules an den Richtigen geraten: Gilbert.

»Sie möchten Rennrad fahren?«, fragte der Händler mit einer Begeisterung, als wäre heute sein erster Tag als Verkäufer.

Jules bejahte und ließ sich mehrere Modelle zeigen. Für den kleinen Laden war die Auswahl beachtlich: Fahrräder in unterschiedlichster Ausstattung, Farbe und Größe standen Lenker an Lenker im Ausstellungsraum, zusätzlich hingen einige besonders schnittige Modelle von der Decke. Gilbert kannte sich bestens aus und wusste bei jedem einzelnen Exemplar um die Vorzüge, die besonderen Stärken, aber auch die Schwächen. Dabei wurde bald deutlich, dass die aktuellen Verkaufsschlager zwar samt und sonders auf Carbonrahmen oder Aluminium-Titan-Legierungen montiert waren, das Herz des Ladenbesitzers jedoch – ebenso wie das von Lino – am guten alten Stahl hing.

»Wenn Sie Ihre Touren nicht auf die asphaltierten Straßen rings um die Stadt beschränken wollen, sondern den einen oder anderen Abstecher in Richtung Vogesen planen, empfehle ich Ihnen gelötete Rahmen aus Columbus- oder Reynoldsrohren«, sagte Gilbert und nickte dabei, als wollte er seinen eigenen Tipp als das einzig Wahre bestätigen. »Stahlrahmen mögen ein wenig schwerer sein und in einem Rennen Sekunden kosten, aber sie sind elastischer und damit komfortabler auf unebenen Fahrbahnen. Und von denen gibt es rund um die Weinberge mehr als genug.«

»Sie raten mir also von Experimenten ab?«, fragte Jules.

Sein Gegenüber nickte bestimmt. »Setzen Sie besser aufs Bewährte, wenn Sie in unserer Gegend auf Tour gehen wollen.«

Zwar liebäugelte Jules mit einer himmelblauen Rennmaschine aus Carbon, deren Rahmen lediglich siebenhundertneunzig Gramm auf die Waage brachte, hörte dann aber doch auf den Rat des Erfahrenen und wählte eine Old-School-Variante in Jägergrün. »Das hier gefällt mir!«, sagte er, überrascht über seine eigene Spontaneität.

Der Verkäufer zog Jules' Favorit aus der Reihe, schob es bis vor den Kassentresen und hielt es Jules hin. Dieser umfasste die metallisch kühle Querstange mit einem gewissen Gefühl der Ehrfurcht und auch der freudigen Erwartung. Schon lange hatte er sich nicht mehr an ein neues Hobby herangewagt. Nun meinte er, ein geeignetes für sich entdeckt zu haben.

»Haben Sie eine Radlerhose?«, erkundigte sich der rührige Händler. »Wenn nicht, werden Sie den schmalen Rennradsattel bald verfluchen.«

Jules wählte einen Radleranzug in seiner Größe, inklusive Polsterung der Gesäßzone. Auch einen Helm suchte er sich aus, der laut Gilbert nicht nur extrem stabil, sondern besonders gut belüftet sein sollte.

»Was bin ich Ihnen schuldig?«, fragte Jules, nachdem der Händler sorgsam den Reifendruck überprüft und den Anzug der Bremsen getestet hatte.

Gilbert winkte ab. »Probieren Sie es erst einmal in aller Ruhe aus. Wenn Sie zufrieden sind, kommen Sie wieder und bezahlen. Wenn nicht, tauschen Sie es gegen ein anderes Modell um. Wir werden schon das passende Gerät für Sie finden.«

Bis zum Gasthaus schob er das grazile Vehikel, um eine Hand frei zu haben. Denn er wollte unterwegs zwei Telefonate erledigen; beide konnte er nicht länger hinauszögern. Zunächst meldete er sich bei Lilou, die ihm im Tagesverlauf schon mehrere WhatsApp-Nachrichten geschickt hatte. Wie zu erwarten, ermahnte sie ihn erneut dazu, sich im Elsass nur ja nicht zu sehr einzunisten, und machte ihm ein schlechtes Gewissen, weil er ihren Vater ausgerechnet in der arbeitsreichen Nachsaison alleinlasse. »Gerade jetzt, da die Boote winterfest gemacht werden müssen, könnte er dringend jemanden gebrauchen, der mit anpackt«, rieb sie ihm unter die Nase.

Der zweite Anruf galt Untersuchungsrichterin Laffargue, die er zwar nicht mehr im Büro, aber auf ihrer Handynummer erreichte. Jules brachte sie kurz und knapp auf den neuesten Stand. Dass er sich erst jetzt meldete, begründete er mit dem Umstand, dass ihn die laufenden Ermittlungen quasi ununterbrochen auf Trab gehalten hätten. Ihre Reaktion fiel ebenso knapp aus. »Es ist wohl richtig so, wie Sie gehandelt haben, Major. Aber der Abstimmungsprozess sollte nächstes Mal anders laufen. Halten Sie sich ab jetzt bitte an die Regeln.« Noch mal gut gegangen, dachte Jules und war erleichtert, bei beiden Telefonaten einigermaßen ungeschoren davongekommen zu sein.

In seinem Zimmer tauschte er die Uniform gegen saloppe Freizeitkleidung. Anschließend lief er gut gelaunt die Treppe hinunter und ließ sich von Clotilde eine Flasche aushändigen, die sie für ihn kalt gestellt hatte. Er verstaute sie in einem Rucksack und schwang sich auf sein nagelneues Rad.

Seine erste – sehr kurze – Tour führte ihn quer durch die Altstadt, wo er trotz der viel beschworenen Elastizität des Stahls mit dem Kopfsteinpflaster zu kämpfen hatte. Die Stöße, die der unebene Bodenbelag auslöste und die kaum abgefedert weitergegeben wurden, strapazierten seinen Steiß. Ordentlich durchgerüttelt erreichte er die *Brasserie Georges.* Dort wollte er seine neue Errungenschaft vorstellen, doch die Mitglieder der Radsportgruppe schienen voll und ganz von ihrer neuen Passion erfüllt zu sein.

Schon aus der Entfernung hatte Jules das charakteristische metallische Klacken vernommen, das beim Zusammenprall zweier Boulekugeln entsteht. Und tatsächlich übte sich ein halbes Dutzend Männer mit geschlossenen Schenkeln und leicht gebeugten Rücken im gezielten Werfen auf das *cochonnet*, die »Schweinchen« genannte Zielkugel. Jules stellte sein Rad an einem der großen Kastanienbäume ab und erkannte Lautner unter den Spielern. Der Adjutant, der in Zivil Bluejeans und ein cremefarbenes Baumwollhemd trug, säuberte seine Kugel mit einem Lederlappen, bevor er sein Ziel fixierte, federnd in die Knie ging und Schwung holte. Sein Wurf kickte eine gegnerische Kugel beiseite und landete direkt neben dem Schweinchen. Lautner stieß einen begeisterten Pfiff aus, wurde aber von einem seiner Kontrahenten in die Schranken gewiesen. Dieser zog ein Maßband aus der Tasche, um die Distanz seiner und danach Lautners Kugel zum Ziel zu messen.

Wie die echten Profis, dachte Jules. Ihm war es gelungen, das Interesse an seiner liebsten Freizeitbeschäftigung ausgerechnet in einem Ort zu wecken, der dafür alles andere als prädestiniert zu sein schien. Da hatte manch einer sein verstaubtes Bouleset vom Dachboden geholt, wo es als unbrauchbar geglaubtes Weihnachts- oder Geburtstagsgeschenk gelandet war. Ob er diesen schnellen Erfolg seiner Überzeugungskraft verdanken durfte oder eher der generellen Aufgeschlossenheit der Elsässer?

Diese Aufgeschlossenheit hatte allerdings ihre Grenzen. Denn wieder fanden die Gespräche untereinander nicht auf Französisch statt. So viel Mühe sich Jules auch gab, er konnte fast kein Wort verstehen, höchstens Sinnzusammenhänge herstellen.

Jules hielt es für die richtige Taktik, sich aktiv einzubringen. Dann würden die Männer selbst darauf kommen, dass die Verständigung auf Französisch besser klappte. Also mischte sich Jules zwischen die Spieler, gab ungefragt Haltungstipps und Verbesserungsvorschläge für die Wurftechnik. Lautner und seine Kumpanen nahmen die Hinweise lernbegierig auf. Schließlich zog Jules einen Trumpf aus dem Ärmel und sicherte sich die Sympathie der letzten Skeptiker. Er bat Lautner darum, einige kleine Gläser aus der *brasserie* zu besorgen, holte die Flasche aus seinem Rucksack, hielt sie hoch und ließ ihren kupfergelben Inhalt in der Abendsonne leuchten.

»Eine Alternative zu eurem Feierabendbier«, kündigte er eine Spezialität aus seiner Heimat an. »Ein Pineau des Charentes – einer meiner Lieblingstropfen, gekeltert aus Traubensaft und Cognac. Man trinkt ihn am besten eiskalt.«

Die Gläser machten die Runde, woraufhin sich ein schwelgerisches Raunen erhob. Sogar Robert Moreau, der sich nicht am Boulespiel beteiligt hatte, probierte und nickte anerkennend. »Hervorragend«, räumte er ein, was ihm Jules hoch anrechnete. »Ich kannte ihn bisher nur in Ziegelrot und eine Spur süffiger.«

»Ja, es gibt den Pineau in verschiedenen Sorten«, meinte Jules. »Im Sommer bevorzuge ich den Weißen, im Winter ist mir der Rote lieber.«

Für Jules lief es an diesem Abend gut, denn auch die Begutachtung seines Rades fiel positiv aus. Es herrschte die einhellige Meinung, dass er sich für den richtigen Rahmen entschieden hatte, die sonstige Ausstattung war ohnehin ohne Fehl und Tadel, da sie dem hohen Standard von Cycl'évasion entsprach.

Als es dunkler wurde, zogen sich die Männer in die *brasserie* zurück, die so gar nichts von einer urigen *winstub* besaß, sondern mit modernem Interieur auch das jüngere Publikum ansprechen wollte. Natürlich konnte es nicht ausbleiben, dass man schon bald auf Zoé Lefèvre zu sprechen kam.

»Was gibt es denn Neues?«, wollte Pierre Poirier, ein rotwangiger Rentner, wissen.

Jules, der es gewohnt war, auch in seiner Freizeit auf Dienstliches angesprochen zu werden, wollte routiniert einige Belanglosigkeiten anbringen, aber keine Fakten nennen. Lautner machte ihm jedoch einen Strich durch die Rechnung, indem er stolz verkündete: »Wir sind dicht dran. Der Täter ist so gut wie gefasst.«

Ehe Jules einschreiten konnte, meldete sich der Nächste zu Wort. Christian Bélon, Jüngster in der Truppe, wusste genau, auf wen Lautner abgezielt hatte. »Sei dir da nicht so sicher, Alain. Robin ist auf Zack, den werdet ihr nicht so bald schnappen.«

»Das hoffe ich aber«, mischte nun auch Robert Moreau mit. »Es kann nicht angehen, dass die Polizei einen Mörder frei herumlaufen lässt.«

»Moment, Moment!« Jules hatte sich von seinem Platz erhoben. »Robin wird von uns als Zeuge gesucht. Nicht mehr und nicht weniger. Ich kann es nicht gutheißen, dass er als potenzieller Mörder an den Pranger gestellt wird.« Beim letzten Satz sah er seinen Adjutanten scharf an.

»Ja, aber er war es doch«, mokierte sich Jean Paul Gardier, ein blasser Mann, von dem Jules lediglich wusste, dass er die örtliche Versicherungsagentur leitete.

»Wir stehen am Anfang unserer Ermittlungen. Wer derartige Gerüchte über Robin streut, kann sich strafbar machen«, stellte Jules unmissverständlich klar – und wusste, dass er soeben all die Pluspunkte verspielte, die er mit dem Pineau und den Bouletipps angesammelt hatte.

»Ich bitte Sie, Major«, sagte Moreau. »Uns müssen Sie nichts vormachen. Mit diesem Robin sind die meisten von uns schon mal aneinandergeraten. Ein unangenehmer Zeitgenosse, der bereits in der Schule auffällig war. Ist es nicht so, Pierre?«

Der rotbackige Rentner, der wohl früher als Lehrer tätig gewesen war, nickte eifrig. »Ein Flegel! Dem musste ich alle naselang eins mit dem Lineal überziehen, sonst hätte der gar nicht pariert.«

Oje, dachte Jules. In der Ortsgemeinschaft war Robin verurteilt, noch bevor der erste handfeste Beweis gegen ihn vorlag. Zu seiner Erleichterung sprang Lino ihm bei. »Mäßigt euch, Freunde. Lasst die Polizei ihre Arbeit machen und haltet euch raus.« Er blickte nacheinander jeden Einzelnen streng an. »Wenn ich noch im Dienst wäre, hätte ich euch für eure Einmischung allesamt für eine Nacht in die Zelle gesteckt.«

Linos übertriebene Drohung löste allgemeine Erheiterung aus. Die Lage entspannte sich spürbar, und auch gegenüber Jules gab man sich nun wieder versöhnlich.

Eine letzte Runde Bier wurde geordert, dann zerstreute sich die Gesellschaft langsam.

Zurück in der *auberge* ließ Jules die vorherrschende Meinung über Robin nicht los. Nach all dem, was er bisher gehört hatte, neigte auch er dazu, Zoés verstoßenen Exfreund als Verdächtigen Nummer eins zu betrachten. Doch so leicht durfte er es sich nicht machen, denn die Unschuldsvermutung musste so lange gelten, bis das Gegenteil bewiesen war.

So sehr war er in Gedanken vertieft, dass er es erst bemerkte, nachdem er seine Zähne geputzt hatte und in die Boxershorts geschlüpft war, in der er am liebsten schlief. Auf dem Kopfkissen seines Betts lag ein Büchlein, daneben ein kleiner Plüschstorch. Jules, der zunächst annahm, er habe es mit einem verspäteten Willkommensgeschenk der Wirtsleute zu tun, hob das Buch an. Es handelte sich um einen Reiseführer über das Elsass. Er schlug ihn auf und war mehr als überrascht. In geschwungener Schrift und mit lavendelblauer Tinte stand dort eine persönliche Widmung: »*Bienvenue!*« Unterzeichnet hatte keine Geringere als Untersuchungsrichterin Joanna Laffargue.

Jules merkte, wie eine innere Hitze in ihm aufstieg und seine Hände leicht zu zittern begannen. Mehrere Fragen schossen ihm gleichzeitig durch den Kopf. Warum hatte ihm die Richterin dieses Geschenk gemacht? Gehörte das zur Elsässer Gastfreundschaft? Oder verfolgte sie andere Ziele? Wenn ja, welche? Und: Wie waren der Reiseführer und das Stofftier überhaupt in sein Zimmer gelangt?

Vor allem die letzte Frage wollte Jules sofort klären. Also zog er sich T-Shirt und Hose wieder an, stieg in seine Badelatschen und ging hinunter zur Rezeption. Es war zwar schon spät, aber aus der Küche hörte er das Klirren von Geschirr. Er haute auf die kleine Klingel auf dem Tresen, woraufhin Clotildes Kopf an der Küchentür auftauchte. Ihr langer Arbeitstag war ihr anzumerken, als sie mit schwerfälligen Schritten auf ihn zukam.

Jules platzierte den Plüschstorch auf dem Tresen und sah sie fragend an. »Ist der von allein in mein Zimmer geflattert?«

Clotildes Pausbacken nahmen ein leichtes Rosarot an. Etwas verschämt erklärte sie: »Ein kleiner Willkommensgruß. Madame Laffargue wollte ihn eigentlich persönlich überreichen. Aber da Sie nicht da waren, fragte sie mich, ob ich ihn in Ihr Zimmer legen könnte.«

»Auf mein Kopfkissen?«

»Madame Laffargue bat darum, ja.«

Da die sonst so redselige Wirtin keinerlei Anstalten machte, mehr darüber preiszugeben, ließ es Jules dabei bewenden. Er schnappte sich den Storch und zog sich auf sein Zimmer zurück.

Dort ertappte er sich dabei, wie er das flauschige weiße Stofftier mit dem roten Schnabel dicht vor seine Nase hielt und daran schnupperte. Er sog feine Nuancen des Parfüms auf, das er bei seiner ersten und bislang letzten Begegnung mit Joanna Laffargue wahrgenommen hatte und das er als äußerst angenehm empfand. Ein Duft, der ebenso betören wie verstören konnte.

LE TROISIÈME JOUR

DER DRITTE TAG

Die Sonne, die durch die Jalousien fiel, malte zitronengelbe Streifen auf den Boden seines Zimmers. Jules zwinkerte und rieb sich gähnend die Augen.

Mit dem Plüschstorch als Bettgenossen hatte er eine unruhige Nacht verbracht, in der er von wilden Träumen heimgesucht worden war. Um was es dabei ging, konnte er nicht mehr rekonstruieren, sondern erinnerte sich lediglich an Bruchstücke. Robin spielte darin eine Rolle, ebenso Zoé, die plötzlich wieder am Leben war und ihm etwas Wichtiges mitzuteilen versuchte. Auch Joanna Laffargue hatte ihren Auftritt, was Jules vor die Frage stellte, ob es etwas zu bedeuten hatte, wenn er anstatt von seiner Freundin von der Richterin träumte. Er raffte sich auf und ging ins Bad, um sich den Schlaf und die Träume mit kaltem Wasser aus dem Gesicht zu spülen.

Für das Frühstück nahm er sich heute wenig Zeit. Eine Schale Milchkaffee, in die er eine Brioche tunkte, musste genügen. Dazu ein flüchtiger Blick in die aktuelle Ausgabe der *Les Nouvelles du Haut-Rhin*, die zum Glück kein Öl ins Feuer goss und darauf verzichtete, Robins Namen zu verbreiten.

Mit seinem Rennrad brauchte er keine fünf Minuten bis zum Place Turenne, der am heutigen Markttag sehr belebt war. Im Corps de Garde wurde er bereits erwartet. Alain Lautner und François Kieffer hatten ihre Köpfe zusammengesteckt und brüteten über einem Stapel Unterlagen.

»Die kompletten Untersuchungsergebnisse aus Strasbourg«, erklärte Lautner. »Endlich sind sie da.«

»Gibt es denn neue Erkenntnisse?«, fragte Jules und gesellte sich zu seinen beiden Mitarbeitern.

»Leider nein«, antwortete Lautner. »Die erkennungsdienstlichen Ergebnisse gehen gleich null. Die Tatwaffe wies keine brauchbaren Fingerabdrücke auf. Von Reifenspuren oder Fußabdrücken ganz zu schweigen, nachdem ein halbes Heer an Unbefugten alles rings um die Leiche niedergetreten hatte.«

»Das ist mir klar. Aber wie sieht es mit Haaren und Fasern aus? Ließ sich da nichts machen?«

Lautner schlug in den Unterlagen nach. »Doch. Sowohl Haare wie auch Textilfasern, die nicht dem Opfer zugeordnet werden konnten, sind untersucht worden. Es gab aber keinen Treffer bei den Kandidaten aus unserer Kartei.«

»Wiederholungstäter können wir somit verbindlich ausschließen«, folgerte Jules. »Wie steht es mit der Haarprobe von Robin? Liegt der DNA-Abgleich vor?«

»Natürlich nicht«, sagte Lautner, wobei ihm die Verwunderung darüber anzusehen war, wie sein Chef dies überhaupt in Betracht ziehen konnte. »Wir bekommen sie allerfrühestens morgen, sagen die im Labor. Vielleicht aber auch erst nach dem Wochenende.«

Jules rieb sich das Gesicht. Dabei merkte er an den borstigen Stoppeln, dass er sich dringend rasieren müsste. Das war kein Dreitage-, sondern schon ein Fünftagebart.

»Uns bleibt nichts anderes übrig, als abzuwarten«, stellte Lautner fest und schloss die Mappe mit den Untersuchungsergebnissen. Er stand auf und sah Jules erwartungsfroh an. Dabei verlagerte er sein Gewicht ungeduldig von einem Bein auf das andere, so als müsste er dringend auf die Toilette.

»Ist irgendwas?«, fragte Jules, als er bemerkte, wie die gleiche Unruhe auch Kieffer und Assistentin Charlotte befiel.

»Nun ja«, druckste Lautner herum. »Sie haben es gewiss schon bemerkt. Heute ist Wochenmarkt.«

»Ja, habe ich«, bestätigte Jules und ahnte, worauf seine Leute hinauswollten.

»Bei uns ist es üblich, dass wir auf dem Markt Streife gehen und nach dem Rechten sehen«, holte Lautner zu einer Erklärung aus. »Sie wissen ja, was alles passieren kann: Taschendiebe …«

Eigentlich gehörte diese Tätigkeit zu den ureigensten Aufgaben der Police municipale, der Stadtpolizei, die direkt dem Bürgermeister unterstellt war. Doch Jules konnte nachvollziehen, warum sein Team die kommunalen Kollegen so bereitwillig unterstützen wollte. Denn auch Jules pflegte sein Faible für die Wochenmarktkultur und war gespannt, welche regionalen Besonderheiten der Rebenheimer Markt aufbieten würde.

»Einverstanden! Sie dürfen zur Marktinspektion ausrücken«, sagte er augenzwinkernd. »Aber nur unter einer Bedingung.«

»Die wäre?«, fragte Lautner verhalten.

»Dass Sie mich mitnehmen!«

Rings um den großen Brunnen hatten die Händler

ihre Stände aufgebaut, dazu kamen weitere Verkaufswagen, die bis dicht vors Portal der Notre-Dame des Trois Épis heranreichten. Sie teilten sich auf. Kieffer und Charlotte schlenderten durch die Gasse der Textilanbieter, während Jules und Lautner geradewegs in die Genussmeile strebten. Jules war neugierig auf das, was ihn erwartete und worin die Unterschiede zu den Märkten in und um Royan liegen mochten.

Zu Hause, an der Atlantikküste, prägten naturgemäß Fisch und Meeresfrüchte das Angebot. Oftmals stammte die Ware direkt von den Fischerbooten, die Doraden, Seezunge, Lachs und Jules' Lieblingsfisch Loup de mer fangfrisch ablieferten. Dazu kamen Hummer, Garnelen, Krebse, Muscheln und natürlich Austern, für deren Zucht die Region berühmt war. Andere Händler boten Kräuter, Oliven und Tapenaden feil. Lokale Rotweine rundeten das Angebot aufs Vortrefflichste ab.

Jules ließ die Eindrücke auf sich wirken. Ein gemächlich rotierender Grill verströmte den köstlichen Duft kross gebackener Hähnchen. Seine deftige Auslage bot zudem Bouletten und Rouladen, alles zum Sofortessen an zwei Bistrotischen oder zum Mitnehmen, eingewickelt in Alufolie. Die Nachbarin hatte ein beachtliches Sortiment hausgemachter Wildschweinsalami ausgelegt – wahlweise versetzt mit Knoblauch, Peperoni und sogar Ziegenkäse. Der nächste Händler bot Erlesenes aus den Vogesen, darunter Kräutertees, Bärlauchpesto und Blaubeermarmelade. Auch der angrenzende Stand konzentrierte sich auf Produkte aus dem nahen Gebirgszug. Seine Auslage spiegelte den dichten Nadelbaumbewuchs wider: Tannenbaum-Körpercreme, Tannen-Bonbons und *sirop de sapin*. Jules probierte. Nicht schlecht, lautete sein Urteil, eine geschmackliche Mischung irgendwo zwischen Mirabelle und Blaubeersirup.

Ein weiterer Händler hatte sich auf Waldpilze spezialisiert. Jules trat interessiert näher und bewunderte eine Holzkiste voller prächtiger Steinpilze mit handtellergroßen, erdbraunen Schirmen, aus denen es herbwürzig duftete. Daneben zwei Körbe, zum Überquellen gefüllt mit currygelben Pfifferlingen. Er sah auch breitkrempige Röhrlinge und sogar Täublinge. Es gab fertige Mischungen für Pfannengerichte und Beutel mit getrockneten Pilzen. Auf seinen fragenden Blick hin erklärte ihm der Händler, der seine Pilze mit einer solchen Vorsicht anfasste, als wären sie aus dünnstem Glas: »Der Steinpilz bewahrt sein Aroma am besten, wenn man ihn in dünnen Scheiben trocknet. Es gibt kaum etwas Köstlicheres als eine Suppe oder ein Risotto damit.« Er zeigte Jules auch ein Einmachglas, das eine Essiglake mit diversen Pilzen enthielt. »Ich menge Piment, Johannisbeer- und Meerrettichblätter bei, die dem Pilz Biss geben, und verfeinere mit Kümmelsamen und Nelken.«

Langsam schritt Jules weiter und ließ sich auf die nächste Entdeckung ein. Eine Schale Maronen roch nach Wald und feuchtem Gras. Intensive Düfte verströmte auch der Wagen von *La fromagerie*, der die Erzeugnisse einer regionalen Käserei verkaufte. Angepriesen wurde vor allem der Munster, ein für die Gegend typischer Rohmilchkäse. Nur um einen Weinstand, an dem freigiebig Kostproben ausgeschenkt wurden, machte Jules einen Bogen.

»Mögen Sie etwa keinen Wein?«, wunderte sich sein Begleiter.

»Doch, doch«, versicherte Jules. »Allerdings bin ich verwöhnt vom guten Bordeaux.«

Lautner lächelte schief. »Sie sollten den Elsässer trotzdem mal versuchen. Glauben Sie mir, Major, sonst verpassen Sie was.«

Jules wollte sich gerade auf eine Diskussion über das Für und Wider von Weiß- und Rotweinen einlassen, die er schon oft mit Leidenschaft geführt hatte, als er auf ein ihm bekanntes Gesicht aufmerksam wurde. Nur wenige Meter vor ihnen entdeckte er die in grellen Farben gewandete Fremdenverkehrschefin.

»Das ist doch Madame Cantalloube«, sagte er zu Lautner.

Im gleichen Moment hatte auch sie ihn entdeckt und schien für eine Sekunde zur Salzsäule zu erstarren. Mit verkniffenem Gesicht nickte sie ihm zu, machte eine Kehrtwendung um hundertachtzig Grad und eilte mit großen Schritten davon.

»Ich fürchte, bei der haben Sie verspielt«, meinte Lautner.

Jules zuckte die Achseln. »Über kurz oder lang wird sie sich an meine Art gewöhnen.«

»Na ja. Vielleicht sollten Sie bei Ihrer nächsten Unterhaltung mit ihr etwas charmanter sein«, schlug Lautner vor, dem offenbar viel an Harmonie gelegen war.

»Ich werde es versuchen«, entgegnete Jules und wandte sich dem nächsten Verkaufstresen zu. Dieser offerierte eine bunte Mischung aus Öl, Schnaps und Likör, Kuchen und Brot. Unterschiedliche Speisen und Getränke, die doch alle eines gemeinsam hatten:

Sie enthielten Walnüsse. »Die Hausfrucht des herbstlichen Elsass«, wie Jules erfuhr. Ein eifriger Händler und überzeugter Nussfreund klärte ihn auf: »In dem schweren, humusreichen Lehmboden westlich von Rebenheim stehen hundertachtzig Walnussbäume, einige bis zu fünfundzwanzig Meter hoch. Die Nussernte ergibt je Saison zwanzigtausend Kilo, wenn nicht mehr. Aus dem größten Teil davon pressen wir unser Walnussöl, der Rest kommt den anderen Produkten zugute oder landet auf dem Nussmarkt in Colmar.«

»Aha«, sagte Jules und kostete von einem mit Nussflocken versetzten Früchtebrot.

»Zwar gilt die Walnuss als sehr kalorienreich, doch dank ihres hohen Vitamin-E-Gehalts und der Omega-3-Fettsäuren zeigt sie gegen jede Art von Herz-Kreislauf-Beschwerden Wirkung«, pries der Verkäufer die Nuss als Wunderheilmittel an.

Jules kaufte dem Nussprediger einen seiner Liköre ab, um sich von ihm losreißen zu können, und lief dem nächsten Bekannten in die Arme.

»Gut, dass ich Sie treffe«, sagte Vincent Le Claire. Um den Hals des Redaktionsleiters baumelte eine Kamera. Wahrscheinlich war er auf dem Weg zu einem Pressetermin oder wollte das Marktgeschehen dokumentieren. »Ich hatte ohnehin vor, mich mit Ihnen in Verbindung zu setzen.«

»Was gibt es denn?«, fragte Jules.

Le Claire, der seinem persönlichen Stil entsprechend wieder eine ausgewaschene Schlaghose und ein tintenblaues Batikhemd trug, schien erleichtert zu sein, die Neuigkeit loswerden zu können: »Ich bin unseren Redaktionskalender durchgegangen und dabei auf eine

Eintragung von Zoé gestoßen. Ein Termin an ihrem Todestag.«

Jules spitzte die Ohren. »Das ist interessant. Ging es um einen Auftrag, den Sie ihr erteilt hatten?«

»Eben nicht! Von mir hatte sie für diesen Tag überhaupt keine Aufgabe bekommen. Terminlich herrschte nämlich tote Hose.«

»Hätte Zoé an einem solchen Tag nicht an ihrem Schreibtisch in der Redaktion sitzen müssen, um andere Dinge abzuarbeiten oder zu warten, was reinkommt?«

»Nein, sie war bei uns nicht an feste Bürozeiten gebunden, musste dafür öfter mal am Abend und am Wochenende ran. In die Redaktion kam sie nur, wenn wir sie angefordert haben. Was an besagtem Tag nicht der Fall war.«

»Um was hat es sich sonst gehandelt?«, wollte Jules wissen. »Wenn es nichts Offizielles gewesen ist, dann wahrscheinlich ein Rendezvous.«

Le Claire kratzte sich mit kritischer Miene am Kinn. »Das würde mich wundern. Im Redaktionskalender dürfen nur dienstliche Belange eingetragen werden.«

»Also doch etwas, das mit ihrem Job zu tun gehabt haben kann.« Jules versuchte einen anderen Ansatz, indem er fragte: »Wie lautet die Eintragung? Womöglich lassen sich daraus Schlüsse ziehen, die uns weiterhelfen.«

Der Redaktionsleiter, der einer beleibten Dame mit Papiertüten voller Obst und Gemüse ausweichen musste, behielt seinen skeptischen Gesichtsausdruck bei. »Das glaube ich kaum. Mir hat der Eintrag jedenfalls nichts gesagt.«

»Lassen Sie hören«, forderte Jules ihn auf.

»Es waren nur drei Buchstaben und so sehr geschmiert, dass ich sie kaum entziffern konnte.«

»Wie lauteten diese Buchstaben?«, fragte Jules eindringlich.

»Nun ja, sie lauten DOT oder OOT oder ODT. Schwer zu sagen, denn Zoé hatte eine ziemliche Sauklaue. Man kann das O kaum von einem D unterscheiden. Selbst bei dem T bin ich mir nicht ganz sicher.«

Jules musste Le Claire zugestehen, dass er mit den Buchstabentrios ebenso wenig anfangen konnte wie der Reporter. Daraufhin schlug Le Claire vor, den Kalender bei Gelegenheit in der Gendarmerie vorbeizubringen. »Sie können ihn ja einem Grafologen überlassen. Vielleicht wird der daraus schlau«, meinte Le Claire.

»Danke für Ihre Unterstützung«, sagte Jules und tippte sich als anerkennende Geste mit Zeige- und Mittelfinger an den Schirm seines *képi.* Gleichwohl fragte er sich, warum Le Claire erst jetzt mit der Neuigkeit herausrückte. In den Redaktionskalender hätte er schon an Zoés Todestag schauen können. Möglicherweise, so überlegte Jules, wollte der Redaktionsleiter mit dem angeblich von Zoé eingetragenen Termin nur ablenken – etwa davon, dass er sich zu besagter Zeit selbst mit Zoé getroffen hatte?

Das wortreiche Anpreisen der Waren, das muntere Plaudern der Passanten und vor allem der betörende Duft, der ihm jetzt in die Nase stieg, brachten Jules schnell auf andere Gedanken. Der köstliche Geruch entströmte einem auf rustikal getrimmten Verschlag, hinter dem ein transportabler, mit Holzkohle geschürter Ofen aufgestellt worden war. Mit geübten Bewegungen hantierte ein Mann im mehlbestäubten Kittel mit hölzernen Schiebern und zog knusprige Brotlaibe aus der Glut. Wie Jules auf einer mit weißer Kreide beschriebenen Schiefertafel lesen konnte, gab es das Elsässer Bauernbrot neben der normalen Sauerteigvariante wahlweise mit Kümmel oder Kräutern versetzt.

Der folgende Stand beeindruckte Jules durch eine unglaubliche Vielfalt an Apfelsorten, allesamt als *produits régionaux* gekennzeichnet. Für Kaufaule gab es sie sogar in flüssiger Form als *jus de pomme*. Jules wollte sich gerade ein halbes Kilo aus Rebenheimer Ernte eintüten lassen, als er in seiner Hosentasche den Vibrationsalarm seines Handys spürte.

»Hier ist Krueger«, meldete sich eine Frauenstimme, die er zunächst nicht zuordnen konnte. Erst als sie sich als Robins Vermieterin zu erkennen gab, wusste er Bescheid.

»Entschuldigen Sie bitte, wenn ich Sie auf dem Handy anrufe. Aber in der Gendarmerie habe ich niemanden erreicht, und die andere Nummer steht ja auf Ihrer Karte, die Sie mir dagelassen haben.« Auch wenn sich die Anruferin recht umständlich ausdrückte, war ihr anzumerken, dass ihr etwas unter den Nägeln brannte.

»Was ist passiert?«, erkundigte sich Jules.

»Er ist wieder da!«, rief die Vermieterin in den Hörer. Jules, den diese Nachricht sehr überraschte, blieb so abrupt stehen, dass ihm ein älterer Herr in den Rücken lief. Den Mitnahmekaffee, den dieser gerade zum Mund führte, schüttete er zur Hälfte auf sein eigenes Hemd, zur anderen Hälfte auf Jules' Uniformjacke.

»*Putain!*«, stieß Jules aus, als er die heiße Flüssigkeit im Nacken spürte.

»*Merde!*«, kam es von hinten zurück. Als Jules sich umsah, erkannte er Lino Pignieres.

Jules deutete eine entschuldigende Geste an, um sich sogleich wieder dem Telefongespräch zu widmen. Es gelang ihm allerdings nicht, Lino dabei auf Abstand zu halten.

»Robin ist allen Ernstes zurückgekommen?«, fragte Jules ungläubig. Sie hatten ihn auf der Flucht gewähnt, untergetaucht oder längst im Ausland. Dass er heimkehren würde, galt als unwahrscheinlich.

»Ja, ja. Ich habe mich auch gewundert bei all den Gerüchten, die kursieren. Ich dachte, ich würde ihn nie wiedersehen.«

Jules spürte, wie sein Puls sich beschleunigte. »Wo hält sich Robin jetzt auf? In seiner Wohnung?«

Entweder verstand die Vermieterin ihn nicht richtig, oder sie wich einer direkten Antwort aus. »Erst hatte ich Skrupel, die Polizei zu verständigen. Robin zu verraten – das erschien mir so schäbig. Denn ich habe es Ihnen ja gesagt. Ich fühle mich in gewisser Weise verantwortlich für den Jungen. Aber als ich ihn ansprach und von ihm wissen wollte, was denn eigentlich los sei, da schubste er mich beiseite. Derart grob, dass ich gegen das Treppengeländer gestoßen bin und mir die Rippen geprellt habe. Ja, ich bin sicher, sie sind geprellt. Es ist ganz blau angelaufen an der Seite.«

Jules schnippte mit den Fingern und machte damit Adjutant Lautner auf sich aufmerksam, der bereits den dritten Plastikbecher der *jus-de-pomme* -Verkostung in der Hand hielt. Gleichzeitig redete er beschwörend in sein Handy: »Ist Robin noch in seiner Wohnung? Ja oder nein?«

»Ja. Aber nicht mehr lange. Er packt seine Sachen. Einen Rucksack hat er schon im Kofferraum verstaut.«

»Verstanden«, sagte Jules knapp. »Lassen Sie ihn machen und halten sich zurück. Am besten, Sie schließen sich in Ihrer Wohnung ein und öffnen nicht, falls er bei Ihnen klingelt. Der Mann ist gefährlich.« Er fasste Lautner am Handgelenk, riss ihn von dem Apfelstand los, womit er den Adjutant und sich Linos Nähe entzog. »Wir sind gleich bei Ihnen!«, versprach Jules und beendete das Telefonat mit Madame Krueger.

Schnellen Schrittes eilte er mit Lautner im Schlepptau auf das Corps de Garde zu, vor dem ihr Dienstwagen parkte.

Während Jules seinen Adjutanten in groben Zügen auf den neuesten Stand brachte, startete dieser den Motor. Langsam ließ er den Wagen auf den Marktplatz rollen.

»Mir ist es ein Rätsel, wie Robin das schaffen konnte«, sagte Jules. »Wenn er die ganze Zeit in der Nähe war, hätte er den Kollegen längst ins Netz gehen müssen.«

»In der Neustadt hat eben niemand nach ihm gesucht«, meinte Lautner. »Weil keiner gedacht hat, dass er so blöd ist, in seine Wohnung zurückzukehren.«

»Das ist ja auch verdammt dreist von ihm«, fand Jules und wunderte sich über Lautners gemächliche Fahrweise. »Geht es nicht etwas schneller?«

»Wie denn? Soll ich die Leute überfahren?«

Statt einer Antwort beugte sich Jules so weit zu ihm herüber, dass er an die Schalter für das Blaulicht und das Signalhorn kam. Tatsächlich führte das plötzliche Getöse dazu, dass sich einige Marktbesucher nach ihnen umdrehten. Ihre Blicke waren teils neugierig interessiert, teils gleichgültig oder sogar feindselig. Ganz nach dem Motto: Mussten sich die Gendarmen ausgerechnet am Markttag so aufspielen? Keiner machte Anstalten, auch nur einen Meter beiseitezutreten.

»Ist denn das die Möglichkeit?«, stöhnte Jules, woraufhin Lautner ratlos die Achseln zuckte. Er ließ das Seitenfenster hinunter, lehnte sich nach außen und brüllte: »Machen Sie bitte Platz! Wir müssen zu einem dringenden Einsatz!«

Diesmal sah die Reaktion so aus, dass ihn einige Teenager mit ihren Handykameras fotografierten, ein im Buggy sitzendes Kleinkind mit dem schokoverschmierten Zeigefinger auf den Polizeiwagen deutete und sich zwei Omas kopfschüttelnd abwandten.

Jules zog den Kopf wieder ein und sagte an Lautner gewandt: »Genau wie auf der Uferpromenade von Royan. In der Hauptsaison ist kein Durchkommen, selbst wenn man Tausende Blaulichter auf dem Dach hätte.«

Da er keine andere Möglichkeit sah, sprang er aus dem Wagen und schob die Leute eigenhändig aus dem Weg. Lautner folgte ihm im Schritttempo. Geschlagene zehn Minuten dauerte es, bis sie den Place Turenne endlich verlassen hatten und auf die Rue de Strasbourg einbogen. Auch hier mussten sie auf Passanten, die ohne jede Vorwarnung vom Trottoir auf die Fahrbahn wechselten, achten und die Geschwindigkeit niedrig halten. Jules atmete auf, als sie das Stadttor erreichten. Inständig hoffte er, dass sie nicht zu spät kommen und Robin noch erwischen würden.

Bevor sie die Altstadt verlassen konnten, wurden sie jedoch erneut ausgebremst. Ausgerechnet unter dem engen Torbogen des Turms hatte sich ein Storchenpaar niedergelassen. Auf ihren stelzenartigen Beinen stakten die beiden großen Vögel im Kreis herum und ließen sich weder vom Dröhnen des Motors noch vom Heulen der Sirene stören.

Lautner brachte den Wagen direkt vor den Störchen zum Stehen und hupte mehrmals hintereinander. Die Vögel nahmen noch immer keinerlei Notiz von ihnen. Mit erhobenen Schnäbeln stolzierten sie weiter auf und ab, als wollten sie ihren Besitzanspruch an dem Gebäude geltend machen, auf dem ihr Nest thronte.

»Nun los!«, forderte Jules Lautner auf. »Fahren Sie, die Biester werden uns schon ausweichen.«

Lautner wusste es besser. »Das werden sie nicht. Störche sind wahre Dickköpfe. Wenn die nicht wollen, geben die keinen Zentimeter preis.«

Jules ließ seine Handflächen auf die Schenkel fallen. »Das ist nicht Ihr Ernst! Die Polizei soll sich von einem Paar gefiederter Trotzköpfe aufhalten lassen? Nicht mit mir!« Er stieß die Tür auf.

»Was haben Sie vor?«, fragte Lautner, der den Motor abgestellt hatte.

»Ich werde die Mistviecher verscheuchen!«

»Das würde ich nicht empfehlen. Dann hacken sie nach Ihnen. Außerdem ...«

»Außerdem was?«, fuhr Jules ihn barsch an.

»Störche genießen einen Kult- und Schutzstatus im Elsass. Sie sind für uns so etwas wie die heiligen Kühe für die Inder. Bei denen kommt der Verkehr auch zum Erliegen, wenn sich ein Rind auf den Asphalt verirrt.«

»Sie wollen mir weismachen, dass Sie diesen Riesenkrähen Narrenfreiheit zugestehen?« Jules konnte es kaum glauben. Er schob den Ärmel seiner Uniformjacke zurück und sah auf die Uhr. Mehr als eine Viertelstunde war seit dem Anruf von Robins Vermieterin verstrichen. Er musste handeln. Sofort!

»Sobald die blöden Vögel weg sind, fahren Sie weiter!«, wies er seinen Adjutanten an und sprang aus dem Wagen.

»Und Sie? Was machen Sie?«, fragte Lautner verwirrt.

»Ich laufe zurück zur Gendarmerie und hole mein Rad. Damit bin ich allemal früher am Ziel als Sie mit dem Dienstwagen.«

Er hatte die richtige Entscheidung getroffen. Auf seinem Rennrad kam er ungleich schneller voran. Er preschte durch die engen Gassen und ließ die Stadtmauern bald hinter sich. Auf der Ausfallstraße in Richtung Neustadt nahm er noch mehr Fahrt auf, überholte einen Traktor und einen knatternden alten Motorroller. Obwohl er in seiner steifen Uniform längst nicht so agil war wie im Bikerdress, bewältigte er die wenigen Kilometer bis in den Vorort in kurzer Zeit.

Mit schweißnasser Stirn und ziemlich aus der Puste ließ er das Rad am Ziel ausrollen – und sah einen jungen Mann, auf den Robins Beschreibung voll und ganz zutraf. Er trug eine ausgewaschene, löchrige Jeans, eine ebenso abgewrackte Lederjacke und war gerade dabei, eine olivgrüne Sporttasche in den Kofferraum seines Autos zu werfen. Es handelte sich um einen zerbeulten Opel Corsa; für Jules die Bestätigung dafür, dass er es definitiv mit Robin zu tun hatte.

Jules sondierte die Lage. Er schaute zum Wohnhaus hinüber und entdeckte Madame Krueger, die halb verborgen hinter einer Gardine an einem Fenster stand und versuchte, Jules wild gestikulierend auf sich aufmerksam zu machen. Immer wieder zeigte sie dabei mit ausgestrecktem Zeigefinger auf den Kerl am Wagen.

Jules nickte ihr zu, lehnte sein Rad an einen Gartenzaun und näherte sich Robin in Habachtstellung. Robin bemerkte ihn erst, als er unmittelbar hinter ihm stand.

»Major Gabin, Gendarmerie Rebenheim«, sprach Jules ihn an. »Sie sind Robin?«

Der junge Mann fuhr herum und sah ihn überrascht an. Der Ausdruck des Schreckens oder des Ertapptseins, den Jules im ersten Moment aus seiner Mimik las, wich einem verschlagenen Blick. Er spuckte eine halb aufgerauchte Zigarette aus und fragte in schnoddrigem Tonfall: »Warum wollen Sie das wissen?«

»Ich ermittele im Todesfall Zoé Lefèvre. Uns ist bekannt, dass Sie mit dem Opfer liiert waren.«

»Na und?«, bellte Robin. Seine Körperhaltung machte auf Jules einen bedrohenden Eindruck.

»Wir müssen Sie als Zeugen vernehmen.« Aus den Augenwinkeln sah er, wie sich Lautner mit dem Einsatzwagen näherte. »Bitte begleiten Sie uns auf die Wache.«

»Kommt gar nicht in die Tüte«, schnauzte Robin ihn an. »Sehen Sie das nicht? Ich verreise!«

»Ich fürchte, Sie müssen Ihre Reise verschieben«, sagte Jules beherrscht, um eine Eskalation zu vermeiden. Inzwischen war der Streifenwagen wenige Meter hinter ihnen stehen geblieben. Lautner öffnete die Fahrertür und stieg aus.

»Gar nichts werde ich, *sale flic*!«

Jules straffte die Schultern. Gleichzeitig spürte er, wie sein Puls zu rasen begann. »Machen Sie kein Aufheben, und steigen Sie in unseren Wagen«, forderte er den renitenten Burschen auf.

Doch der dachte gar nicht daran. »*Je t'emmerde!*«, schrie Robin, ballte die Faust und holte zum Schlag aus.

Robin war nicht nur jung, sondern auch trainiert. Jules hatte seine sehnigen Arme und den beachtlichen Bizeps längst bemerkt. Trotzdem legte sich der Angreifer mit dem Falschen an. Denn auch Jules hielt sich in Form und hegte seit den Tagen auf der Polizeischule seine Vorliebe für Kampfsport.

Jules gelang es, Robins Hieb in der Luft abzufangen. Geschickt lenkte er die Bewegungsenergie des anderen um, verstärkte mit einem Schubs an den Ellbogen dessen Schwung sogar, sodass Robins Arm mit blechernem Schlag auf der Haube des Opels endete.

Schmerzerfüllt heulte Robin auf. »*Connard!*«, fluchte er und startete die nächste Attacke.

In gebückter Haltung lief er mit dem Kopf voran auf Jules zu. Dieser versuchte auszuweichen, doch diesmal berechnete Robin seine Taktik ein und passte sich an. Er rammte ihm mit dem Schädel in den Bauch, woraufhin Jules reflexartig Luft ausstieß und sich vornüberbeugte. In der gleichen Sekunde fegte Robin ihm mit einem Sicheltritt das Standbein weg. Ehe Jules sichs versah, lag er ausgestreckt auf dem Straßenteer. Robin sprang über ihn und ließ sich auf seine Brust fallen. Sofort setzte er dazu an, auf den niedergestreckten Jules einzuschlagen.

Jules hielt sich schützend die Hände vors Gesicht. Damit beschäftigt, Robins wütende Attacke abzuwehren, schielte er nach Lautner. Er erkannte ihn keine zwei Schritte von sich entfernt. Doch anstatt ihm beizuspringen, wippte Lautner unschlüssig von einem Bein auf das andere und verfolgte tatenlos das Geschehen.

»Helfen Sie mir, Mann!«, presste Jules hervor.

Da nichts dergleichen passierte, musste er selbst in die Offensive gehen. Mit aller Kraft formte er ein Hohlkreuz. Er bäumte sich auf Schulterblätter und Fußballen gestützt so weit auf, dass er Robin abwerfen konnte. Dann rollte er sich herum und ging zum Gegenangriff über. Er warf sein ganzes Körpergewicht auf den anderen und zwang ihn nun selbst zu Boden. Liegend rangen beide Männer weiter und schenkten sich dabei nichts. Zunächst behielt Jules die Oberhand, sah sich schon als Sieger der Auseinandersetzung. Doch dann setzte sich Robin erneut durch, indem er Jules einen heimtückischen Kniestoß in den Steiß verpasste und ihn abwarf. Wieder hockte Robin auf Jules und drosch auf ihn ein. Jules musste einsehen, dass er auf einen ebenbürtigen Gegner getroffen war. Gut möglich, dass Robin die Sache für sich entscheiden würde. Ein Anflug von Panik stieg in ihm auf.

Noch einmal sah er sich zwischen den Schlägen nach seinem Adjutanten um. Er erkannte Lautners schlackernde Hose dicht neben sich, versuchte den Blick zu heben. Dann – plötzlich und unerwartet! – ertönte ein scharfer Knall.

Wie vom Schlag getroffen zuckte Robins Körper. Augenblicklich hörten die Hiebe auf. Er hob mit angsterfülltem Gesicht die Hände.

Jules brauchte einen Moment, um zu begreifen, was vorgefallen war. Er blinzelte gegen das Licht und sah, wie Lautner seine Dienstwaffe mit ausgestreckten Armen weit nach oben hielt. Er hatte einen Warnschuss abgegeben.

Robin kapitulierte und gab Jules frei.

»Danke«, keuchte Jules, wobei er unter Schmerzen aufstand. Mit dem Handrücken strich er sich den Dreck von der Uniform. Böse funkelte er Robin an und befahl Lautner: »Suchen Sie den Mann nach Waffen ab, und legen Sie ihm Handschellen an. Wir nehmen ihn mit aufs Revier.«

Jules entschied sich für die klassische Verhörmethode. Sie hatten Robin auf den unbequemsten Stuhl der Wache gesetzt: einen hölzernen Hocker ohne Polster und Lehne. Er war so platziert, dass Robin auf das Fenster und damit gegen das Licht sehen musste. Jules nahm ihm gegenüber Platz und fixierte ihn mit grimmigem Blick.

»Also? Was haben Sie uns zu sagen?«, eröffnete er die Befragung.

Robin hob seine Hände, die immer noch mit den Schellen fixiert waren. »Können Sie mir diese Dinger nicht endlich abnehmen?«

Jules erteilte ihm eine Abfuhr. »Nicht, solange ich den Eindruck habe, dass Sie wieder auf mich losgehen.«

Robin fluchte. »O Mann! Dürfen Sie das denn überhaupt? Ich meine, ist das nicht Freiheitsberaubung?«

»Sie haben einen Polizeibeamten tätlich angegriffen. Was erwarten Sie? Etwa dass wir Sie mit Glacéhandschuhen anfassen?«

Robin nörgelte noch eine Weile weiter, verlangte nach einem Anwalt und wurde erst entspannter, als Jules eine zerknautschte Gitanes-Packung aus Robins Tasche zog, ihm eine Zigarette anzündete und sie ihm in den Mund steckte.

Robin nahm zwei tiefe Züge und begann mit der Kippe im Mundwinkel zu reden. »Sie haben den Falschen erwischt«, beteuerte er. »Ich bin es nicht gewesen.«

»Was sind Sie nicht gewesen?«, fragte Jules, ohne eine Miene zu verziehen.

»Na, das, weswegen Sie hinter mir her sind. Ich habe Zoé nicht umgebracht.«

»Wenn Sie es nicht waren, wie Sie behaupten, weshalb haben Sie sich dann die letzten beiden Tage versteckt gehalten?«

»Ist das denn so schwer zu verstehen? Versetzen Sie sich mal in meine Lage. Ich hatte letztes Wochenende einen Riesenzoff mit Zoé.«

»Weil sie sich von Ihnen getrennt hat«, brachte Jules sein Wissen ein.

»Ja, das hat sie«, gab er mit verkniffener Miene zu.

»Aber Sie wollten das nicht akzeptieren«, mutmaßte Jules.

»Nein, ich wollte sie nicht verlieren«, gab Robin zu. »Auch wenn es oft Krach zwischen uns gab, habe ich sie immer noch geliebt.«

»Sie haben also versucht, es ihr auszureden.«

»Ja, doch davon wollte sie nichts hören. Also bin

ich laut geworden und habe ihr ...« Er unterbrach sich selbst.

»Reden Sie ruhig weiter«, forderte Jules ihn auf. »Sie haben Zoé gedroht – oder sogar geschlagen?«

»An den Armen gepackt und geschüttelt habe ich sie«, platzte es nun aus ihm heraus. »Ich wollte es einfach nicht wahrhaben. Doch damit habe ich alles noch schlimmer gemacht. Sie hat sich von mir losgemacht, mir eine gescheuert und ist weggelaufen, ohne noch ein einziges Wort zu verlieren.«

»Wann war das?«

»Am Sonntag. Danach habe ich sie nicht mehr gesehen.«

»Ach nein?« Jules blickte ihm direkt in die Augen, als er in scharfem Ton fragte: »Und was war vorgestern? Wo haben Sie sich am Morgen zwischen acht und zwölf aufgehalten? Auf dem alten Weingut, richtig? Dort haben Sie Ihrer Exfreundin aufgelauert und sie überfallen. In Ihrer Wut rissen Sie ihr die Kette vom Hals, die Sie ihr wahrscheinlich am Anfang Ihrer Beziehung geschenkt hatten. Und dann brach Ihr Hass über die Demütigung, die sie Ihnen angetan hatte, vollends durch. Sie griffen sich den nächstbesten Stein und schlugen damit ...«

»Nein!«, kam es wie aus der Pistole geschossen. »So war das nicht! Ich weiß, dass Zoé auf dem Hof aufgefunden worden ist. Das haben sie im Radio gesagt, und in der Zeitung stand's ja auch. Aber ich bin nicht dort gewesen! Ich schwöre! Und auch das mit der Kette ist Unsinn. Zoé trug sie schon, als wir uns kennenlernten.«

In Jules' Ohren hörten sich Robins Worte überzeugend an, doch genauso gut konnte er ihm etwas vorspielen. »Auf Schwüre gebe ich nicht viel«, sagte er trocken. »Die können Sie sich für den Richter aufheben. Bei mir wäre Ihnen mit einem glaubhaften Alibi mehr geholfen.«

Robin machte Anstalten, ihm zu antworten, blieb dann aber stumm.

»Kein Alibi?«, fragte Jules.

»Ich muss nachdenken«, sagte Robin nun sehr kleinlaut.

»Waren Sie vielleicht bei der Arbeit? Das wäre doch normal an einem Werktag um diese Zeit.«

»Ich habe zurzeit keinen Job.« Robins Augen wurden schmal. »Das wissen Sie längst, oder?«

»Schon möglich.«

»*Putain de flic!*«, brauste Robin auf. »Sie wollen mich ins offene Messer laufen lassen! Ich soll als Ihr Bauernopfer herhalten! Aber den Gefallen werde ich Ihnen nicht tun!« Er spuckte den Zigarettenstummel auf den Boden. »Sie wollen ein Alibi von mir? Also gut, hier ist es: Ich bin herumgefahren mit meinem Wagen! Den lieben langen Tag. Weil ich nachdenken musste über Zoé und mich. Das kann ich am besten, wenn ich hinterm Steuer sitze und Gas gebe. Irgendwer wird mich bestimmt gesehen haben und das bezeugen.«

»Herumgefahren sind Sie also – zufällig in der Nähe des Hauensteinschen Hofs?«

Robin sprang von seinem Hocker und stürzte sich trotz seiner gefesselten Hände auf Jules. Der hatte mit dem Angriff gerechnet, stieß sich mit beiden Beinen ab und rollte auf seinem Schreibtischstuhl einen halben Meter zur Seite. Robins Hechtsprung endete schmerzhaft an den Stahllamellen eines Heizkörpers.

Jules vergewisserte sich, dass Robin nicht mehr als eine Beule an der Stirn davongetragen hatte, bevor er sich Lautner und dem herbeigeeilten Kieffer zuwandte, den der Lärm aufgeschreckt hatte.

»Schnappt ihn euch!«, wies Jules seine Leute an. »Ich verständige Madame Laffargue, denn wir brauchen einen Haftbefehl. Und ihr kümmert euch um den Transport dieses Kerls ins *maison d'arrêt de l'Elsau*. Er gehört hinter Gitter.« Ohne sich noch einmal nach dem schnaubenden und Flüche ausstoßenden Delinquenten umzusehen, verließ er den Raum.

Dass er Robin den Rücken zukehrte, mochten Lautner und Kieffer als einen Teil seiner Methode betrachten, in Wirklichkeit aber wollte Jules dem Verdächtigen nicht länger in die Augen sehen. Denn obwohl alles gegen Zoés Exfreund sprach und sein aggressives Verhalten eine raue Behandlung allemal rechtfertigte, wuchsen in Jules Zweifel. Machten sie es sich nicht zu einfach, wenn sie ihre Ermittlungen jetzt ausschließlich auf Robin konzentrierten?

Zwar besagte Jules' Erfahrung, dass in den allermeisten Fällen von Mord und Totschlag Familienangehörige und Freunde als Täter überführt werden konnten, aber durfte er diese Schablone auch hier anlegen? Immerhin: Zoé hatte an ihrem Todestag einen Termin im Redaktionskalender eingetragen, was Rückschlüsse auf einen beruflichen Hintergrund der Tat erlauben würde. Ob der Eintrag echt war oder von Le Claire gefälscht, es handelte sich doch um ein Detail, das er keineswegs unter den Teppich kehren sollte. Denn so angenehm ein schneller Fahndungserfolg auch sein mochte, durfte er nicht riskieren, einen Unschuldigen vors Gericht zu bringen und den wahren Mörder frei herumlaufen zu lassen.

In welcher Rolle hatte sich Robin gewähnt? In der des Bauernopfers. Jules konnte nicht ausschließen, dass dies zutraf. Deshalb musste er seine negativen Gefühle, die er seit der Schlägerei gegenüber Robin hegte, im Zaum halten.

Im Vorzimmer angekommen, stellte er sich neben Charlotte Regniers Schreibtisch. »Holen Sie mir bitte die Untersuchungsrichterin ans Telefon«, bat er sie.

Die Assistentin nickte, zog sich die Nummer aus der Datenbank und nahm den Hörer ab. Dann jedoch verharrte sie in der Bewegung und legte wieder auf.

»Was ist los?«, fragte Jules. »Warum rufen Sie nicht an?«

Charlotte drehte sich auf ihrem Stuhl um, sodass sie ihn direkt ansehen konnte. »Sie haben Madame Laffargue schon getroffen, ja?«, fragte sie, und eine gewisse Ehrfurcht schwang in ihrer Stimme mit.

»Ja, vorgestern. Am Tatort«, sagte er, obwohl Charlotte das eigentlich wissen musste.

»Entschuldigen Sie, wenn ich so direkt bin, aber was halten Sie von ihr?«

Jules stutzte. Worauf wollte seine Mitarbeiterin hinaus? Gingen wohl schon Gerüchte im Ort herum, schoss es ihm durch den Kopf. Hatte etwa Clotilde Indiskretionen gestreut und die Sache vom Plüschstorch auf dem Kopfkissen ausgeplaudert? Er räusperte sich und sagte so neutral wie möglich: »Als Richterin machte sie auf mich einen überaus souveränen Eindruck.«

»Souverän«, griff Charlotte das von ihm verwendete Adjektiv auf und schien wenig zufrieden damit zu sein.

»Und sonst?«, fragte sie und sah ihn dermaßen forschend an, als versuchte sie, seine geheimsten Gedanken zu lesen.

»Was meinen Sie mit sonst?«

»Wenn ich fragen darf: Was halten Sie von Joanna Laffargue als Frau?«

Aha! Es ging also tatsächlich ums Persönliche. Jules lag auf der Zunge, seiner Assistentin zu sagen, dass sie das nichts anginge. Er beließ es aber bei der nichtssagenden Antwort: »Ich kenne sie ja kaum.«

Charlotte sprach sehr leise weiter. So leise, dass Jules sich zu ihr hinunterbeugen musste, um zu verstehen. »Alain hat es Ihnen also noch nicht erzählt?«

Unbewusst senkte auch Jules den Ton. »Was soll mir Adjutant Lautner erzählt haben?«

»Die Geschichte von Ihrem Vorgänger.«

Jules war lediglich bekannt, dass derjenige, den er hier beerbt hatte, seinen Posten nach relativ kurzer Zeit wieder geräumt hatte. Die Gründe dafür kannte er nicht. »Sollte mir diese Geschichte geläufig sein?«, fragte er, woraufhin Charlotte ihren Kopf betont langsam hob und wieder senkte.

»Er wurde auf Drängen von Madame Laffargue suspendiert«, verriet sie. »Offiziell hat niemand erfahren, warum. Aber natürlich hat es sehr schnell jeder gewusst.«

»Ich bin gespannt«, sagte Jules, dem Klatsch und Tratsch eigentlich nicht lagen, aber trotzdem gern hören wollte, was über seinen Vorgänger gemunkelt wurde.

»Sexuelle Belästigung«, sagte Charlotte nun noch leiser.

Jules pfiff durch die Zähne. »Sie meinen, er hat ausgerechnet die Untersuchungsrichterin und damit seine disziplinarische Vorgesetzte angebaggert?«, fragte er erstaunt, wusste man doch, dass so etwas als Karrierekiller Nummer eins galt.

Charlotte neigte den Kopf. »Wie es heißt, hat er das eben nicht getan«, flüsterte sie mit Verschwörermiene.

»Verstehe ich nicht.«

»Major Morin war ein netter Kerl. Gute Manieren, gepflegtes Äußeres, imponierend im Auftreten.«

»Ein toller Hecht also«, kürzte Jules ihre schwärmerischen Beschreibungen ab.

»Ja, da konnte frau nicht meckern. Auch dienstlich war er auf Zack. Aber mit Madame Laffargue kam er einfach nicht aus. Er hat sie abblitzen lassen.«

Jules schwante Böses. »Sie meinen, dass nicht Morin die Richterin bedrängt hat, sondern umgekehrt?«

»Genau! Aber er ist auf ihre Avancen nicht eingegangen.«

»Und die Verschmähte rächte sich, indem sie ihn der Belästigung bezichtigte und ihn suspendieren ließ?« Jules schüttelte energisch den Kopf. »Das glaube ich nicht. Nie und nimmer wäre sie damit durchgekommen.«

Charlotte lächelte wissend. »Die kommt mit allem durch.« Dann nahm sie den Hörer wieder auf und begann zu wählen. »Ich wollte Sie nur gewarnt haben, Chef.«

Jules merkte, wie sich ein Kloß in seinem Hals bildete, als er den Hörer entgegennahm und sich Joanna Laffargue meldete.

Das Essen kam heute eindeutig zu kurz, denn es gab ja Dringenderes zu tun. Da Jules aber Lautners Magenknurren nicht länger ertragen konnte, lud er ihn nach seinem erfreulich knappen und sachlichen Telefonat mit der Richterin spontan zu einem *en-cas* ein. In einem Schaufenster gegenüber der Gendarmerie hatte er eine Auslage mit köstlich belegten *baguettes rustiques* gesehen. Er selbst bestellte eines mit Käse, Tomatenscheiben und Salat, Lautner spendierte er ein Schinkensandwich.

»Wie geht's jetzt weiter?«, erkundigte sich Lautner.

Jules schob seine eigenen Skrupel beiseite, denn als Chef wollte er nicht wankelmütig wirken. »Robin ist unser Mann! Konzentrieren wir uns darauf, ihn zu schnappen«, sagte er nach einem beherzten Biss in das krachend knusprige Brot. »Kieffer bringt ihn in die Untersuchungshaft. Dort wird er weich gekocht.«

Lautner mochte sich der vorgespielten Siegesgewissheit seines Vorgesetzten nicht anschließen. »Vielleicht gibt es doch eine andere Lösung«, sagte er zaghaft. Auf Jules' argwöhnischen Blick hin zog er einen gefalteten Bogen Papier aus seiner Tasche und erklärte: »Diesen Computerausdruck habe ich heute früh in meinem Briefkasten gefunden, ihn in der ganzen Aufregung aber völlig vergessen.«

»Zeigen Sie mal her«, sagte Jules und schnappte sich den Bogen. Darauf war der Mailverkehr zwischen zwei Personen zu verfolgen. Die Kopfzeilen wiesen einen der Autoren als Vincent Le Claire aus. Bei dem anderen Namen machte Jules große Augen. »Zoé!«, sagte er überrascht.

»Ja, es handelt sich um einige Mails, die die beiden Anfang September ausgetauscht haben«, bestätigte Lautner. »Es ist also noch nicht lange her.«

»Um was geht es denn?«, fragte Jules, begann dann aber selbst zu lesen.

Von: Le Claire, Vincent
Gesendet: Montag, 2. September 2014, 10:53
An: Lefèvre, Zoé
Betreff: Storchenserie
Salut, Zoé,
Deine Storchenserie ist große Klasse. Weiter so!
Vincent

Von: Lefèvre, Zoé
Gesendet: Montag, 2. September 2014 10:59
An: Le Claire, Vincent
Betreff: AW: Storchenserie
Bonjour, Vincent,
danke, freut mich ☺. Aber meinst Du nicht, ich könnte mich bald mal an was Größeres wagen?

Von: Le Claire, Vincent
Nur Geduld, Dein Durchbruch wird früh genug kommen. Wir sollten uns in Ruhe darüber unterhalten.

Von: Lefèvre, Zoé
Wann und wo?

Von: Le Claire, Vincent
Jedenfalls nicht in der Redaktion. Ich wüsste da was Netteres. Wie wär's gleich heute Abend?

Von: Lefèvre, Zoé
Würde ich gern. Aber was ist, wenn Robin wieder Krach schlägt?

Von: Le Claire, Vincent
Er muss ja nichts davon erfahren. Letzte Woche hat er auch nichts gemerkt. Weißt Du noch???

Von: Lefèvre, Zoé
Na klar. Wie könnte ich das vergessen ☺ ☺ ☺

Von: Le Claire, Vincent
Also? Wollen wir? Sagen wir gegen neun?

Von: Lefèvre, Zoé
Nur, wenn wir diesmal wirklich über meine Karriere reden und nicht nur …

Von: Le Claire, Vincent
Versprochen, Zoé. Du weißt ja, dass ich einen guten Draht nach Paris habe. Ich bring Dich groß raus. Verlass Dich drauf!

Mehr stand nicht auf dem Ausdruck. Jules reichte ihn an Lautner zurück. »Woher haben Sie das?«

»Wie schon gesagt, es lag in meinem Briefkasten.«

»Eine Ahnung, wer es hineingeworfen haben könnte?«

»Ja, schon.« Wie bei einer Übersprunghandlung griff Lautner nach seinem Schinkenbrot.

»Ich höre.«

Lautner kaute erst zu Ende, bevor er antwortete: »Madame Huber könnte es gewesen sein.«

»Madame Huber?« Dieser Name sagte Jules nichts.

»Die Redaktionsassistentin. Sie haben sie sicher gesehen, als Sie bei Vincent waren.«

Jules erinnerte sich sehr wohl an die Sekretärin vom Typ »ältliche Jungfer«, die Le Claire mit Mathilde angesprochen hatte. Nun fragte er sich, ob sie heimlich für den Redaktionsleiter geschwärmt und in Zoé eine lästige Konkurrentin gesehen hatte.

»Sie könnte sich den Mailverkehr in einem unbeobachteten Moment von Le Claires Rechner gezogen haben«, mutmaßte Lautner.

»Möglich, ja«, meinte Jules. »Und welchen Schluss ziehen wir aus dem Geplänkel der beiden?«

»Liegt das nicht auf der Hand?«

»Sie schenken Ihrer Mutter nun also doch Glauben?«, konnte er sich die Frage nicht verkneifen, woraufhin Lautner unsicher zu zwinkern begann. »Sie gehen davon aus, dass Le Claire seinen Status als Chef und die angeblich guten Beziehungen in Pariser Journalistenkreise dafür ausnutzte, um seine junge Volontärin zu vernaschen.«

»Die Mails sprechen dafür.«

»Und die Konsequenz daraus lautet wie?«

Lautner klammerte sich an sein Sandwich, als er sich an einer logischen Erklärung versuchte. »Zoé wollte mehr von Le Claire, als ihm lieb war, sie fiel ihm lästig…«

»… woraufhin Le Claire kurzen Prozess machte?« Jules wedelte mit seinem Zeigefinger. »So weit war ich gedanklich auch schon. Aber, mein lieber Lautner, was wir brauchen, sind nicht neue Verdächtige, sondern Beweise. Und Robins Abtauchen ist und bleibt ein starkes Indiz. Wenn er unschuldig wäre, warum sollte er dann vor uns weggelaufen sein?«

Jules sagte dies wider seine eigene Überzeugung. Denn selbstverständlich war es ein legitimes Ansinnen, nach weiteren Optionen Ausschau zu halten. Aber nach seiner Überzeugung gab es nichts Schlimmeres als einen wankelmütigen Vorgesetzten, daher wollte er bei seinem Adjutanten keine Zweifel aufkeimen lassen. Jedenfalls jetzt noch nicht.

Seine Oberschenkel spürte er schon beim dritten Höhenzug, den er auf seiner frühabendlichen Spritztour durch das Rebenmeer bezwang. Kraftvoll trat Jules in die Pedale und trieb sein Rennrad in flottem Tempo in Richtung Westen über die kurvenreichen Straßen durch die Weinberge hinauf bis auf die Vorläufer der Vogesen.

Jules, der bislang nur selten Fahrrad gefahren war, verausgabte sich, doch das brauchte er jetzt. Es tat ihm gut und lenkte ihn von den vielen Gedanken ab, die ihn umtrieben. Diese kreisten vor allem um die Offenbarung, die ihm seine Sekretärin über Joanna Laffargue gemacht hatte, ebenso wie um sein schlechtes Gewissen gegenüber Lilou. Auch wenn er es selbst nicht wahrhaben wollte, musste er feststellen, dass sich die Sehnsucht nach seiner Freundin in Grenzen hielt. Das mochte daran liegen, dass er mit seiner neuen Aufgabe völlig ausgefüllt war, sich an die Umgebung gewöhnen musste und viele neue Bekanntschaften machte. Aber wenn er sich selbst gegenüber ganz ehrlich war, musste er sich eingestehen, dass er sich durch den Abstand zu Lilou und ihrer Familie befreit fühlte. Das würde sich gewiss bald ändern und umschlagen in Sehnsucht, versuchte er sich einzureden – ganz sicher war er sich dabei nicht.

Ohne Unterlass kämpfte er sich voran und blieb zäh, als der Steigungswinkel deutlich größer wurde. Wie viele Höhenmeter mochte er schon geschafft haben, fragte er sich nach einem quälend steilen Anstieg.

Um es abschätzen zu können, gönnte er sich eine Verschnaufpause und hielt vor einer kleinen Kapelle an, deren weißer Putz hier und da zu bröckeln begann. Vor ihm führte die schmale Straße in engen Schlaufen noch viele Kilometer weiter aufwärts. Umso steiler, je näher sie den Vogesen kam.

Jules wandte sich talwärts, atmete tief durch und ließ den Blick schweifen. Von hier oben, in geschätzten vierhundert Metern Höhe, genoss er einen grandiosen Ausblick. Ihm bot sich ein weites Panorama über die hügelige Landschaft mit ihren tiefgrünen Weinbergen, durchsetzt von Dörfern, deren Dachlandschaften zinnoberrot schimmerten. Dahinter, im aufsteigenden Dunst, mäanderte das breite Band des Rheins durchs Tal. Noch weiter in der Ferne, jenseits der unsichtbaren Grenze nach Deutschland, bildeten die Höhenzüge des

Schwarzwaldes das imposante Pendant zu den Vogesen, die hinter seinem Rücken majestätisch aufragten.

Jules genoss den weitläufigen Rundblick, atmete dabei immer wieder tief durch, flutete seine Lungen mit der reinen Luft und merkte, wie sich seine Nerven entspannten. Herrlich, dachte er im Stillen und verglich die meditative Wirkung, die diese einmalige Landschaft auf ihn ausübte, mit den ausgiebigen Strandspaziergängen, die er zu Hause am Atlantik unternahm. Auch dort war es vor allem die Weite, der ungehinderte Blick bis zum Horizont, die ihn faszinierte und sich ungemein heilsam auf sein Wohlbefinden auswirkte. Ganz ähnlich erging es ihm nun hier, weit weg von der Küste und mit einem Meer, bestehend aus Weinbergen, vor den Augen. Dieses mündete in den Ausläufern des Gebirges. Mit ihren dichten Wäldern, aus denen Felsen und Burgruinen ragten und ihnen ein verwunschen märchenhaftes Flair gaben, bildeten die Vogesen einen starken Kontrast zur lieblichen und sonnenverwöhnten Heimat von Riesling und Gewürztraminer.

Ganz langsam drehte er sich mehrmals um die eigene Achse, saugte die Impressionen zusammen mit der weichen Luft auf und versuchte, sich möglichst viele Facetten dieser malerischen Kulisse einzuprägen. Dabei wanderten seine schwelgenden Blicke auch über den Ausgangspunkt seiner Tour. Rebenheim schmiegte sich an die umliegenden Weinberge, abgegrenzt durch die fast vollständig erhaltene Stadtmauer. Deutlich zu erkennen gaben sich die Wehrtürme, ebenso wie der Glockenturm von Notre-Dame des Trois Épis. Klein und beschaulich sah seine neue Wirkungsstätte von hier oben aus. Selbst die vorgelagerte, einwohnerstärkere Neustadt wirkte aus der Entfernung übersichtlich und beschaulich.

Jules sah sich die nähere Umgebung Rebenheims an und entdeckte die windschiefen Dächer des Hauensteinschen Hofs. Die versprengten Gebäude, das Haupthaus, Scheunen und Unterstände, passten sich in das Bild der zahlreichen Burgruinen ein, die für diese Gegend charakteristisch waren. Der Unterschied bestand allerdings darin, dass es sich eben nicht um die einstige Behausung eines Rittergeschlechts und heutzutage romantisches Ausflugsziel für Urlauber handelte, sondern um einen heruntergekommenen Bauernhof. Jules betrachtete das verfallene Gebäudeensemble, ließ seine Blicke über die angrenzenden Wiesen, den Obstbaumgarten und schließlich die verwilderten Reben gleiten. Dabei fiel ihm der großzügige Zuschnitt des Anwesens auf, ebenso wie seine verkehrsgünstige Lage. Der Hauensteinsche Hof lag quasi vor den Stadttoren Rebenheims und war durch die vorbeiführende Landstraße gut erschlossen. Die Schnellstraße D416 schien zum Greifen nahe. Auf ihr konnte man die Autoroute A5 schnell erreichen. Die Geografie des verlassenen Hofs fand Jules aus seiner Perspektive nahezu perfekt. Robert Moreaus gesteigertes Interesse an dem Grundstück und seine Bestrebungen, die Brache so bald wie möglich mit einer Hotelanlage zu bebauen, erschienen ihm nun allzu verständlich. Es käme einer Sünde gleich, diesen wunderschönen und günstig gelegenen Streifen Land länger ungenutzt zu lassen.

Bei diesen Überlegungen kam Jules zwangsläufig wieder sein aktueller Fall in den Sinn, und er fragte sich, ob Zoé sich nicht doch zu Recherchezwecken am späteren Tatort aufgehalten hatte. Jules hatte zwar keinerlei Idee, welche Art von Brisanz mit einem seit Jahrzehnten verlassenen Weingut in Verbindung gebracht werden konnte, doch das sollte nichts heißen. Er nahm sich vor, bei nächster Gelegenheit mit Moreau darüber zu reden. Denn auch wenn er den großkotzig auftretenden Weinbauern und Investor nicht besonders leiden konnte, musste er anerkennen, dass Moreau ein gewichtiges Mitglied der Gemeinde darstellte. Vor allem aber hatte er sich als künftiger Bauherr gewiss intensiver mit besagtem Grundstück auseinandergesetzt und kannte Details, die Jules bei seinen Ermittlungen nützlich sein könnten.

Die Sonne sank rasch und tauchte die Landschaft in ein warmes Orange. Jules schätzte, dass ihm eine knappe halbe Stunde bis zum Einbruch der Dunkelheit blieb. Da sein Rennrad über kein Licht verfügte, musste er sich sputen, um es rechtzeitig zurück in die Stadt zu schaffen. Schweren Herzens löste er sich von dem ergreifenden Panorama und schwang sich auf den Sattel.

Die Dämmerung setzte eher als erwartet ein, sodass sich Jules besonders ins Zeug legen musste. Als er durchs Stadttor brauste, flackerten gerade die Straßenlaternen auf. Schweißnass stieg er ab, wünschte Clotilde im Vorbeigehen einen schönen Abend und kündigte sich zum Essen an. »Ich gehe nur schnell duschen«, rief er vom Treppenabsatz.

Zwanzig Minuten später fühlte er sich frisch, fit und gut gelaunt. Sogar ein kurzes Telefonat mit Lilou hatte er geführt, heute mal ganz ohne Vorhaltungen ihrerseits. Da es draußen schon zu frisch war, hatte Clotilde im urigen Speisesaal für ihn eingedeckt. Jules, dem der

Magen knurrte, war gespannt, mit welcher regionalen Spezialität ihn die Wirtin diesmal verwöhnen würde. Wie zu erwarten stand, ließ sie sich nicht lumpen. Als *entrée* trug sie einen *salade au Munster chaud* auf: Angeschmolzene, fingerdicke Scheiben der Käsespezialität verteilten sich auf dem mit Essig und Öl angemachten Endiviensalat.

»Dazu einen leichten Silvaner. Oder wie wäre es mit einem kühlen Rosé?«, fragte sie.

Rotweinfreund Jules lehnte beides ab und verlangte wieder bloß nach einem Wasser. Clotilde, der die Worte »Sie wissen gar nicht, was Sie verpassen!« auf der Zunge lagen, beugte sich dem Wunsch des Gastes, holte eine Karaffe aus der Küche und wünschte Jules einen guten Appetit. Wie schon beim letzten Mal machte sie keine Anstalten, ihn allein zu lassen, sodass Jules ihr den freien Platz an seinem Tisch anbot.

»Vorzüglich, dieser Munster-Käse«, sagte er kauend.

»Warten Sie nur darauf, was als Hauptgericht folgt. Sie lernen heute unser berühmtes *choucroute alsacienne* kennen.«

So berühmt konnte es nicht sein, dachte Jules, denn er hatte noch nie davon gehört. Dennoch war er überzeugt davon, dass es ihm munden würde.

»Haben Sie sich ein wenig einleben können bei uns?«, erkundigte sich die fürsorgliche Wirtin.

Jules ließ die nächste Gabel des würzig warmen Käses zusammen mit einem essiggetränkten Salatblatt in seinem Mund verschwinden, kaute genüsslich und meinte: »Ein wenig, ja. Ich habe recht viel zu tun und komme kaum dazu, die Schönheiten dieser Gegend gebührend zu bewundern.«

»Land und Leute sagen Ihnen zu?«, fragte Clotilde und wollte wohl gern ein klares »Ja« ohne Wenn und Aber hören.

Also schwärmte er von der Architektur, vor allem von den farbenfrohen Fassaden vieler Häuser, von seinen ersten netten Bekanntschaften und seinem Rennradausflug.

»Es gefällt Ihnen also bei uns«, resümierte Clotilde zufrieden.

»Ja, sehr sogar. Nur …«

»Nur?«, fragte sie sogleich, anscheinend bemüht, auch seine letzten Zweifel an den Vorzügen der elsässischen Lebensart zu entkräften.

Er überlegte, wie er ihr am schonendsten beibringen konnte, dass er sich oftmals rein linguistisch ausgegrenzt fühlte. »Offen gesagt, tue ich mich mit der Sprache schwer.«

»Mit der Sprache?«

Er deutete ein Nicken an. »Ich bin außen vor, wenn die Leute deutsch reden.«

Clotilde winkte ab. »Deutsch? Nein, nein, Sie meinen unser Elsässerditsch.«

Elsässisch oder Deutsch: Für Jules, der außer ein paar Brocken Englisch keine Fremdsprache beherrschte, machte das keinen Unterschied. Doch die Wirtin erläuterte ihm bereitwillig die besonderen Eigenheiten jenes fränkisch-alemannischen Dialekts, durch den er sich seit seiner Ankunft als Ausländer im eigenen Land vorkam. Sie berichtete von den Wurzeln, die in weit zurückliegende Jahrhunderte reichten, und die wichtige Rolle des Elsässerditsch als Identitätsstifter. »Egal, wer bei uns jeweils das Sagen hatte, ob

Franzosen oder Deutsche, unsere Sprache schweißte uns zusammen.«

»Sie meinen, von den Deutschen werden Sie genauso wenig verstanden?«, wunderte sich Jules, der das Elsass als stark vom großen Nachbarn geprägtes *département* gesehen hatte.

Clotilde schmunzelte verschmitzt. »Das Elsass und Deutschland trennt mehr als nur der Rhein. Bei uns ist es nicht so hektisch, sondern viel gemütlicher. Und ja, wir lassen uns vom Savoir-vivre leiten. Wir nehmen uns Zeit für gute Gespräche und gutes Essen. Wir lieben unser Land, genießen die Natur, wann es nur geht. Auf das richtige Lebensgefühl kommt es an. All das macht unsere ganz eigene Kultur aus – und unsere Sprache ist ein Teil davon.«

»Dann werde ich wohl nicht darum herumkommen, sie zu lernen«, seufzte Jules.

Clotilde lachte. »Keine Sorge, Sie kommen bei uns auch mit der Amtssprache zurecht. Und wenn Sie erst einmal gelernt haben, wie jeder von uns tickt, wissen Sie, was wir sagen wollen, selbst wenn Sie nicht jedes Wort verstehen.«

Choucroute alsacienne entpuppte sich als besonders deftige Hausmannskost. Auf einer gewaltigen Portion Sauerkraut lagen Speckstreifen, eine stattliche Scheibe Kassler und eine große Wurst. Auch Kartoffelstückchen erkannte Jules in dem mächtigen Gericht, von dem ein Holzfäller nach getanem Tagewerk satt geworden wäre. Jules krempelte seine Ärmel zurück, griff zum Besteck und machte sich über das köstlich duftende Mahl her. Das Kassler schmeckte saftig und zart, die Wurst herzhaft und das Kraut erstaunlich mild. Jules gewann den

Eindruck, als sei es mit einem großen Schluck Weißwein verfeinert worden – so hatte Clotilde also doch noch ihr Ziel erreicht.

Wohlweislich verzichtete er nach der riesigen Portion auf das Dessert, das Clotilde ihm ans Herz zu legen versuchte: *Kougelhopf glacé,* eine Eiscreme mit feinen Einsprengseln der lokalen Kuchenspezialität. Stattdessen bestellte er sich einen Cointreau, den er mit nach draußen nahm, wo er noch etwas frische Luft schnappen wollte. Weil der Garten längst geschlossen war, ging er vor die Tür.

Kaum stand er vor der *auberge,* vernahm er das Röhren eines hochtourig laufenden Motors. Im nächsten Moment raste ein schneeweißer Peugeot 308 um die Ecke, hielt direkt auf das Gasthaus zu und kam mit quietschenden Reifen zum Stehen. Jules schüttelte den Kopf ob dieser gewagten Fahrweise. Wäre er Verkehrspolizist, hätte er den Fahrer um seine Papiere gebeten.

Zu seiner großen Verwunderung stieg kein spätpubertierender Führerscheinneuling aus dem Kleinwagen, sondern eine Frau. Als Jules ihre charakteristische Kurzhaarfrisur erkannte, machte sein Herz einen Satz. Joanna Laffargue trug hautenge Jeans, die ihre langen, schlanken Beine ebenso zur Geltung brachten wie die schwarzen Pumps. Die obersten drei Knöpfe ihrer weißen Bluse waren geöffnet und gaben die Sicht nicht nur auf ein dezentes Goldkettchen frei, sondern auch auf die Spitzen eines lachsrosa BHs. Jules zwang seinen Blick nach oben und sah ihr ins Gesicht. Ihre Augen waren von einem glimmenden Blau.

»*Bonsoir*, Major«, grüßte sie ihn gut gelaunt und reichte ihm die schmale Hand.

Diesmal achtete Jules darauf, sie nur kurz zu halten.

»Ich wollte Sie darüber informieren, dass ich den Haftantrag bestätigt habe und unser Verdächtiger ins Untersuchungsgefängnis überführt worden ist. Ich habe ihn selbst schon dort aufgesucht. Er ist zwar nicht geständig, aber inzwischen recht handzahm. Da ich auf dem Rückweg ohnehin an Rebenheim vorbeikam, dachte ich mir, dass ich Ihnen die gute Nachricht persönlich überbringen könnte.« Sie schürzte die Lippen und nickte dabei anerkennend. »Saubere Arbeit, Monsieur Gabin. So schnell wird selten ein Täter gefasst.«

Jules schluckte den Kloß herunter, der sich unerklärlicherweise in seinem Hals gebildet hatte. »Ja, es war ein schneller Erfolg für mein Team«, redete er seine eigene Leistung klein. »Aber noch ist leider nichts bewiesen.«

»Das wird sich ändern, sobald der DNA-Abgleich vorliegt. Ich bin sicher, dass wir den Richtigen erwischt haben«, gab sich die Untersuchungsrichterin zuversichtlich und strebte auf den Eingang des Gasthofs zu. »Wie gesagt, ich komme direkt von der Strafvollzugsanstalt. Was ich jetzt dringend brauche, ist etwas Anständiges zu trinken.« Sie hielt die Tür auf und drehte sich zu Jules um. »Leisten Sie mir Gesellschaft?«

Jules verstand dies mehr als Aufforderung anstatt als Bitte. Verhalten willigte er ein und saß kurz darauf in der *winstub*, Joanna Laffargue dicht an seiner Seite. Trotz ihrer burschikosen Art wirkte sie ungemein feminin.

»Was hat Robin gesagt, als Sie ihn sahen?«, erkundigte sich Jules.

»Nicht besonders viel. Jedenfalls nichts, was sich gegen ihn verwenden ließe«, berichtete sie und winkte der Wirtin.

»Er weiß, dass er gut beraten ist, wenn er nur noch in Anwesenheit seines Anwalts mit uns kommuniziert«, meinte Jules und sog die flüchtige Wolke ihres Parfüms auf, die sich in seine Richtung verirrt hatte.

»Für mich kommt seine Schweigsamkeit einem unausgesprochenen Schuldeingeständnis gleich«, beharrte Joanna Laffargue auf ihrer Meinung und betonte damit ihre Strenge und wohl auch Unnachgiebigkeit.

Clotilde tauchte mit der Getränkekarte auf. Doch die Richterin sparte sich den Blick hinein. »Einen halben Liter von eurem Hauswein bitte. Hat Pierre schon auf den neuen Jahrgang umgestellt? Den kenne ich nämlich noch nicht.«

»Ja«, bestätigte die Wirtin, »und er ist sehr zufrieden mit dem Ergebnis. Eine ausgezeichnete Lese.«

Joanna Laffargue lächelte zufrieden. »Dann bring uns gleich einen ganzen Liter!« An Jules gerichtet fragte sie: »Sie trinken doch mit, ja?«

Clotilde räusperte sich. »Monsieur le Commissaire bevorzugt Bordeaux-Wein«, sagte sie und schaute dabei auf den Boden, als würde sie sich für den seltsamen Spleen ihres Gastes schämen, woraufhin Joanna Laffargue Jules bass erstaunt ansah.

»Nicht Ihr Ernst, oder?«, fragte sie.

»Geschmäcker sind eben verschieden«, verteidigte sich Jules.

»Haben Sie die formidablen Elsässer Weine denn wenigstens mal probiert?«, fragte die Richterin scharf, sodass sich Jules vorkam wie einer ihrer Delinquenten auf der Anklagebank.

»Nein«, antwortete Clotilde an seiner Stelle. »Er weigert sich beharrlich.«

Ein entschlossener Zug legte sich um Joanna Laffargues Mund. Dann schnippte sie mit den Fingern und sagte: »Bring uns den Wein mit zwei Gläsern, Clotilde. Ich bestehe darauf, dass unser neuer Kommandant es zumindest einmal versucht. Wenn er unseren guten Tropfen dann immer noch verschmäht, besorge ich fürs nächste Mal einen Bordeaux aus dem *hypermarché*. Dort sind sie mit Importen ja gut bestückt.«

Mit schiefem Lächeln fügte sich Jules in sein Schicksal. Zum einen, weil er nicht so uncharmant sein wollte, den beiden leidenschaftlichen Verfechterinnen der elsässischen Weine eine Abfuhr zu erteilen. Zum anderen – und das war der weitaus gewichtigere Grund – durfte er es sich mit Joanna Laffargue keinesfalls verscherzen. Schließlich bekleidete sie ein Amt, das seine eigenen Aufgaben unmittelbar tangierte. Denn wie es in Frankreich nun mal vorgeschrieben ist, muss nach jeder Straftat ein Untersuchungsrichter hinzugezogen werden, um die Abwicklung des Falls zu beaufsichtigen. Dem Richter obliegen schier unbegrenzte Befugnisse, die weit in die Polizeiarbeit hineinreichen. Wenn der Untersuchungsrichter es für nötig hält, kann er jederzeit die Ermittlungen an sich nehmen. Bevor er eine Festnahme veranlasst, darf er Beweismittel sichern und sogar selbst Zeugen vernehmen. Er kann bestimmen, wie die Polizei vorzugehen hat, und vertritt den Fall letztlich auch vor Gericht. Das gesamte Ermittlungsverfahren liegt also von Anfang bis Ende in seiner Hand – in *ihrer* Hand. Wenn Jules nicht parierte, konnte ihm Joanna Laffargue gehörig in die Parade fahren.

Darum behielt er sein aufgesetztes Lächeln bei, als das Getränk serviert wurde, und ließ sich einschenken. Der Wein, ein Silvaner, war gut gekühlt, sodass das Glas von außen beschlug. Winzige Bläschen stiegen aus dem goldgelben Trank empor. Jules prostete Joanna Laffargue zu und hielt seine Nase dicht über das Glas. Er rechnete nicht damit, ein besonderes Aroma wahrzunehmen, denn nach seinen Erfahrungen rochen kalte Weine nicht nach viel mehr als Alkohol. Umso mehr überraschte ihn das reichhaltige Bukett, aus dem er auf Anhieb feine Noten nach grünem Gras und Zitrone herausfiltern konnte. Anerkennend hob er die Brauen und ließ die kühle Flüssigkeit in seinen Gaumen strömen. Erneut war er verblüfft über die Fülle an Geschmacksrichtungen, die sich auf seiner Zunge entfaltete. Er schmeckte eine angenehme Säure, die von erdigen Komponenten gedämpft wurde. Der Wein war fruchtig, jedoch nicht süß, sehr leicht, aber nicht wässrig. Eine angenehm erfrischende Erfahrung, resümierte er und nahm einen zweiten Schluck.

»Und?« Joanna Laffargue und die Wirtin sahen ihn erwartungsvoll an. »Wie lautet Ihr Urteil?«

»Man kann sich daran gewöhnen«, sagte Jules und trank als Beweis dafür einen dritten Schluck.

Zufrieden zog Clotilde ab und ließ ihn mit der Richterin allein. Die hatte ihr Glas bereits geleert und hielt es Jules zum Nachschenken hin. Sie stieß ihren Kelch klirrend an den von Jules und fragte: »Vermissen Sie Ihre Heimat schon?«

»Nun ja, ich bin ja nicht einmal eine Woche fort«, meinte Jules. »Aber wenn Sie so direkt fragen. Es gibt einiges, das mir auf die Dauer fehlen wird.«

»Zum Beispiel?« Joanna Laffargues klare Augen musterten ihn forschend.

»Den Duft des Meeres, die salzige Luft, die man sogar schmecken kann. Und meine tägliche Portion *moules-frites.*«

Entgeistert sah ihn die Richterin an. »Sie essen zu Hause jeden Tag Muscheln mit Pommes?«

»Vielleicht nicht jeden Tag, aber mindestens einmal in der Woche.« Jules zählte weitere Dinge auf, die er an seiner Heimat sehr schätzte, etwa die Promenade mit ihrer unverwechselbaren architektonischen Vielfalt und unterschiedlichsten Baustilen von Art déco über Neobarock bis hin zum Zuckerbäckerstil.

»Da haben Sie ja einiges aufgegeben«, meinte Joanna Laffargue und fragte forsch: »Auch eine Frau?«

Jules spürte, wie ihm die Hitze zu Kopf stieg. Anstatt ihre Frage zu bejahen und von Lilou als seiner langjährigen Lebensgefährtin und quasi Verlobten zu sprechen, flüchtete er sich in eine höfliche Geste. Er deutete auf Joanna Laffargues Glas, das sie schon wieder bis auf eine kleine Pfütze geleert hatte, und fragte: »Noch einen Schluck?«

Sie hielt es ihm bereitwillig hin. »Sehr gern!«, sagte sie. »Haben Sie denn schon mit der Wohnungssuche begonnen? Bei Clotilde werden Sie zwar nach allen Regeln der Kunst verwöhnt, aber man fühlt sich etwas beobachtet, finden Sie nicht auch?«

Jules stimmte ihr schmunzelnd zu und sagte so leise, dass es die Wirtin garantiert nicht mitbekam: »Sie weicht mir kaum von der Seite.«

»Eventuell könnte ich bei der Suche behilflich sein, denn ich kenne ja den einen oder anderen in der Gegend. Bei einem Makler brauchen Sie es gar nicht erst zu versuchen, da werden Sie wenig Glück haben. Der Wohnungsmarkt ist leer gefegt. Was nicht die Deutschen kaufen, reißen sich die Pariser unter den Nagel.«

»Danke, es ist nett, dass Sie helfen wollen. Aber ich versuche es erst mal allein«, bemühte sich Jules um eine gewisse Distanz.

Vergebens: Die Richterin forderte ihn auf, erneut mit ihr anzustoßen. Als die Gläser klirrten, überrumpelte sie ihn ein weiteres Mal. »So eng, wie wir beiden ab jetzt zusammenarbeiten werden, ist das Siezen bloß hinderlich. Du darfst mich Joanna nennen.«

»Jules«, nannte er nach kurzem Zaudern seinen Vornamen, den Joanna längst kannte. Ihr Vorstoß erschien ihm nicht ganz geheuer. Hatte die Richterin denn keine Bedenken, dass durch zu saloppe Umgangsformen ihre Autorität gemindert wurde?

Offenbar nicht, denn munter setzte sie ihre Konversation fort, trank deutlich mehr als er und wurde zusehends vertrauensseliger. Sie sei nicht verheiratet, verriet sie ihm, denn die Männer, an die sie bislang geraten sei, hätten sich allesamt als Totalausfälle entpuppt. »Entweder zu lasch oder zu dominant, selbstsüchtige Egomanen oder Muttersöhnchen, die von mir eine Rundumversorgung erwarteten.« In den letzten Jahren habe sie eine Enttäuschung nach der anderen erlebt und sei leider immer wieder faule Kompromisse eingegangen, weil ihr Märchenprinz sich bislang partout nicht zu erkennen gegeben habe. Daher habe sie nun beschlossen, sich vorerst nicht mehr festzulegen und auf sich allein gestellt zu bleiben. »Besser ein glücklicher Single als eine unglückliche Ehefrau.«

Bald bat sie Clotilde um die nächste Karaffe Hauswein, die diese mit besorgtem Blick in Richtung Jules servierte. Joanna ermunterte ihn dazu, mehr aus seinem Leben zu erzählen, was er tat, ohne Lilou auch nur zu erwähnen. Dabei merkte er, wie seine Zunge schwerer wurde. Während er Schwierigkeiten bekam, sich sauber zu artikulieren, schien Joanna damit überhaupt keine Probleme zu haben, obwohl sie viel mehr Silvaner konsumiert hatte als er. Aber das machte nichts. Sie amüsierte sich zwar über seine sprachlichen Schnitzer, er ließ sich von ihrem herzlichen Lachen jedoch gern anstecken.

Die Zeit verrann wie im Fluge, denn als Jules auf seine Uhr schaute, war es bereits nach Mitternacht. Joanna, die ihm im Laufe des Abends immer näher gekommen war, wirkte zwar genauso unternehmungslustig und munter wie zu Beginn ihrer Begegnung, gähnte aber demonstrativ, bevor sie sagte: »Es wird Zeit für mich, ins Bett zu kommen.« Sie zog den Autoschlüssel aus ihrem Handtäschchen und ließ ihn an ihrem Zeigefinger baumeln. »Ich fürchte, ich habe zu viel getrunken, um noch zu fahren.«

»Ja. Zumindest solltest du dich nicht erwischen lassen.«

Sie lächelte leicht anzüglich, führte ihre Lippen dicht an sein Ohr und hauchte: »Meinst du, in deinem Zimmer ist ein Plätzchen für mich frei?«

Jetzt wird es brenzlig, dachte Jules. Er schalt sich selbst dafür, verschwiegen zu haben, dass er in festen Händen war. Wie sollte er aus dieser Nummer herauskommen, ohne seiner neuen Duzfreundin einen Korb zu geben und sie damit höchstwahrscheinlich gegen sich aufzubringen? Siedend heiß kam ihm das abschreckende Beispiel seines Amtsvorgängers in den Sinn.

Clotilde erwies sich als Retterin in der Not. »Dein Taxi ist da«, sagte sie und fasste Joanna in der Armbeuge.

»Was?« Widerstrebend ließ sie sich von der Wirtin auf die Beine helfen. »Ich habe keins bestellt.«

»Ich hatte den Eindruck, du könntest eins brauchen«, sagte Clotilde und zwinkerte Jules verschwörerisch zu.

Joanna gab sich geschlagen. Doch bevor sie ging, drückte sie Jules einen Abschiedskuss auf die Wange und raunte ihm zu: »Vielleicht ja beim nächsten Mal ...«

LE QUATRIÈME JOUR

DER VIERTE TAG

Für das *petit-déjeuner* war Jules zu spät dran, als er mit leichten Kopfschmerzen aus den Federn sprang. Nach einer Katzenwäsche und wieder mal aufgeschobener Rasur schlüpfte er in seine Uniform. Unterwegs zum Corps de Garde hörte er auf seinen knurrenden Magen und entschied sich zu einem kurzen Abstecher in eine *boulangerie*, um einen Happen für unterwegs mitzunehmen. Die Brotauswahl fiel größer aus als angenommen: Hauseigene Spezialitäten wie *pain blanc, rustiguette, petit pain*, aber auch saftiges Landbrot konkurrierten mit dem armlangen Klassiker aus Weizenmehl. Da er so früh am Morgen alles andere als entscheidungsfreudig war, blieb er bei seinem Standard: dem Croissant.

Mit der Bäckertüte unterm Arm eilte er in die Gendarmerie, wo er von Charlotte Regnier mit einem vielsagenden Grinsen begrüßt wurde. Unwillkürlich stellte er sich die Frage, ob sie von seinem gestrigen Treffen mit der Untersuchungsrichterin bereits Wind bekommen hatte. Auszuschließen war das nicht, denn Joanna und er waren nicht die einzigen Gäste in der *winstub* gewesen. Gut möglich, dass ihr Tête-à-Tête bereits die Runde machte. Ohne auch nur die geringste Reaktion zu zeigen, ging Jules weiter in sein Büro, wo Adjutant Lautner auf ihn wartete. Er wirkte niedergeschlagen, und als er Jules eintreten sah, bekam er nur ein kraftloses »*Bonjour!*« zustande.

»Was ist los?«, erkundigte sich Jules und bot ihm eines seiner Croissants an.

Lautner lehnte erstaunlicherweise ab, was Jules als schlechtes Omen auslegte. »Ich habe schlechte Nachrichten, Major. Das Polizeilabor in Strasbourg hat sich gemeldet. Die am Tatort gesicherte Haar-DNA stimmt nicht mit der aus Robins Kamm überein.«

»Tatsächlich?« Jules hatte so etwas befürchtet, es aber nicht wahrhaben wollen. »Irrtum ausgeschlossen?«, vergewisserte er sich.

»Eine Speichelprobe, die der Tatverdächtige gestern abgeben musste, hat es bestätigt: keine Übereinstimmung.«

Jules ließ sich auf seinen Schreibtischstuhl sinken. »So ein Mist«, ärgerte er sich. »Das bedeutet …«

»… dass wir nichts gegen Robin in der Hand haben, zumal er immer noch beharrlich schweigt. Ein gewiefter Anwalt holt ihn in null Komma nichts aus der U-Haft.«

Ja, genau das stand zu befürchten. Und damit hätte sich die einzige heiße Spur, die sie im Fall Zoé besaßen, als kalt erwiesen. Nun war guter Rat teuer. Jules nahm einen Bleistift zur Hand und knabberte nachdenklich auf dessen Ende herum.

Lautner sah ihm eine Weile dabei zu, trat näher und schien etwas sagen zu wollen.

»Gibt es noch was?«, fragte Jules, nachdem Lautner stumm blieb.

Der Adjutant neigte sich zu ihm hinunter und raunte ihm zu: »Sie hatten gestern ein Rendezvous, ja?«

Jules zuckte zusammen. Seine Befürchtungen schienen sich zu bewahrheiten. Lautner musste von seinem abendlichen Zechen mit Joanna erfahren haben. In diesem Kaff konnte man wirklich nichts unter der Decke halten, dachte er zerknirscht. »Woher …?«, setzte er an.

»Von meinem Cousin Luc. Er ist Taxifahrer. Seine letzte Fuhre gestern Abend war Madame Laffargue. Sie soll sehr beschwingt gewesen sein und unentwegt von Ihnen geschwärmt haben.«

Jules verschränkte seine Arme. »Na schön. Dann wissen Sie es eben«, meinte er trotzig.

Lautner sah ihn voller Sorge an. »Ich mag Sie gut leiden, Major. Es wäre schade, wenn ich mich schon wieder an einen neuen Chef gewöhnen müsste.«

Jules' Verärgerung wich Erheiterung. »In dieser Hinsicht brauchen Sie sich keine Sorgen zu machen. Es ist nichts vorgefallen, was ich bereuen müsste, falls Sie darauf anspielen.«

Lautners kummervoller Ausdruck blieb. »Vielleicht war ja gerade das ein Fehler«, deutete er an.

Jules beschloss, dass es nun genug sei, und forderte seinen Untergebenen dazu auf, sich lieber auf den Fall zu konzentrieren statt auf das Seelenheil seines Chefs. Er wollte ihm eine neue Aufgabe zuteilen: nämlich den Bericht der Spurensicherung nach Aspekten zu durchforsten, die sie weiterbringen könnten. Doch in diesem Augenblick wurden sie durch eine lautstarke Auseinandersetzung auf dem Place Turenne unterbrochen. Das kreischende Gezeter einer Frau wechselte sich mit bedrohlichen Brüllern eines oder mehrerer Männer ab.

Beide Polizisten stürzten gleichzeitig zum Fenster

und lehnten sich mit den Armen auf den Sims, um besser hinausschauen zu können. Die Quelle des Gezänks war schnell ausgemacht. Direkt vor dem großen Brunnen mit seinen schmiedeeisernen Aufbauten und dem kunterbunten Blumenschmuck hatten zwei Bauarbeiter knallorange Barken und mehrere rot-weiß gestreifte Pylonen aufgestellt. Gerade machten sie sich daran, mit Presslufthammer und Hacken zu Werke zu gehen. Unmittelbar vor ihnen stand Isabelle Cantalloube. Sie gestikulierte wild mit beiden Händen, schrie mit schriller Stimme auf die beiden Arbeiter ein. Ihre rötliche Gesichtsfarbe und die nach allen Seiten abstehenden Haare ließen die Fremdenverkehrschefin wie eine Furie wirken. Jules hatte keinen Schimmer, warum sich Madame Cantalloube mit den Arbeitern stritt. Doch da einer der Männer mit finster entschlossenem Blick dazu ansetzte, die Absperrung zu übersteigen und auf die Tourismusamtsleiterin loszugehen, entschloss er sich zum Eingreifen.

»Schnell!«, rief er Lautner zu. »Wir müssen die Streithähne auseinanderbringen, ehe jemand zu Schaden kommt.« Ob es ihm dabei um den Schutz von Isabelle Cantalloube oder der Bauarbeiter ging, ließ er offen.

Keine Minute später waren sie zur Stelle. Demonstrativ schob sich Jules zwischen den wutschnaubenden Arbeiter und Madame Cantalloube, die ihm mit sich überschlagender Stimme den Grund des Disputs nannte.

»Diese Ignoranten wollen das Kopfsteinpflaster aufreißen. Mitten auf dem Platz!«

»Die Zuleitung des Brunnens ist nicht dicht!«, schnauzte der Arbeiter. »Da müssen wir ran.«

»Müssen Sie nicht!«, ereiferte sich Cantalloube.

»Müssen wir doch. Auftrag aus dem Bürgermeisteramt.«

»Hiermit widerrufen!«

»Das können Sie nicht bestimmen!«

»Kann ich doch!«

»Nein!«

»Und ob!«

Jules, dem es nicht nur entschieden zu laut, sondern auch zu bunt wurde, verlangte von den Männern, ihm ihre Auftragsbestätigung vorzulegen. Die trugen sie als zerknitterte und verschmierte Kopie bei sich und zeigten sie ihm. Die Papiere schienen korrekt zu sein.

»Es hat alles seine Ordnung«, versicherte Jules der Fremdenverkehrsleiterin.

»Gar nichts ist in Ordnung!«, herrschte sie ihn an. »Eine Baustelle hier und jetzt – das ist ein Unding! Wir sind mitten in der Saison. Zur Weinlese kommen so viele Touristen wie nie. Jedes kleinste Dorf entlang der Weinstraße putzt sich dafür heraus und zeigt sich von der schönsten Seite. Und ausgerechnet in Rebenheim soll ein hässlicher Krater unseren wunderschönen Place Turenne verunzieren? Nur über meine Leiche!«

»So weit sollte es nicht kommen«, sagte Jules und überlegte, wie er die Situation entschärfen könnte.

Derweil hatten sich die Arbeiter entschieden, für vollendete Tatsachen zu sorgen. Der eine holte mit seiner Spitzhacke aus, der andere warf den Presslufthammer an. Mit dröhnendem Getöse rückten sie den Pflastersteinen zu Leibe.

Isabelle Cantalloube schrie spitz auf, schaute sich um, entdeckte einen gelösten Pflasterstein und hob ihn auf. Damit zielte sie auf den vorderen der beiden Männer.

Jules stellte sich ihr in den Weg und versuchte, ihr den Stein abzuringen, während Lautner die Bauleute aufforderte, ihre Arbeit sofort einzustellen. Doch weder gelang es Jules, die Touristikchefin zu besänftigen, noch Lautner, sich bei den Arbeitern Gehör zu verschaffen. Die Gendarmen wurden schlichtweg ignoriert.

»*Putain!*«, stieß Jules aus, weil er es nicht verhindern konnte, dass Isabelle Cantalloube ihr Wurfgeschoss auf die Baustelle schleuderte und die Arbeiter nur knapp verfehlte. Er versuchte die Frau, die wie von Sinnen wirkte, an den Schultern zu packen, um sie zu bändigen. Doch sie entwand sich ihm. Lautner hatte mit seinen Versuchen, die Bauleute auf sich aufmerksam zu machen, ebenso wenig Erfolg.

Der Spuk hatte erst ein Ende, als Robert Moreau aufkreuzte. Zielstrebig steuerte der groß gewachsene Weinbauer auf sie zu. Er trug eine torffarbene Cordhose, eine moosgrüne Filzjacke und eine farblich abgestimmte Schirmmütze, die die tiefen Furchen auf seiner Stirn nicht überdecken konnte. Mit dem selbstbewussten Auftreten eines Mannes, der hier das Sagen hatte, stellte er sich an den Zaun und ließ einen kraftvollen Brüller los. Augenblicklich verstummte der Presslufthammer, die Hacke wurde brav abgestellt.

»Die Baustelle ist geschlossen. Verschwindet, Jungs!«, befahl er.

Leise murrend, jedoch ohne ein offenes Wort des Widerspruchs, zogen die Arbeiter ab. Auch Isabelle Cantalloube beruhigte sich, richtete ihre Frisur und rang sich ein Lächeln ab.

Jules, dem ernsthafte Zweifel an der Akzeptanz der

offiziellen Gesetzesvertreter in diesem Ort kamen, sah sich zu einem Dankeschön an Moreau verpflichtet. »Es ist nett, dass Sie Ihren Einfluss haben spielen lassen. Die Lage drohte zu eskalieren.«

Moreau machte eine wegwerfende Handbewegung. »Halb so wild. Die wären sich auch ohne mein Zutun einig geworden. Habe ich recht, Isabelle?«

Die Angesprochene nickte pflichtbewusst und stöckelte nach einer kaum hörbaren Verabschiedung davon. Jules sah ihr so lange nach, bis sie im Touristikbüro verschwand. Seine Blicke blieben auf dem schmucken Fachwerkhaus ruhen, dessen Verputz in Türkisblau gestrichen war. Die Eingangstür zierte ein aus Metall gefertigter Schriftzug in geschwungenen Buchstaben. »*Office de tourisme*« stand dort groß und für jedermann sichtbar.

Jules merkte, dass sich in diesem Moment etwas in ihm rührte. Noch einmal sah er sich den Schriftzug an – und nun entdeckte er die Übereinstimmung: *office de tourisme* ließ sich abkürzen mit den drei Lettern ODT. Dies entsprach einer der möglichen Varianten, die Le Claire aus Zoés Terminkalender herausgelesen hatte. Er fragte sich, ob diese Feststellung von Bedeutung oder bloß ein nichtssagender Zufall sein mochte. Er konnte darüber aber nicht weiter nachdenken, denn Robert Moreau tippte ihm auf die Schulter.

»Was machen Ihre Ermittlungen?«, fragte er und scherzte: »Haben Sie überhaupt noch Zeit dafür?«

Jules erschrak, bezog er Moreaus Anspielung doch sofort auf seinen Abend mit der Untersuchungsrichterin. Doch diesmal lag er falsch, denn Moreau ergänzte: »Nachdem Sie mit dem Rennradfahren ein neues Steckenpferd gefunden haben, kommen Sie aus dem Training kaum noch raus, stimmt's?«

Jules atmete auf. »Danke der Nachfrage. Wir kommen mit den Ermittlungen voran.«

Moreau nickte mit wissendem Blick. »Wie man hört, ist Robin in Haft. Es war mir klar, dass es mit diesem Hitzkopf einmal so enden würde.«

»Dass Robin der Täter ist, steht überhaupt nicht fest«, plauderte Lautner aus, woraufhin Jules ihm einen Knuff versetzte, schien der Adjutant doch seinen Fehler zu wiederholen und Interna preiszugeben.

»Ach, nein? Wie schade!«, äußerte Moreau sein Bedauern. »Es wäre ja auch zu schön gewesen, diesen stadtbekannten Radaubruder endlich dauerhaft hinter Gittern zu wissen. Damit hätten Sie sich die Gunst vieler Rebenheimer erworben, Major.«

Während Jules tunlichst auf eine Erwiderung verzichtete, gelang es Lautner nicht, sich zurückzuhalten. »Die DNA-Probe passt nicht«, verriet er. »Robin kann es nicht gewesen sein.«

»Seien Sie still!«, fuhr Jules seinen Untergebenen an.

»Aber es ist doch kein Geheimnis«, verteidigte sich der Adjutant.

»Eben doch!«

Moreau beobachtete das Kompetenzgerangel der beiden amüsiert, bevor er anmerkte: »Eigentlich ist es ja kein Wunder, dass Sie den Falschen geschnappt haben. Nichts für ungut, Major, aber ein Neuling wie Sie, der die Strukturen unserer Gemeinde ebenso wenig kennt wie das Naturell der Menschen, muss sich schwertun mit dem Verständnis. Sie können es ja nicht besser wissen, denn Sie stammen nicht von hier.«

Jules, dem die selbstgefällige Art Moreaus überhaupt nicht passte, wollte wissen, was hinter diesen windigen Anspielungen stecken sollte. »Was kann ich nicht wissen?«

»Sie sind nicht verwurzelt in Rebenheim und kennen unsere Stadtgeschichte nicht. Sonst hätten Sie längst die Parallele gezogen.«

Jules wechselte einen schnellen Blick mit Lautner, der jedoch bloß die Achseln zuckte. »Geht es etwas konkreter?«, fragte er mit drängendem Unterton.

»Lieber nicht«, zog sich Moreau flugs aus der Affäre. »Ich möchte nicht mehr mit diesem Fall zu tun haben als unbedingt nötig. Fragen Sie Lino, wenn Sie heute Abend in die *Brasserie Georges* kommen. Der ist immerhin einer Ihrer Vorgänger und weiß ganz genau, was gespielt wird.« Er hielt einen Moment inne, um dann bedeutungsschwanger hinzuzufügen: »Ich frage mich, warum er Sie nicht längst darauf aufmerksam gemacht hat.«

»Auf was soll er mich aufmerksam gemacht haben?«, fragte Jules scharf.

»Darauf, dass sich die Geschichte wiederholt«, erging sich Moreau erneut in bloßen Andeutungen. Dann beschloss er, keine weiteren Worte darüber zu verlieren. Er deutete eine Verbeugung an und ließ die beiden Gendarmen stehen.

Jules schaute ihm hinterher, wobei er sich fragte, weshalb die Rebenheimer den über allem stehenden Moreau nicht längst zu ihrem Bürgermeister gemacht hatten. Wahrscheinlich hatte er keine Zeit oder keine Lust auf dieses Amt, reimte sich Jules zusammen. Dann straffte er demonstrativ die Schultern, wandte sich Lautner zu und sagte mit fester, autoritätsbetonter Stimme: »Lassen wir uns nicht beirren. Ich sage Ihnen, wie wir vorgehen, und niemand anderes.«

»Jawohl, Major.« Lautners Zustimmung wirkte nicht vollends überzeugt.

»Sie überprüfen Isabelle Cantalloube«, wies Jules ihn an, was Lautner über alle Maßen überraschte.

»Madame Cantalloube?«, fragte er und machte große Augen. »Weil sie einen Stein auf die Bauarbeiter geworfen hat? Wenn Sie glauben, dass sie auch Zoé …«

»Keine voreiligen Schlüsse«, unterbrach ihn Jules. »Ich möchte vorerst nur, dass Sie herausfinden, ob Isabelle Cantalloube an Zoés Todestag von ihr interviewt worden ist oder für diesen Tag ein Interviewtermin mit ihr ausgemacht worden war. Und ehe Sie fragen, warum: Die Abkürzung im Redaktionskalender könnte ODT lauten und für *office de tourisme* stehen.«

Lautner ließ die Worte sacken, nahm den Auftrag an und fragte: »Und Sie, Major? Was machen Sie? Überprüfen Sie Vincent Le Claire wegen der E-Mails, die er sich mit Zoé geschrieben hat?«

»Das kann Kieffer übernehmen. Ich gehe einer weiteren Spur nach«, antwortete Jules ausweichend und ließ den Adjutanten allein. Er wollte sich nicht die Blöße geben, zu verraten, was er vorhatte: nämlich Moreaus Tipp nachzugehen. Lautner würde er erst ins Vertrauen ziehen, wenn sich der Hinweis auf die Rebenheimer Historie als stichhaltig erweisen sollte.

Jules wollte nicht auf den Abend warten und versuchte es sofort. Er hatte Glück und traf Lino Pignieres genau dort an, wo er ihn vermutete. Verborgen hinter der

Säule einer Arkade gegenüber der *brasserie* beobachtete er den alten Mann dabei, wie er sich darin übte, seinen Wurf mit der Boulekugel zu perfektionieren. Jules musste unwillkürlich lächeln, denn es erfüllte ihn mit Stolz, einen Teil seiner heimatlichen Freizeitkultur erfolgreich an seine neue Wirkungsstätte exportiert zu haben. Er staunte über die Geschmeidigkeit, mit der der nicht gerade schlanke Senior in die Knie ging, um dann mit gestrecktem Arm seinen Wurf auszuführen.

Lino schien nicht zufrieden mit dem Resultat, spuckte schimpfend auf den Boden und bückte sich nach der nächsten Kugel. Diesmal schwang er den Arm langsam wie ein Pendel, bevor er die Kugel rollen ließ. Jules verfolgte den Wurf und registrierte anerkennend, wie der silberne Ball auf dem sandigen Untergrund auftraf, einen leichten Bogen beschrieb, um die erste Kugel ganz sachte beiseitezuschieben. Dieser zweite Wurf war nahezu perfekt geraten, denn die Kugel rollte unmittelbar neben dem *cochonnet* aus.

Jules konnte nicht länger an sich halten, gab seine Deckung auf und ging Beifall klatschend auf Lino zu. »Bravo!«, rief er. »Viel besser hätte ich es nicht hingekriegt. Und das, obwohl ich von Kindheit an boule.«

Lino quittierte Jules' Auftreten mit einem missbilligenden Augenzucken. »Beobachten Sie mich etwa schon länger?«, fragte er argwöhnisch und nahm sich ein kleines Glas mit milchig gelber Flüssigkeit, das in griffbereiter Nähe auf einer Bank platziert war. »Ich hab's nicht gern, wenn man mir hinterherspioniert.«

»Pastis am frühen Morgen?«, fragte Jules mit gespieltem Vorwurf, um dem anderen den Wind aus den Segeln zu nehmen.

»So früh ist es auch wieder nicht«, murrte Lino und kippte den mit Wasser versetzten Anisschnaps in einem Schluck hinunter. »Gibt es einen Grund für Ihren Besuch?«

»Waren wir nicht schon per Du?«

»Waren wir? Kann sein. Aber es ändert nichts an meiner Frage.«

Jules wollte nicht länger um den heißen Brei herumreden und konfrontierte den schlecht gelaunten Expolizisten mit Moreaus Anspielungen, woraufhin sich Lino noch verschlossener gab.

»Was der wieder redet.« Lino blickte Jules aus seinem zerfurchten Gesicht an. »Alte Kamellen. Nichts, was dich interessieren muss.«

»Das hörte sich bei Robert Moreau ganz anders an. Womöglich besteht eine Verbindung zwischen Zoés Tod und einem anderen Ereignis – einem anderen Mord?«

Lino schüttelte sich vor Widerwillen. Dieses Thema schien ihm überhaupt nicht zu behagen. »Robert sollte sich gut überlegen, welche Gerüchte er in die Welt setzt. Am Ende fällt es auf ihn zurück, wenn nichts dabei herumkommt und viel beschäftigte Leute wie du ihre Zeit verschwendet haben.«

»Trotzdem«, blieb Jules beharrlich, »es würde mich einfach interessieren.« Austern mit einem Streichholz zu öffnen ist einfacher, als den Alten zum Reden zu bringen, dachte er.

Lino seufzte schwer, bevor er seine staubigen Hände an seiner hellbraunen Weste abrieb. »Wenn du darauf bestehst, weihe ich dich ein. Aber erwarte dir nicht zu viel von der Geschichte.«

»Wir werden sehen«, meinte Jules und war gespannt, was er gleich zu hören bekommen würde.

Doch Lino hatte seine eigenen Vorstellungen davon, wie es ablaufen sollte. »Nicht hier und nicht jetzt!«, bestimmte er schroff. »Ich möchte mein Spiel beenden – und zwar ohne Zuschauer! Wir treffen uns heute Nachmittag auf dem Hauensteinschen Hof, also am Tatort, dort weihe ich dich ein. Ich habe ohnehin vor, eine Radtour zu unternehmen, da passt es mir gut ins Konzept.«

Jules wollte darauf bestehen, dass Lino sofort mit den Informationen herausrückte, rechnete sich bei diesem Dickkopf aber geringe Erfolgschancen aus. Also willigte er ein. »Sagen wir gegen fünf?«

»Abgemacht!«, stimmte Lino zu, um sich gleich darauf wieder seiner neuen Leidenschaft zu widmen. Als er hoch konzentriert die nächste Kugel warf, machte es den Eindruck, als hätte er Jules' Besuch bereits ausgeblendet.

Jules sah ihm noch zwei, drei Minuten zu, bevor er sich auf den Weg in die Gendarmerie machte. Dabei spielte er vor seinem geistigen Auge die Unterhaltung mit Lino durch und fragte sich, was für eine Rolle der alte Polizist spielte. Er vermutete, dass er ihm gegenüber nicht ganz aufrichtig war. Auch gewann Jules den Eindruck, dass Lino die »alte Geschichte«, wie er sie abtuend genannt hatte, ganz bewusst herunterspielte. Was auch immer dahinterstecken mochte: Es ließ den Alten nicht kalt. Das schloss Jules aus seiner ersten Reaktion. Lino hatte seinen Pastis nicht etwa genussvoll getrunken, sondern ihn regelrecht heruntergestürzt. Und auch dass er nicht gleich mit Jules reden wollte, sondern ihn auf später vertröstete, ließ sich als Zeichen seiner Unsicherheit auslegen. Lino wollte Zeit gewinnen, um sich die richtigen Worte zurechtzulegen. Jules war gespannt, was er später am Tag zu hören bekommen würde.

Auf der Wache wartete Kollege Kieffer mit wenig hilfreichen Angaben über Redaktionsleiter Le Claire auf ihn. Von einer heimlichen Affäre mit Zoé sei nichts bekannt, zumindest hatten seine diskreten Erkundungen in dieser Richtung zu keinen Ergebnissen geführt.

»Dass die beiden recht gut miteinander auskamen, ist unstrittig. Aber es handelte sich eher um ein freundschaftlich kollegiales Verhältnis«, meinte Kieffer. Weil Jules so unzufrieden schaute, ergänzte er: »Um ganz sicherzugehen, müssten wir Monsieur Le Claire persönlich einvernehmen. Möchten Sie, dass ich das veranlasse?«

»Nein«, entschied Jules. »Dafür haben wir zu wenig gegen ihn in der Hand. Und sich mit einem Journalisten anzulegen, sollte man sich zweimal überlegen. Vielleicht später, je nachdem, wie sich die Sache entwickelt.«

Ein Büro weiter empfing ihn Adjutant Lautner mit einem Stapel Computerausdrucke und zählte die Resultate seiner Recherche auf. Das Wichtigste zuerst: Ja, Zoé hätte für besagten Tag tatsächlich wegen eines Interviews bei Madame Cantalloube angefragt. Da der Termin von der Journalistin jedoch nicht wahrgenommen worden sei, habe sie es nicht für nötig gehalten, die Polizei darüber zu informieren.

»Nicht für nötig gehalten?«, wiederholte Jules verärgert. »Dass die Leute immer wieder glauben, sie müssten ihre Informationen filtern, bevor sie sie weitergeben. Dabei muss ihnen doch klar sein, dass uns jedes noch so kleine Detail helfen kann.«

»Genau das habe ich ihr gesagt«, ereiferte sich Lautner. »Beinahe wörtlich.«

»Und?«

»Sie hat sich entschuldigt.«

»Das meine ich nicht. Hat sie etwas über den Termin sagen können? Um was für ein Thema sollte es bei dem Interview gehen? Hatte Zoé Lefèvre vorab schriftliche Fragen eingereicht?«

»Nein, Madame Cantalloube wusste nicht, um was es sich handeln könnte. Vielleicht um die kommenden Weinfeste? Sie hält das aber ohnehin nicht für bedeutend, denn Zoé Lefèvre war keine begnadete Journalistin und brachte bloß seichte Kost zu Papier.«

»Ist das Ihre Meinung?«, fragte Jules.

»Nein, die von Madame Cantalloube«, stellte Lautner klar.

Mit diesen dürren Aussagen wollte sich Jules nicht zufriedengeben und erkundigte sich, ob Lautner sonst noch etwas über die Fremdenverkehrschefin herausbekommen konnte. Dieser versenkte seinen Blick in den Ausdrucken.

»Das Internet spuckt nur Positives über sie aus. Seit sie in Rebenheim angefangen hat, hat sich der Fremdenverkehr prächtig entwickelt. Wir können deutlich höhere Tagesgästezahlen als früher vorweisen, die Bettenauslastung ist besser geworden und der Bürgermeister voll des Lobes. Madame Cantalloube erledigt ihren Job mit Leib und Seele und ist eifrige Vorkämpferin für den weiteren Ausbau der Hotelkapazitäten.«

»Mit Leib und Seele, soso …«

»Das war ein Zitat aus einem Kommentar aus der *Les Nouvelles du Haut-Rhin*«, machte Lautner deutlich.

»Und sonst gibt es nichts über sie? Kein Disput mit Zoé Lefèvre, der öffentlichkeitswirksam wurde?« Jules stocherte mehr oder weniger im Nebel. Aber er wollte nichts unversucht lassen, wenn die dünne Spurenlage nicht mehr hergab.

»Nein. Rein gar nichts in dieser Richtung. Das wäre mir längst zu Ohren gekommen. Sie wissen ja, Rebenheim ist klein.«

»Ja, das ist mir mittlerweile klar geworden«, sagte Jules. Er grübelte weiter nach und fragte: »Wie sieht es mit dem Familienstand von Madame Cantalloube aus?«

Lautner verstand nicht auf Anhieb und stellte die Gegenfrage. »Sie meinen, ob sie verheiratet ist?« Jules nickte. Lautner sah abermals in seine Unterlagen, schien jedoch nichts zu finden. »Ich bin nicht ganz sicher, meine aber mal gehört zu haben, dass es einen Mann in ihrem Leben gegeben hat. Soviel ich weiß, trennte sie sich vor ihrem Wechsel in unsere Stadt.«

»Sehr gut«, lobte Jules die Gedächtnisleistung seines Adjutanten. »Eruieren Sie das. Wenn es zutrifft, setzen Sie sich noch einmal an den Rechner und geben ihren Mädchennamen in die Suchmaske ein. Mit etwas Glück stoßen wir auf einen dunklen Punkt in ihrem Vorleben. Aber sprechen Sie sie vorerst nicht darauf an, denn wir wollen ja keine Pferde scheu machen.«

Lautner, der sich geistig wohl schon auf eine ausgedehnte Mittagspause freute, nahm den Auftrag zähneknirschend an. »Das kann aber eine ganze Weile dauern«, kündigte er an.

»Ist mir klar«, meinte Jules leise lächelnd. »Gut Ding will Weile haben. Notfalls müssen Sie Ihre Mutter auf später vertrösten.«

Zur verabredeten Zeit fuhr Jules zum Hauensteinschen Hof. Er verließ die Altstadt über die Rue de Strasbourg, nutzte den gut ausgebauten Radweg entlang der Hauptstraße und bog keine drei Kilometer von der Stadt entfernt in den abzweigenden Privatweg ein, der zu dem höher gelegenen Gehöft führte. Der Zustand des Weges erwies sich als noch schlechter, als er ihn von seiner Autofahrt hierher in Erinnerung hatte, und machte das Vorankommen auf den dünnen Rennradreifen so gut wie unmöglich. Um sich keine Acht in die Felgen zu fahren, stieg Jules nach wenigen Metern ab und sah sich gezwungen, den Rest der Strecke zu schieben. Entsprechend langsam kam er voran.

Von der Straße aus hatte er den Hauensteinschen Hof nicht sehen können. Erst jetzt, nachdem er dem Feldweg über mehrere Kehren bis auf eine Kuppe hinauf gefolgt war, tauchten die rot schimmernden Schindeln der ruinenhaften Gebäude vor ihm auf. Jules, der sein Rad um die gröbsten Schlaglöcher herummanövrierte, erfasste die verblasste Schönheit des Gehöfts, die ihm schon bei seiner ersten Radtour aus der Entfernung aufgefallen war.

Das Anwesen, einst gewiss der ganze Stolz der Winzerfamilie, befand sich in einem bemitleidenswerten Zustand. Aber selbst in dieser schlechten Verfassung stellte es noch etwas dar. Das Haupthaus wirkte trotz seiner Löcher im Dach, der abgeknickten Dachrinnen und dem moosüberzogenen Portal stattlich und erhaben, die Scheunen großzügig und die Terrassen für den Weinanbau in nahezu perfekter Ausrichtung. Die Anzeichen des Verfalls wurden durch das milde Licht der Nachmittagssonne abgeschwächt. Sie bekamen dadurch sogar so etwas wie eine romantische Note.

Nach einer weiteren Wegbiegung fielen Jules' Blicke auf eine Wiese voller Wildblumen, die sie zu einem bunten Flickenteppich machten. Er sah Brombeersträucher und einen Teich mit Seerosen, an dem sich eine Entenfamilie angesiedelt hatte. Gespeist wurde er von einem ungestümen Bach, in dem sich Forellen tummelten. Jules konnte sich kaum sattsehen an all dieser verwilderten Pracht und fand es fast ein bisschen schade, dass dieses vom Menschen verlassene Kleinod schon bald einem modernen Hotelkomplex weichen sollte.

Als er das Haupthaus erreichte, war von Lino nichts zu sehen. Jules stellte sein Rad ab und sah auf die Uhr. Die ausgemachte Zeit war bereits überschritten. Er ging auf die Feldsteinmauer zu, vor der Reste der erkennungsdienstlichen Markierungen zu sehen waren. Der Boden, auf dem Zoés Leichnam gelegen hatte, war noch immer rot verfärbt. Jules stellte sich auf die Mauer, um eine bessere Übersicht zu gewinnen. Mit Blicken suchte er den Hof und anschließend die Pfade zwischen den wild wuchernden Rebstöcken ab, doch er konnte Lino nicht finden.

Während er nach dem alten Polizisten Ausschau hielt, fiel ihm auf, wie leise es hier draußen war. Abgesehen von ein paar Singvögeln, die aus den Kronen einiger knorriger Obstbäume trällerten, und dem vereinzelten Zirpen von Grillen aus dem Unterholz herrschte eine beinahe gespenstische Stille. Als Jules mit einem Satz von der Mauer sprang, verstummten auch die Vögel.

Langsam ging Jules zurück zum Herrenhaus, schritt die Front mit ihrem abgesprengten Putz und den verwitterten Fensterläden ab, um sich danach einer der großen Scheunen zu nähern.

»Lino!«, rief er für den Fall, dass sich der Alte ein schattiges Plätzchen auf der Rückseite eines der Gebäude gesucht haben sollte. »Steckst du hier irgendwo?«

Keine Antwort.

Jules umrundete die Scheune, deren Bretter mangels Holzschutzfarbe morsch geworden waren. Dabei rief er wiederholt Linos Namen. Nach erfolgloser Suche kehrte er an die Stirnseite zurück und bemerkte erst jetzt, dass das Tor nicht verschlossen war. Ein angerostetes Kettenschloss, das wohl ursprünglich über den Griffen gehangen hatte, lag auf der Erde. Durch einen Spalt zwischen den beiden Torflügeln drang etwas Licht ins Innere. Jules spähte hinein, konnte aber nur schemenhafte Gegenstände und Gerümpel erkennen. Er fragte sich, wer das Schloss beseitigt hatte, und machte sich daran, das Tor aufzuhieven. Das hohe und schwere Brettertor ächzte in den Scharnieren, als würde es nach einem Kännchen Maschinenöl schreien. Es gab jedoch kaum einen Deut nach, denn dichte Büschel Unkraut blockierten das Türblatt.

Jules versuchte es wieder und wieder, rüttelte am Tor, um das widerborstige Grün beiseitezudrücken. Die hoch aufragenden Bretter knarrten, begannen erst zu schwingen, dann zu flattern. Jules zog und schob mit unverminderter Energie weiter – und plötzlich geschah es: Ein Teil des Firstes löste sich aus seiner Verankerung, schaukelte für Sekunden bedrohlich hin und her und stürzte herab!

Jules blieb nur die Zeit eines Wimpernschlags, um zu reagieren. Mit beiden Händen stieß er sich von dem Tor ab, machte einen Satz nach hinten und ließ sich rücklings in den Staub fallen. Es reichte gerade so, denn das Holz schlug nur wenige Zentimeter vor ihm auf den Boden. Laut krachend zerplatzte das keilförmige Teil in Hunderte von Splittern.

Nur zögernd nahm Jules seine Arme herunter, die er schützend vors Gesicht gehalten hatte. Blinzelnd sah er zunächst auf das Trümmerfeld vor seinen Füßen, um sich dann umzublicken. Lino stand direkt hinter ihm. Aufgetaucht wie aus dem Nichts!

»Soll ich dir aufhelfen?«, fragte er ohne jede Spur von Besorgnis.

Jules, der einige Augenblicke brauchte, um sich von dem Schreck zu erholen, registrierte das gewöhnungsbedürftige Erscheinungsbild des Alten: einen für seine Figur viel zu eng anliegenden Radleranzug, noch dazu in Neongrün.

»Danke, nein, es geht schon«, sagte Jules, pustete sich die Sägespäne von Brust und Armen und rappelte sich auf. »Um ein Haar hätte es mich erwischt.«

»Es ist gefährlich hier draußen. Eigentlich müsste man Warntafeln aufstellen.«

Jules sah den Alten abschätzig an. »Dir ist ja nichts passiert.«

»Weil ich mich auskenne. Wen wundert's. Das alles

gehörte zu meinem Revier. Ich hätte dir gleich sagen können, dass die Scheunen leer sind. Genau wie das Haupthaus. Da ist nichts mehr zu holen.«

Jules ließ es dabei bewenden und verzichtete auf die Frage, warum Lino erst aufgetaucht war, nachdem er beinahe von einem Stoß Holz erschlagen worden war. »Du wolltest mir etwas erzählen«, kam er ohne weitere Umschweife aufs Thema. »Stichworte: Geister der Vergangenheit.«

Lino legte seine raue Hand auf Jules' Nacken und gab die Richtung vor. »Lass uns ein wenig durch den Weinberg streifen. Dort fällt mir das Reden leichter.«

»Meinetwegen. Hauptsache, du vertröstest mich nicht noch einmal.«

Sie verließen den Hof und traten auf einen schmalen Trampelpfad zwischen den verwilderten Weinstöcken. Statt jedoch gemächlichen Schrittes nebeneinander herzugehen und sich zu unterhalten, preschte Lino drauflos und hinterließ dabei eine Schneise voller abgeknickter Reben. Jules folgte der Spur von zu Boden fliegenden Blättern und fragte sich, warum es Lino plötzlich so eilig hatte.

»Du hast versprochen, mich einzuweihen!«, erinnerte Jules den Alten, nachdem der noch immer kein Wort sagte. Dabei geriet er beinahe ins Stolpern, nachdem sich sein rechter Fuß in einer Ranke verfangen hatte. Er schüttelte sie ab und beeilte sich, wieder aufzuschließen. »Also? Was hast du mir zu sagen?«

»Wart's ab«, lautete die knappe Antwort. Lino erhöhte noch einmal das Tempo und bahnte sich den Weg durch das Dickicht. Äste schlugen zurück und trafen Jules an Beinen und Armen.

Die strapaziöse Tour durch den Weinberg endete jäh auf einer kleinen Lichtung, die von einem verfallenen Häuschen aus Natursteinen dominiert wurde. Ein Unterstand für die Erntehelfer oder ein ausgedienter Geräteschuppen, vermutete Jules. Erst auf den zweiten Blick fiel ihm ein verwittertes kleines Holzkreuz auf, das sich an einen Eckstein des Häuschens schmiegte. Es wurde von einem ovalen Messingschild geziert, das stark angelaufen war. Jules sah genau hin, doch es war unmöglich, die Inschrift zu entziffern.

»Eine Gedenkstätte«, vermutete Jules, als er vor dem kleinen Kreuz in die Knie ging. »Ist hier jemand verunglückt?«

Lino stellte sich hinter ihn. Vielleicht, damit Jules sein Gesicht nicht sehen konnte. Seine Stimme klang brüchig, als er erklärte: »1945, im allerersten Dienstjahr meines Vaters als Landgendarm, ist auf dem Hauensteinschen Hof schon einmal ein junges Mädchen ums Leben gekommen. Sie hieß Sophie und war die Tochter der Hauensteins. Genau an dieser Stelle hat man sie damals gefunden. Misshandelt und übel zugerichtet. Daneben lag der Feldstein, mit dem sie erschlagen wurde.«

Die Eröffnung dieser Neuigkeit trieb Jules' Puls in die Höhe. Er richtete sich auf, drehte sich nach Lino um und ignorierte den feuchten Film über dessen Augen. »Warum erfahre ich das erst jetzt?«

»Weil es eine Geschichte ist, die man hier nicht gern erzählt«, antwortete Lino stockend. »Eine Schande für Rebenheim und ganz speziell für meine Familie. Denn der Täter wurde nie gefasst.«

»Schande hin oder her, es existiert eine nicht zu leugnende Parallele zu einem aktuellen Fall. Das muss dir schon an dem Tag aufgefallen sein, als Zoés Leichnam aufgefunden wurde. Da hätten bei dir als ehemaligem Polizisten sämtliche Alarmglocken klingeln müssen!«, hielt Jules ihm vor.

»Ich bin schon lange kein *flic* mehr!«, reagierte Lino bockig.

»Mach mir nichts vor: einmal ein *flic*, immer ein *flic*! Sag mir, was sich seinerzeit abgespielt hat.«

Lino erklärte sich nach einigen weiteren Ausflüchten bereit dazu und berichtete von den tragischen Ereignissen aus dem Herbst 1945: Die Baden-Württemberger Familie Hauenstein, die den prächtigen Gutshof mit seinen Grand-Cru-Weinlagen während der deutschen Okkupation von jüdischstämmigen Vorbesitzern sehr günstig übernommen hatte, wollte sich dauerhaft niederlassen. Auch nachdem das Elsass zurück in französische Hand gelangte, bestand die Familie auf ihr Besitzrecht und blieb. Das passte vielen Alteingesessenen nicht ins Konzept. Man war der Deutschen nach zwei Kriegen und Besatzungen überdrüssig und duldete keine verkappten Nazis, als die die Hauensteins galten, in den eigenen Reihen. Die Hauensteins wurden gemieden. Manche Geschäfte weigerten sich, ihnen etwas zu verkaufen, und die Gasthäuser der Gegend schenkten keinen Hauensteinschen Wein mehr aus, obwohl er als der beste weit und breit galt. Als die Hauensteins trotz der Schikane blieben, weil sie wohl hofften, der Volkszorn würde sich irgendwann legen, geschah das Unfassbare: Die erst vierzehnjährige Tochter Sophie wurde auf brutale Art und Weise getötet. Danach dauerte es nur noch wenige Tage, bis das Ehepaar Hauenstein seinen Hof und das Land verließ. Sie verschwanden auf Nimmerwiedersehen.

»Und der Mörder kam davon?«, fragte Jules, den Linos emotional vorgetragener Bericht sehr nachdenklich gestimmt hatte.

»Ja«, lautete die kurze Antwort.

Jules war sich bewusst, dass es in der damaligen Zeit, noch dazu so kurz nach dem verheerenden Krieg, nur unzureichende kriminaltechnische Hilfsmittel gegeben hatte. Aber man hätte sich auf Zeugenaussagen berufen und die besonders laut auftretenden Hauenstein-Gegner vernehmen können. Er fragte Lino, ob das erfolgt sei.

»Mein Vater war auf sich allein gestellt«, wich Lino einer direkten Antwort aus. »Er war so jung, dass ihn keiner im Dorf ernst nahm. Diejenigen, die er in Verdacht hatte, zauberten wasserdichte Alibis für die vermutete Tatzeit aus der Tasche. Alle hielten wie Pech und Schwefel zusammen, und niemandem war daran gelegen, die Sache wirklich aufzuklären. Selbst der Pfarrer ermunterte meinen Vater dazu, den Fall bald ad acta zu legen.«

»So hat es dir dein Vater erzählt?«, fragte Jules.

»Nein, er hat sein Lebtag kein Wort darüber verloren. Ich habe das alles von meiner Mutter erfahren. Viele Jahre später.«

Lino klang aufrichtig. Auch die Augen, die Jules aus dem wettergegerbten und mit grauen Bartstoppeln übersäten Gesicht ansahen, vermittelten diesen Eindruck. Und doch fragte sich Jules, ob Lino ihm nicht ganz bewusst diese sehr persönlich gefärbte Version der Ereignisse auftischte. Es hätte sich nämlich alles auch ganz anders abgespielt haben können. Genauso gut könnte Linos Vater einer der Rädelsführer und Brandstifter von einst gewesen sein. Ein Dorfpolizist, der im aufgeheizten politischen Klima die Aversionen gegen die Deutschen geteilt hatte. Vielleicht hatte er bloß weggeschaut oder aber die Täter bewusst gedeckt. Es ließ sich nicht einmal ganz ausschließen, dass Linos Vater selbst an dem Lynchmord beteiligt gewesen war.

Das musste unbedingt überprüft werden, überlegte Jules und nahm seinen Notizblock zur Hand. Beim Suchen einer freien Seite kam ihm ein elektrisierender Gedanke: Was, wenn schon jemand anderes in dieselbe Richtung spekuliert hatte? Was, wenn sich Zoé Lefèvre ebenfalls für diese lang zurückliegende Tat interessiert hatte, auf Unstimmigkeiten gestoßen war und ihre große Story witterte? Den Durchbruch als Journalistin vor Augen, hatte sie womöglich alten Staub aufgewirbelt und war kurz davor gewesen, ein lange gehütetes, dunkles Geheimnis zu lüften.

Jules' Gedanken verselbstständigten sich und entwickelten immer neue Szenarien und Verknüpfungen zwischen einst und jetzt. Das alles behielt er jedoch tunlichst für sich. Denn so sympathisch ihm der kauzige Exbulle Lino auch sein mochte – als Sohn des früheren Landgendarmen steckte er mittendrin im trüben Sumpf der Elsässer Erbschaften.

Diese Überlegungen begleiteten ihn auch noch, als sich der Tag dem Ende zuneigte und er darüber nachdachte, wie er seinen Abend verbringen könnte. Viele Alternativen gab es ja nicht, und da er mit all den Fragen im Kopf gern eine Gegenmeinung von Lautner einholen wollte, war die Wahl schnell getroffen. Um den Adjutanten nicht zu Hause am Telefon zu nerven, entschied sich Jules für die sanfte Lösung. Bei einem Bier in der *brasserie* wollte er das Thema Lino wie zufällig streifen. Also schwang er sich noch einmal auf sein Rad und fuhr die kurze Strecke an der Stadtmauer entlang. Obwohl die Clique fast vollständig versammelt war, konnte er ausgerechnet Lautner nicht ausmachen. »Ist wahrscheinlich noch bei seiner Mutter«, tippte der blasse Versicherungsmakler Jean Paul. Und der rotwangige Pierre meinte: »Wenn Madame Lautner ein *dîner* vorbereitet hat, darf er nicht gehen, bevor der letzte Krümel verspeist ist.«

Jules kannte die Adresse, die nur zwei Straßenzüge von der *Brasserie Georges* entfernt lag. Die Vorteile einer Kleinstadt, dachte er und setzte sich wieder auf den Sattel.

Aus dem handtuchschmalen Haus, dessen Fassade in einem selbst fürs Elsass gewagten Lila gestrichen war, duftete es verführerisch. Jules klopfte ans gekippte Küchenfenster, dessen Scheibe vom Kochdunst beschlagen war, woraufhin die Tür geöffnet wurde. Madame Lautner trug eine wadenlange, geblümte Schürze und das graue Haar zum Dutt zusammengesteckt. In der einen Hand hielt sie ein Bund Möhren, in der anderen ein beängstigend großes Küchenmesser.

Aus Respekt vor der langen Klinge trat Jules einen Schritt zurück, sodass Madame Lautner herzhaft lachen musste. »Keine Sorge, Major. Mit meinen Messern rücke ich nur Geflügel, Wild und Fisch zu Leibe, jedoch niemals Menschen. Sie haben bei mir nichts zu befürchten«, versicherte sie und hielt ihm die Tür auf.

»Mein Sohn sitzt am Küchentisch und schält Kartoffeln.«

Jules kam ihrer Aufforderung zum Eintreten nach und durchquerte einen schmalen Flur, der durch eine dunkel gemusterte Tapete noch enger wirkte, als er war. In der kleinen Küche, eingerichtet wie anno dazumal, umfing ihn eine wohlige Wärme. Auf einem altertümlichen Herd brodelte Wasser in einem großen Topf, auf einer hölzernen Arbeitsplatte wartete Gemüse auf seine Verarbeitung, das so frisch aussah, als käme es direkt aus dem Garten. Wie Frau Lautner angedeutet hatte, saß ihr Sohn – ebenfalls mit umgehängter Schürze – brav am Küchentisch und kümmerte sich um die Kartoffeln.

»Was gibt es denn Gutes?«, erkundigte sich Jules.

»*Le Baeckeoffe*, eine heimische Spezialität. Sehr deftig«, verkündete Madame Lautner und machte sich daran, ihrem Sohn zu helfen. Jules' offenkundiges Interesse legte sie so aus, dass er die Einzelheiten hören wollte. »Sie brauchen dafür ein knochenloses Schulterstück vom Hammel, Schweinenacken, wenn's geht auch den Schweineschwanz. Zwiebeln, Knoblauch und Kartoffeln, Suppengrün, Salz und Pfeffer. *C'est tout.*«

»Das Wichtigste hast du vergessen«, wandte Alain Lautner ein.

»Ja, das Beste kommt zum Schluss: eine halbe Flasche Riesling oder Pinot blanc.«

»Gern auch eine ganze Flasche«, mischte sich der Sohn wieder ein.

Madame Lautner ließ sich nicht beirren. »Die Fleischwürfel habe ich schon gestern in Marinade eingelegt. Die Zwiebeln brate ich glasig, die Kartoffeln müssen bissfest bleiben. Schicht für Schicht kommt das Ganze in eine große Steingutterrine, obendrauf das Suppengrün. Die geschlossene Schüssel stelle ich für zwei bis drei Stunden in den Ofen.«

»Man bekommt ja schon vom Zuhören Appetit«, meinte Jules und fragte: »Wo leitet sich denn der seltsame Name her?«

»In alten Zeiten, als nicht jeder einen eigenen Herd besaß, brachte man das Gericht in die *boulangerie*, damit der Bäcker es in seinen Ofen schob. Daher das elsässische *Baeckeoffe* wie zu Deutsch Backofen.«

Jules ließ sich ein Messer geben und setzte sich neben Alain Lautner. Während er einige gelbe Gemüsezwiebeln häutete, lenkte er das Gespräch auf Lino. Zwar konnte er nicht konkret werden, denn was mit den Ermittlungen zu tun hatte, ging Madame Lautner nichts an. Da sie jedoch keine Anstalten machte, ihn und ihren Sohn allein zu lassen, versuchte es Jules mit Andeutungen.

»Lino ist ein feiner Kerl«, urteilte Madame Lautner, »aber Sie haben schon recht, Major. Man weiß bei ihm nie so genau, was in seinem Elsässer Dickschädel vorgeht.«

»Seine Verschrobenheit kommt ja nicht von ungefähr«, steuerte Alain Lautner bei. »Für ihn hat ein Leben lang der Polizeidienst die erste Geige gespielt. Seinem Job hat er sich voll und ganz verschrieben, das Privatleben zählte nichts. Dieses Pflichtbewusstsein wurde ihm schon im Elternhaus eingeimpft. Heute, im Alter, bekommt er die Quittung dafür. Lino lebt allein, er hat nie geheiratet.«

»Dann pass mal auf, dass es dir nicht genauso ergeht«, meinte Madame Lautner. »Du wirst im April neunundzwanzig und hast noch nie ein Mädel mit nach Hause gebracht.«

Der Adjutant lief prompt rot an. »*Maman*, das tut hier nichts zur Sache.«

Jules unterband den sich anbahnenden Hauskrach, indem er spekulierte: »Glauben Sie, dieses familientypische Pflichtbewusstsein bei den Pignieres ist eine Reaktion auf die alte Geschichte?«

Alain Lautner hob die Brauen. »Alte Geschichte?«

»Ja, ein weiteres Verbrechen auf dem Hauensteinschen Hof«, half ihm Jules auf die Sprünge. »Nicht an der gleichen Stelle und auch mit anderem Tatablauf, aber das ist zweitrangig. Fest steht, dass Linos Vater die Ermittlungen in der Hand hatte.«

Sein Adjutant sah ihn aus großen Augen an.

»Sei nicht so schwer von Begriff!«, schalt ihn seine Mutter, die längst wusste, woher der Wind wehte. »Der Major spielt sicher auf den Tod der kleinen Hauenstein an. Das hing Linos Familie ewig nach.«

»Sehr richtig, Madame Lautner«, bestätigte Jules. »Ich wundere mich sehr darüber, warum ich erst so spät davon erfahren habe. Immerhin sind die Ähnlichkeiten mit unserem aktuellen Mordfall nicht von der Hand zu weisen.«

Alain Lautner behielt seine gut durchblutete Gesichtsfarbe bei, als er erklärte: »Daran habe ich ehrlich nicht gedacht. Das liegt Ewigkeiten zurück …«

»… und scheint trotzdem noch immer wie ein dunkler Schatten über der Stadt zu liegen«, befand Jules.

»Jeder Rebenheimer hat davon gehört, und die Kinder gruseln sich vor dieser Geschichte, wenn ihre Großeltern ihnen davon erzählen. Aber Fremden gegenüber redet man nicht gern darüber«, gab Madame Lautner zu. »Genau wie über vieles andere, das mit der Zeit zwischen den Kriegen und den Jahren danach zu tun hat.«

»Was meine Mutter sagen will, wir haben mit diesem Kapitel unserer Geschichte abgeschlossen«, stellte Alain Lautner klar. »Das Gezerre zwischen Frankreich und Deutschland, der ewige Zwist, ist Gott sei Dank vorüber. Sie als Inlandfranzose können das vielleicht nicht nachvollziehen, doch wir wissen es zu schätzen, dass wir heute alle Europäer sind und uns nicht mehr gegenseitig die Köpfe einschlagen müssen.«

»Offenbar ist die Unsitte des Köpfeeinschlagens nicht gänzlich getilgt worden.« Jules konnte sich diese bösartige Bemerkung nicht verkneifen. Die Reaktion darauf bestand aus betretenem Schweigen.

Als Madame Lautner sich ihrer Verpflichtungen als Hausherrin besann und vorschlug, einen Wein aus dem Keller zu holen, nutzte Jules die Gelegenheit. »Lautner«, sagte er mit dienstlichem Ernst. »Lino hat mich zu der Stelle geführt, an der 1945 das tote Mädchen gefunden wurde. Er wirkte sehr bewegt, geradezu aufgewühlt. Das gibt mir zu denken.«

»Weshalb?« Lautner sah ihn verständnislos an. »Halten Sie ihn etwa für verdächtig? Lino kann mit diesem alten Fall nichts zu tun haben. Er war damals noch ein Kind.«

»Das meine ich nicht«, korrigierte ihn Jules. »Ich sehe eher einen Zusammenhang zu Zoé. Sie war Journalistin. Was halten Sie von der These, dass sich Zoé die alte Geschichte vorgenommen und dadurch jemanden sehr nervös gemacht hat?«

»Mit jemand meinen Sie Lino.« Lautner strich sich mit dem Zeigefinger ums Kinn. »Ja, eine Zeitungsstory darüber wäre bestimmt nicht in seinem Sinn. Sein Vater ist für ihn so etwas wie ein Heiliger. Wehe dem, der an seinem Denkmal kratzt.«

»Eben!« Jules fühlte sich bestätigt. »Da sollten wir dranbleiben. Ebenso wie an der Vita unserer werten Tourismusamtsleiterin. Haben Sie schon etwas über Madame Cantalloubes Vorleben herausgekriegt?«

Lautners empörter Blick schien fragen zu wollen: »Wie denn? Ich habe Feierabend!« Was er tatsächlich sagte, entsprach einer abgemilderten Version davon. »Ich kümmere mich gleich morgen früh darum.«

Jules lagen noch weitere Fragen auf der Zunge, aber die musste er zurückstellen. Denn schon erschien Madame Lautner wieder auf der Bildfläche. In der Hand schwenkte sie eine grüne Literflasche, die im Küchendunst sofort beschlug.

»Habe ich da gerade den Namen Cantalloube aufgeschnappt?«, erkundigte sie sich. »Ist sie schon befragt worden?«

»Das braucht dich nicht zu interessieren«, spielte sich Alain Lautner auf. Dabei war sich Jules sicher, dass er dies nur seinetwillen tat. Sonst berichtete er seiner Mutter wahrscheinlich haarklein jedes Detail aus dem Dienst.

Madame Lautner überhörte seinen Einwurf. »Wissen Sie, Major, da ist etwas, das Sie unbedingt überprüfen müssen. Isabelle Cantalloube war auf Zoé Lefèvre nämlich nicht gerade gut zu sprechen.«

»Wie kommst du darauf?«, fragte ihr Sohn.

»Das habe ich dir doch gestern schon gesagt. Ich

habe die beiden dabei beobachtet, wie sie heftig stritten.«

Alain Lautner winkte ab. »Hör doch damit auf, *maman*. Das interessiert Major Gabin nicht.«

»Doch, das interessiert mich sehr wohl«, hielt Jules dagegen. »Fahren Sie bitte fort, Madame!«

Madame Lautner warf ihrem Sohn einen hämischen Blick zu. »Habe ich mir doch gedacht, dass Sie Wert darauf legen, wenn die Bürger mit wachem Blick durch ihre Stadt gehen. Ich habe Zoé und Madame Cantalloube gesehen, wie sie vor dem Touristenbüro zankten.«

»Die Cantalloube zankt sich täglich mit jedem, der ihr zu nahe kommt«, fiel Alain Lautner ihr ins Wort.

»Jedenfalls schien es sich um etwas Berufliches zu handeln. Zoé hatte einen Notizblock dabei, und ein Fotoapparat hing an ihrer Schulter. Als sie sich etwas aufschreiben wollte, schlug ihr Madame Cantalloube den Block aus der Hand. So heftig, dass fast auch die Kamera heruntergefallen wäre.«

»Du weißt genau, wie temperamentvoll Madame Cantalloube ist«, hielt Alain Lautner ihr vor. »Das hat überhaupt nichts zu bedeuten.«

»Es ist immerhin ein Hinweis«, stellte Jules fest. »Jede kleinste Beobachtung kann uns in diesem Fall weiterhelfen.«

»Ganz genau«, sagte Madame Lautner, erklärte das Thema für beendet und setzte Jules die Flasche vor die Nase.

Wenig glücklich las er das Etikett, das den Wein als Chardonnay auswies. Zaghaft fragte er: »Hätten Sie vielleicht auch einen Roten?«

Madame Lautner sah ihn bestürzt an.

Als Jules spät abends mit Lilou telefonierte, erklärte er ihr mit säuselndem Ton, wie sehr er sie vermisste. Das stimmte zwar nicht so ganz, denn vor lauter Arbeit kam er ja kaum dazu, an sein altes Zuhause zu denken, doch ihm war es wichtig, seiner Freundin dieses Gefühl zu vermitteln.

»Was trägst du gerade? Deine neue Bluse, die wir zusammen in La Rochelle gekauft haben? Du bist nämlich sehr, sehr süß in dieser Bluse«, begann er zu flirten.

Lilou ging darauf ein. »Komm her und finde heraus, was ich unter der Bluse trage.«

»Schön wär's, wenn das so leicht ginge«, meinte er schmachtend und erging sich in belanglosen Nettigkeiten.

Lilou hörte sich das eine Weile an, bevor sie meinte: »Ein bisschen mehr erzählen könntest du mir aber schon.«

»Erzählen wovon?«

»Na, was eigentlich alles passiert ist, seitdem du mich das letzte Mal angerufen hast. Was machen deine Ermittlungen? Ich platze vor Neugierde.«

Jules fasste die wichtigsten Fakten zusammen und musste zugeben, dass er bei der Tätersuche nach wie vor im Dunkeln tappte.

»Hat dich dein Jagdglück etwa verlassen?«, erkundigte sich Lilou.

»Wie man es nimmt«, blieb Jules vorsichtig optimistisch. »Mit Robin hatten wir den perfekten Täter im Visier. Mordmotiv: verschmähte Liebe. Leider hat uns die DNA-Analyse einen Strich durch die Rechnung gemacht.«

»Verschmähte Liebe? Das ist ein Grund, aus dem ich

auch töten könnte«, sagte Lilou und klang dabei beängstigend ernst. »Ist es sicher, dass er es nicht war?«

»Jedenfalls haben wir keine Beweise gegen ihn.«

»Gib's zu: Du hast von Anfang an nicht an die Schuld dieses jungen Burschen geglaubt.«

Lilou hatte ihn durchschaut. Ihr konnte er nichts vormachen. »Ich hatte meine Zweifel«, räumte er ein.

»Kommen denn andere Motive infrage? Die Tote war doch Journalistin, oder?«

»Ja, aber nur beim örtlichen Lokalanzeiger. Da hat man doch bloß mit Kaninchenzüchtern und Weinbauern zu tun, nicht wirklich ein gefährliches Terrain.«

»Seltsame Berufswahl«, meinte Lilou und klang nachdenklich.

»Weshalb?«

»Du hast mir neulich erzählt, dass euer Opfer eine Zugereiste war. Da frage ich mich, was eine junge Frau dazu treibt, in ein kleines Kaff zu ziehen und ihr Dasein als Wald- und Wiesenreporterin zu fristen.«

»Rebenheim ist kein Kaff«, verteidigte Jules sein neues Betätigungsfeld.

»Ist es doch«, widersprach Lilou. »Auf Google Earth kann man es kaum finden.«

»Vielleicht hat sie andernorts keine Anstellung gefunden«, spekulierte Jules. »So wie ihr Chef sie beschreibt, scheint sie in ihrem Fach keine große Leuchte gewesen zu sein. Da bleibt dann eben nur ein kleiner Posten in der Provinz.«

»Oder sie hat sich eben doch ganz bewusst für Rebenheim entschieden. Ganz unabhängig von irgendwelchen Karriereplänen«, mutmaßte Lilou.

»Aber wenn nicht aus beruflichen Gründen, weshalb

sonst? Bestimmt nicht der Liebe wegen, denn ihren *amant* Robin hat sie erst hier kennengelernt. Warum also?«

»Tja, warum?«, wiederholte Lilou bedeutungsschwanger seine Frage. »Es ist dein Job, das herauszufinden.«

»Wie dem auch sei«, beendete Jules das ziellose Herumraten. »Bislang stützen wir uns lediglich auf Indizien, Beweise sind in diesem Fall absolute Mangelware. Und ob ich nach Robin so bald noch jemanden anderes in Haft nehmen kann, hängt ganz von ihr ab.«

»Von ihr? Von wem?«

»Von Madame Laffargue natürlich, der Untersuchungsrichterin. Sie ist mir ständig auf den Fersen.«

»Wie darf ich das verstehen?« Lilous eben noch süßlicher Tonfall veränderte sich ins komplette Gegenteil, als sie fragte: »Ist sie eigentlich hübsch?«

»Das hast du schon mal gefragt«, antwortete Jules und sah ein, dass es keinen Sinn hatte, ihr etwas vorzumachen. Denn Lilou würde Joannas Foto leicht googeln können, und sie kannte seinen Geschmack. »Sie sieht zweifellos gut aus, aber ihre Umgangsformen lassen zu wünschen übrig. Ich beschränke den Kontakt zu ihr aufs Nötigste, was sie mir offenbar übel nimmt.«

»Hm.«

»Um auf den Fall zurückzukommen. Im Augenblick interessiert mich weniger, wer es getan hat, sondern warum. Das wird nämlich langsam kurios, Lilou. Jeder, der irgendwie damit zu tun hat, ist krampfhaft bemüht, etwas vor mir zu verheimlichen. Denk an Robert Moreau, von dem ich dir erzählt habe. Ein hoch angesehener Winzer und Geschäftsmann, aber auch ein arroganter Besserwisser, der mich mit vagen Andeutungen und Anspielungen auf Trab hält. Oder Lino, von dem man nie genau sagen kann, was in ihm vorgeht. Vincent Le Claire, der Redaktionsleiter, der vertrauliche E-Mails mit Zoé tauschte und vielleicht sogar ein Verhältnis mit ihr hatte. Dann Isabelle Cantalloube, immerhin Leiterin des Fremdenverkehrsbüros. Sie tritt auf wie eine hochgradige Neurotikerin und enthält uns einen Interviewtermin vor, den sie mit Zoé ausgerechnet an deren Todestag ausgemacht hatte. Ja, selbst meine redselige Hauswirtin verschweigt mir etwas, das weiß ich genau. Und die verführerisch reizvolle Richterin kreuzt bei jeder kritischen Gelegenheit auf und macht mir das Leben schwer. Wo man auch hinfasst, ist etwas faul. Ich möchte wissen, warum. Das interessiert mich, denn nur so kann ich den wahren Mörder fassen. Verstehst du, was ich meine?«

»Ja.«

»Du kannst es also nachvollziehen?«

Lilou schwieg drei oder vier Sekunden. Dann fragte sie mit verletzbar leiser Stimme: »Wie hast du diese Untersuchungsrichterin beschrieben, als verführerisch reizvoll?«

»Ja, das ist kurz gefasst eine ziemlich gute Beschreibung.«

»Sie macht wohl einen großen Eindruck auf dich.«

»Joanna ist sehr zielstrebig, das muss ich zugeben.«

»Zielstrebig? Rein dienstlich oder auch privat?«

»Ich kenne sie ja nur dienstlich.«

Ihre nächste Frage kam ausgesprochen scharf bei Jules an. »Bist du mit ihr allein gewesen?«

Jules merkte, dass es ein Fehler gewesen war, allzu

offen mit Lilou zu sprechen. Das gegenseitige Vertrauen bekam Brüche. Doch nun gab es kein Zurück.
»Ja«, sagte er verhalten.

»Wo und wann?«

»In der *auberge*. Gestern Abend.«

»So? Du hast deine dienstliche Besprechung mit ihr also in einem romantischen Lokal geführt. Ist das die übliche Praxis im Elsass?«

»Romantisch kann man das wirklich nicht nennen. Eher rustikal.«

»Und natürlich hast du sie geküsst.«

»Lilou!«

»Hast du?«

»Nein!«, sagte er entschieden. »Und ich finde dein mangelndes Vertrauen nicht weniger schlimm, als wenn ich mit einer anderen Frau mal einen Weißwein trinke.«

»Du trinkst nie Weißwein!« Sie schnappte nach Luft. »So weit hat dich diese Person also schon gebracht? Das ist schlimmer als Küssen!«

»Lilou! Es ist genug.«

»Das finde ich auch. Mein Akku ist sowieso leer, ich lege jetzt auf.«

»Lilou?« Da hörte Jules nur noch ein Knacken. Die Verbindung war unterbrochen.

LE CINQUIÈME JOUR

DER FÜNFTE TAG

Alain Lautner, dem die Krümel seines Frühstückscroissants in den Mundwinkeln hingen, breitete auf Jules' Schreibtisch voller Stolz die Kopien mehrerer Zeitungsartikel aus, allesamt datiert auf die späten Neunzigerjahre. Es handelte sich um Berichte über ein Gerichtsverfahren gegen eine gewisse Isabelle Deneuve, die sich wegen Veruntreuung und Unterschlagung vor dem Richter verantworten musste. Obwohl um einiges jünger, erkannte Jules Isabelle Cantalloube auf den abgedruckten Fotos allein schon an ihrer Haarpracht auf Anhieb wieder. Auch ihren Hang zur extravaganten Kleidung hatte sie schon damals gepflegt.

»Sie hatten den richtigen Riecher, Major«, meinte Lautner und schränkte sein Lob gleich wieder ein. »Das heißt, ganz so, wie von Ihnen vermutet, stellt es sich nicht dar. Cantalloube ist nämlich ihr Geburtsname. Als sie verheiratet war, nahm sie den Namen Deneuve an, legte ihn nach der Scheidung jedoch wieder ab.«

»Gute Arbeit«, sagte Jules. »Ist sie damals verurteilt worden?«

»Da sie nicht vorbestraft und gleich geständig war, kam sie mit einem blauen Auge und einer Geldbuße davon. Aber ihren Job war sie natürlich los.«

»Ich frage mich, wie sie angesichts dieses eklatanten

Fehltritts in Rebenheim eine solche Schlüsselposition einnehmen konnte. Wusste hier denn niemand etwas über ihr Vorleben?«

Lautner hatte wirklich gute Arbeit geleistet, was er mit stolzgeschwellter Brust unter Beweis stellte. »Auch über diesen Punkt habe ich mich kundig gemacht. Als es um die Besetzung der Stelle ging und sie sich bewarb, hatte sie einen Fürsprecher. Einen sehr namhaften und einflussreichen.«

»Den Präfekten?«, riet Jules.

Lautner verneinte und kostete seinen Wissensvorsprung aus. »Es war niemand anderes als Robert Moreau, der Madame Cantalloube als neue Leiterin des *office de tourisme* ins Gespräch brachte und sich mit Nachdruck für ihre Ernennung einsetzte.«

»Moreau?« Jules kratzte sich gedankenvoll am Hinterkopf. »Wissen Sie mehr darüber?«

»Nein«, antwortete Lautner bedauernd. Zu gern hätte er mit weiteren Erkenntnissen geprahlt. »Meinen Sie, es spielt in unserem Fall eine Rolle?«

»Das kann ich nicht beurteilen. Noch nicht. Fakt ist, dass Zoé an ihrem Todestag um einen Termin bei Isabelle Cantalloube angefragt hatte, was diese uns zunächst verschwiegen hat. Dass schon einmal ein Verfahren gegen sie lief, macht sie auch nicht gerade unverdächtig.«

»Was sollen wir also tun?«, fragte Lautner.

»Es wird höchste Zeit, dass ich mich ausführlich mit Moreau unterhalte. Nicht beim Bier abends in der Männerrunde, sondern im Rahmen eines offiziellen Besuchs auf seinem Weingut. Ich werde ihm wegen Isabelle Cantalloube auf den Zahn fühlen und seine eigene Rolle ausloten. Und auch über das Gut Hauenstein werde ich mit ihm sprechen. Das schiebe ich nicht länger auf, sondern fahre gleich hin.«

»Und ich?« Lautner sah ihn mit hochgezogenen Schultern ratlos an.

»Sie stellen mir ein Dossier über den Tod von Sophie Hauenstein im Herbst 1945 zusammen.«

»Aber ich weiß so gut wie nichts darüber, denn bei diesem Thema bleiben die Lippen der Rebenheimer verschlossen. Ich habe es Ihnen ja gestern Abend schon gesagt: Über diese Zeiten spricht niemand gern.«

Jules ließ sich nicht erweichen. »Machen Sie sich schlau«, ordnete er an. »Auch wenn es kurz nach dem Krieg war, müsste es trotzdem ein paar polizeiliche Unterlagen geben, oder? Ich brauche so viele Details darüber wie nur möglich.«

Lautner stieß einen tiefen Seufzer aus. »Das hört sich schon wieder nach Überstunden an. Und das an einem Freitag.«

»Während einer Mordermittlung gehört das nun mal dazu. Außerdem ist der Tag noch jung. Wenn Sie Ihre Pause heute ausnahmsweise von zwei auf eine Stunde verkürzen, schaffen Sie es locker in der regulären Arbeitszeit«, sagte Jules und zwinkerte dem Adjutanten anspornend zu.

Obwohl sich das Wetter von seiner besten Seite zeigte, die Sonne spätsommerlich warm von einem fast wolkenlosen Himmel schien und sich die angenehm weiche Luft von einem leichten Wind tragen ließ, widerstand Jules dem Verlangen, sich abermals aufs Rad zu setzen. Für den unangekündigten Besuch bei einem der einflussreichsten, wenn nicht *dem* einflussreichsten Mann der Stadt wollte er so offiziell und amtlich wie nur möglich in Erscheinung treten. Deshalb vergewisserte sich Jules vom tadellosen Zustand seiner Uniform, bevor er sich hinters Steuer des Dienst-Renaults setzte und zum Weingut von Robert Moreau fuhr.

Das Anwesen lag wenige Autominuten vor den Stadtmauern und bot ein völlig anderes Bild als der Hauensteinsche Hof. Der Weinberg wirkte akkurat gepflegt, die Rebstöcke in ihrem Wuchs durch Drahtrahmenspaliere diszipliniert. Das Gras auf den Erntewegen, über die zwei Schmalspurschlepper mit Maischetankanhängern tuckerten, war so kurz, als wäre es gerade erst gemäht worden. Alles schien perfekt, von jedem Störfaktor befreit. An den Feldrändern konnte Jules im Vorbeifahren keinen einzigen Unkrauthalm entdecken.

Eine breite Zufahrt, ebenfalls bestens in Schuss, führte zur Kelterei, einem großzügigen modernen Gebäudekomplex, dessen Fassade typische Stilelemente der Region aufgriff. Das schön anzusehende Fachwerk diente lediglich der Optik und hatte keinerlei tragende Funktion. Dahinter ragten silbern glänzende Silos auf. Ein gläserner Pavillon beherbergte die *cave vinicole*, den Verkauf direkt vom Erzeuger. Jules ließ den Polizeiwagen auf dem weißen Kies des Vorplatzes ausrollen und erkundigte sich im Pavillon nach dem Hausherrn.

»Haben Sie einen Termin?«, fragte eine brünette Pariser Schönheit mit fein manikürten Händen und perfekt aufgetragenem Make-up, die hinter der Kasse stand.

»Den brauche ich nicht«, sagte Jules und tippte sich an den Schirm seines *képi*. Den Dienstausweis zu zeigen, hielt er für überflüssig.

Die junge Dame nickte dienstbeflissen und griff zum Telefonhörer. »Monsieur Moreau steht Ihnen gleich zur Verfügung«, sagte sie flötend, nachdem sie ihr kurzes Telefonat beendet hatte.

Jules nickte ihr dankend zu und schaute sich in dem Verkaufsraum um. Abgesehen von hohen Regalen mit Weinkartons und einer Degustationsecke bot Moreau seinen Kunden vielerlei weitere heimische Produkte. Jules entdeckte Rieslingkonfitüre und Weißweindragees, verschiedenste Weinbrände, Weinessig und Traubensaft. Es gab *chocolats* mit Alkoholfüllung und Kakaoriegel mit Traubenstückchen. Daneben Rosinen pur, eingebacken im Kuchen oder als Mandel-Nuss-Mix.

»Wie ist er denn so, Ihr Chef?«, fragte Jules wie beiläufig, als er nach seinem kurzen Rundgang wieder an der Kasse vorbeikam.

Die Kassiererin, deren intensives Parfüm den allgegenwärtigen Weindunst locker überspielte, zupfte ihr marineblaues Jäckchen zurecht. »Wie meinen Sie?«

»Genau wie ich es gefragt habe. Ist Monsieur Moreau in Ordnung? Kann man mit ihm auskommen?«

Die Frau, deren Namensschildchen sie als M. Laubner auswies, lächelte verlegen. Dann fand sie eine Antwort, die diplomatischer nicht hätte ausfallen können. »Monsieur Moreau ist der beste Arbeitgeber, den man sich in Rebenheim wünschen kann.«

Darauf hatte Jules nicht hinausgewollt. Ihn interessierte vielmehr die persönliche Seite Moreaus. Wie war er als Mensch? Wie tickte er? »Ein guter Arbeitgeber, sagen Sie. Auch ein strenger Arbeitgeber?«

»Er ist …« Mademoiselle Laubner dachte einen Moment nach, bevor sie ein treffendes Wort gefunden zu haben schien. »… gerecht.«

»Gerecht im Sinne von?«, fragte Jules und kostete eine Praline, die in einem silbernen Probierschälchen lag. Er biss zu und schmeckte die hochprozentige Füllung, die gleichzeitig scharf und samtweich seine Kehle hinabrann. Er tippte auf einen Traubenbrand.

»Monsieur Moreaus Erwartungen sind hoch, aber der Lohn ist es auch«, wurde die junge Frau ein wenig zutraulicher. »Ich habe vorher in der *boutique* Miguel in der Rue des Vosges gearbeitet. Schöne Klamotten, und wir Angestellten bekamen sogar Rabatt. Aber unterm Strich hat es sich nicht ausgezahlt. Monsieur Moreau hat mich vor drei Monaten abgeworben, und ich habe es nicht bereut. Wenn man Leistung zeigt, wird man dafür von ihm belohnt.«

Das hörte sich in Jules' Ohren nicht nach einem Schinder an. Dem großspurigen Auftreten zum Trotz besaß Moreau offenbar seine Qualitäten als fairer Arbeitgeber. Darauf deutete der perfekte Zustand seines Betriebs ebenso hin wie der aufrichtige Respekt seiner Angestellten. Jules beschloss daher, ihm möglichst unvoreingenommen gegenüberzutreten, wenn er ihn gleich treffen würde.

Keine halbe Minute später war es so weit. Robert Moreau, wie üblich im rustikalen Landhausstil gekleidet, kam mit ausgestreckter Hand auf Jules zu. Seine Augen waren von milder Schärfe und die Haut rosig. Man konnte die Qualität seiner Weine daran ablesen. »Mein lieber Major Gabin, was verschafft mir die Ehre?«, fragte er. Er legte seinen Arm um Jules' Schulter, als wären sie die besten Freunde, und lotste ihn schnellen Schrittes aus dem Pavillon.

»Nun? Was führt Sie zu mir?«, fragte Moreau mit jener bestimmten Freundlichkeit, die Jules bereits von ihm kannte. Doch obwohl sich Moreau um gute Stimmung bemühte, spürte Jules, dass er nicht willkommen war.

»Die laufenden Ermittlungen«, hielt er sich zunächst bewusst allgemein, um die Reaktion des anderen beobachten zu können.

»Sind Sie meinem Hinweis nachgegangen?« Moreau sah ihn kurz an, wartete aber keine Antwort ab. Stattdessen drückte er die Klinke eines Tores, hinter dem eine steinerne Treppe hinabführte. Im Gegensatz zu dem modernen Gebäude wirkten die Stufen alt und abgenutzt. »Begleiten Sie mich in den Weinkeller«, bestimmte Moreau. »Er wurde von meinem Ururgroßvater angelegt und ist im Original erhalten, abgesehen vom zeitgemäßen Equipment, das nachgerüstet wurde.« Alles oberhalb der Erde sei dagegen neu, erklärte Moreau. Den Pavillon gebe es erst seit zwei Jahren. »Aber auch da haben wir mit Augenmaß gearbeitet und großen Wert auf ein harmonisches Verhältnis zwischen Alt und Neu gelegt. Wir fühlen uns der Tradition verpflichtet.«

Die Stiege führte sie bis vor ein weiteres Tor aus stabilen Eichenholzbohlen, deren nachgedunkelte Patina ebenso von der langen Nutzungszeit des Kellers kündete wie das eisenbeschlagene Schloss. Moreau hantierte mit einem imponierenden Schlüssel und zog das

Tor auf. Ein kühler, feuchtigkeitsgeschwängerter Luftzug schlug ihnen entgegen. Er trug die typische süßliche Note eines Weinlagers mit sich. Jules trat ein und war beeindruckt. Er betrachtete den von natursteinernen Säulen und Bögen getragenen Gewölbekeller, dessen beachtliche Größe sich ihm erst allmählich erschloss. Zunächst fiel sein Blick auf eine Reihe mannshoher hölzerner Lagerfässer, die durch verborgen angebrachte Spots stimmungsvoll ausgeleuchtet wurden. Neben den Großfässern reihten sich etliche kleinere Versionen aneinander, die ebenfalls geschickt ins rechte Licht gerückt wurden. Weiter hinten, vom Halbdunkel fast verschluckt, erahnte Jules einige voluminöse Edelstahlbehälter, ein Tribut an die Moderne.

Er wandte sich um und entdeckte hinter Moreaus stolz geschwellter Brust das erste von vielleicht fünfzehn oder zwanzig raumhohen Flaschengestellen. Hier ruhten mehrere Hundert, wenn nicht Tausend der grünen, bauchigen Flaschen, die Moreau in seinem halb automatischen Rundfüller hatte aufziehen und mit Naturkorken verschließen lassen. Die dafür notwendigen Apparaturen erkannte Jules neben einem Tisch mit den Qualitätsprüfgeräten des Weinküfers.

»Ihnen ist die große Anzahl von Holzfässern sicher nicht entgangen«, meinte Moreau. »In ihnen vollziehen die Weine ihren natürlichen Reifeprozess und werden erst ganz am Schluss in die Stahltanks umgefüllt. Der Bruchsteinkeller trägt seinen Teil zur Abrundung bei, denn er atmet genau, wie es die Fässer tun.« Er führte Jules zum Flaschenlager und schwärmte von seinen Erzeugnissen wie von einer Geliebten. »Alles, was Sie hier sehen, riechen und schmecken, ist Riesling. Fünf verschiedene Sorten bekommen Sie bei mir, und sie munden, als kämen sie aus völlig unterschiedlichen Regionen. Denn Sie müssen wissen: Der Riesling ist mit seinem schlanken Körper und der zurückhaltenden Frucht ein idealer Träger für Mineralstoffe. Damit lässt sich der Charakter einzelner Lagen exzellent herausarbeiten.«

Er nahm eine Flasche zur Hand und strich geradezu zärtlich über das Etikett. »Ich verwöhne meinen Riesling von Anfang an. Er gedeiht auf den bestgelegenen Sonnenhängen, wobei der kühle Fallwind aus den Vogesen für den notwendigen Temperaturausgleich im Hochsommer sorgt. Dieses ganz besondere Klima, der Boden, die Pflege und die Reife machen meinen Riesling zu dem, was er ist: mineralisch-komplex, aber nicht fett, rassig, aber nicht pompös, tänzerisch, aber nicht polternd.« Er zog die buschigen Brauen nach oben, sah Jules in die Augen und fragte: »Lust auf eine kleine Degustation?«

Jules lehnte ab. »Ihr Herz hängt am Weinbau, das habe ich verstanden«, sagte er kühl und machte damit deutlich, dass er sich nicht von der Schwärmerei des anderen anstecken lassen würde. »Ich frage mich, weshalb Sie auf dem Hauensteinschen Grund einen Hotelkomplex hochziehen wollen, anstatt den Weinberg seinem eigentlichen Zweck dienen zu lassen. Sie könnten die Reben Ihren eigenen zuschlagen und damit den Ertrag erhöhen.«

Moreau drapierte die Flasche vorsichtig dort, wo er sie herausgenommen hatte. »Sie meinen, ich sollte die alten Parzellen entbuschen und neu bestocken?« Er schüttelte den Kopf. »Das wäre ein Ausdruck nostalgischer Liebhaberei, aber gewiss kein gutes Geschäft. Der Hof ist zu klein für einen wirtschaftlich sinnvollen Betrieb, aber als Bauland taugt das Gelände allemal. Davon abgesehen ist der Weinbau an sich zwar eine schöne Sache – die schönste der Welt sogar, würde ich meinen. Doch die Margen schrumpfen kontinuierlich. Uns Weinbauern weht ein kräftiger Wind entgegen, seit die Billighersteller aus Australien und Kalifornien verstärkt auf den Markt drängen. Anfangs hat das ja mehr die Rotweinfraktion getroffen, mittlerweile bekommen aber auch wir den Kostendruck zu spüren.«

»Ist das nicht eher ein Problem für die kleineren Betriebe, die besonders viel Arbeit und Zeit in ihre Qualitätsweine stecken, aber keine Masse liefern können?«, wunderte sich Jules, der kaum Ahnung von den wirtschaftlichen Aspekten des Weinbaus hatte.

»Ob klein, ob groß: Am Ende sitzen wir alle in einem Boot. Ist Ihnen klar, dass unsere Gewinne in den letzten zehn Jahren um mehr als ein Drittel zurückgegangen sind? Und Subventionen gibt es so gut wie keine mehr für uns. Eine Farce, wenn man bedenkt, dass ganz in der Nähe im Strasbourger Parlament diejenigen Politiker sitzen, die es in der Hand hätten, uns mit dem nötigen Kleingeld auszustatten.«

»Daher Ihr zweites Standbein mit der Hotellerie«, begriff Jules.

»Richtig. Mit dem Weinbau allein wird man hier nicht mehr glücklich. Die ganze Branche, ja, wir alle müssen umdenken. Ich sehe mich da in der Funktion des Vorreiters.«

»Das Hotelgeschäft gilt aber auch nicht gerade als krisenfestes Gewerbe. Es sei denn, Sie können für einen verlässlichen Zufluss von Gästen sorgen«, meinte Jules und fügte nach einer bewussten Pause hinzu: »Sie können von Glück reden, dass Sie mit Isabelle Cantalloube eine so fleißige Werberin in Sachen Tourismus an Ihrer Seite haben. Sie wird dafür sorgen, dass Ihre Gästebetten nicht leer bleiben, nicht wahr?«

Moreaus Augen verengten sich, doch nur kurz, dann fand er seinen überlegenen Ausdruck wieder. »Sie haben Ihre Hausaufgaben gemacht, Major. Kompliment! Ich kann mir denken, worauf Sie anspielen, und ich will es überhaupt nicht abstreiten. Ja, ich habe dafür gesorgt, dass Madame Cantalloube ihren Job hier bei uns in Rebenheim bekommen hat. Ich habe mich für sie ins Zeug gelegt, weil ich von ihrer Kompetenz überzeugt bin und ich es aus eigenem Interesse verhindern musste, dass an ihrer Stelle irgendein Stümper das Tourismusamt übernommen hätte. Und ich sage Ihnen noch eines, egal, was man von ihrer exaltierten Art halten mag, haben wir mit Isabelle Cantalloube die richtige Wahl getroffen. Niemals zuvor konnten wir so gute Zahlen im Fremdenverkehr vorweisen! Das kommt nicht nur mir zugute, sondern jedem Gastwirt, Bäcker, Metzger, Souvenirverkäufer und auch Clotilde, Ihrer Zimmerwirtin.«

Jules holte seinen Notizblock hervor und blätterte darin herum, als würde er nach etwas Speziellem suchen. In Wahrheit diente diese Beschäftigung nur dazu, Moreau ein wenig schmoren zu lassen, bevor er die nächste Frage anbrachte. »Wissen Sie von Madame Cantalloubes Vorleben? Haben Sie Kenntnis von dem Ermittlungsverfahren, das gegen sie lief?«

Moreau räusperte sich laut. »Ein alter Hut«.

»Sie waren also darüber informiert, als Sie Madame Cantalloubes Namen für die Stellenbesetzung ins Spiel gebracht hatten?«

»Isabelle hatte eine Dummheit begangen und es bereut«, sagte er ungehalten. »Sie hat aus ihrem Fehler gelernt und dafür bezahlt. Dabei sollte man es bewenden lassen. Jeder Mensch hat eine zweite Chance verdient.«

»Unterschlagung ist kein Kavaliersdelikt.«

Moreau kämpfte seinen Zorn nieder, indem er tief durchatmete. »Mein lieber Major Gabin. Nennen Sie mir einen Menschen, dem kein Makel anhaftet. Ich erlebe Isabelle Cantalloube Tag für Tag als fleißige, zuverlässige und loyale Amtsleiterin. Auch ihre Buchhaltung ist in Ordnung, darauf wird sie selbst am meisten achten. Was haben wir also davon, wenn wir ein schwarzes Kapitel aus ihrer Vergangenheit öffentlich machen und sie auf diese Weise an den Pranger stellen? Damit würden wir sie höchstwahrscheinlich um ihren Job bringen.«

»So etwas liegt mir fern«, betonte Jules. »Aber was wäre, wenn das jemand anderes vorgehabt hätte?«

Moreau stutzte, begann aber schnell zu begreifen. »Sie reden von der toten Journalistin, von Zoé Lefèvre.«

»Richtig. Halten Sie es für möglich, dass Zoé dieses schwarze Kapitel, wie Sie es nennen, aufdeckte und vorhatte, es für eine Zeitungsstory zu verarbeiten?«

»Nein. Und wenn schon. Isabelle hätte ihr deswegen gewiss nicht den Schädel zertrümmert.«

Auch in Jules' Augen stellte der lang zurückliegende Fehltritt der Cantalloube nur ein sehr schwaches Mordmotiv dar. Dennoch brachte er eine weitere Frage in dieser Richtung an. »Womöglich hatte das Opfer am Todestag einen Termin mit Madame Cantalloube vereinbart. Können Sie mir darüber etwas sagen?«

Moreau zögerte erneut. »Nein, darüber ist mir nichts bekannt. Aber wenn es zutrifft, gibt es sicher eine plausible Erklärung dafür. Vielleicht ging es um einen Vorbericht zum Weinfest. Haben Sie schon mit Isabelle Cantalloube darüber gesprochen?«

Ein Termin wegen des Weinfestes? Auf die gleiche Lösung hatte Adjutant Lautner getippt, dachte Jules. Vielleicht war es tatsächlich so harmlos. Doch weshalb hatte Isabelle Cantalloube ihre Verabredung mit Zoé unerwähnt gelassen? Weil sie sie für nicht wichtig befunden hatte? Oder hatte sie diese Information ganz bewusst zurückgehalten?

»Nein, ich möchte mich zunächst in ihrem Umfeld umhören«, antwortete Jules auf Moreaus Frage.

Dieser schnaubte verstimmt. »Das haben Sie jetzt ja getan. Wenn Sie keine weiteren Fragen an mich haben, möchte ich mich wieder an die Arbeit machen. Es ist Lesezeit, da gibt es viel zu tun.« Moreau machte einen großen Schritt auf das Tor zu. »Sollte wider Erwarten noch etwas anliegen, können wir das ja heute Abend in der *brasserie* klären.«

Jules hielt ihn zurück. »Auf ein Wort zu Ihrem Hinweis, was den anderen Todesfall anbelangt. Lino hat mich inzwischen in Kenntnis gesetzt. Die Parallelen sind bemerkenswert. Können Sie sich einen Reim darauf machen?«

»Im Reimen war ich noch nie gut«, gab Moreau flapsig zurück und stieß die schwere Holztür auf. »Nein, dazu fällt mir nichts weiter ein.«

»Wirklich gar nichts? Immerhin waren Sie es, der mich darauf gebracht hat.«

»Sie sind der Profi, Major. Sie müssen selbst herausfinden, ob wir es mit einem Psychopathen zu tun haben, der alte Morde nachstellt, oder ob es doch bloß ein seltsamer Zufall war.«

»Ein Trittbrettfahrer hätte das Opfer konsequenterweise auch vergewaltigen müssen, wie es bei der Tat von 1945 der Fall gewesen war. Außerdem handelt dieser Typus von Täter meist zeitnah nach seinem Vorbild, was in unserem Fall auszuschließen ist.«

»Mit mehr Möglichkeiten kann ich leider nicht dienen«, sagte Moreau und entzog sich Jules mit einer angedeuteten Verbeugung.

Der alarmierte Gesichtsausdruck von Charlotte Regnier hätte ihm Warnung genug sein müssen. Doch Jules hing nach dem wenig erquicklichen Gespräch mit Robert Moreau so sehr seinen Gedanken nach, dass er alle Anzeichen übersah und, ohne ein Wort mit der Assistentin zu wechseln, in sein Büro marschierte. Dort erstarrte er zur Salzsäule. Auf seinem Stuhl hatte es sich bereits jemand anderes bequem gemacht.

»Jo-an-na?«, stammelte er.

Die Untersuchungsrichterin hatte die Beine übereinandergeschlagen und sich zurückgelehnt. Sie trug ein perfekt sitzendes, kakaobraunes Kostüm, das einen starken Kontrast zu ihrem hellen Haar bildete. Ihr Handtäschchen lag besitzergreifend mitten auf Jules' Schreibtisch. Ihre Lippen bildeten einen geraden Strich, die Augen wirkten kühl und sachlich.

»Ich wünsche einen Bericht, Major«, sagte sie so trocken und förmlich, als hätte der vorletzte Abend nie stattgefunden. »Die Beweislage gegen Robin wird von Stunde zu Stunde dünner, wenn man überhaupt von Beweis sprechen kann. Es sind allerhöchstens Indizien, die du gesammelt hast.« Sie ließ ihre Worte fünf lange Sekunden wirken, bevor sie zwei Fragen auf Jules abschoss: »Wer gehört zum Kreis der sonstigen Verdächtigen? Welche Fortschritte in den Ermittlungen gibt es?«

Jules kam der Gedanke, dass sich Joanna einen Scherz mit ihm erlaubte. Doch da sie keine Miene verzog und er ja schon einiges über sie gehört hatte, wollte er Vorsicht walten lassen. Möglichst ausführlich und völlig wertneutral berichtete er von den neuen Erkenntnissen über die Tourismusamtschefin und den Sachstand über den Mordfall aus dem Jahr 1945.

»Ich sehe bislang zwar keinen unmittelbaren Zusammenhang, für einen reinen Zufall erscheinen mir die Ähnlichkeiten aber zu groß zu sein«, begründete Jules sein Interesse an der alten Geschichte.

Von diesem Fall hatte Joanna beiläufig ebenfalls schon gehört, aber das sei ja ein Tabuthema im Ort. Sie könne sich gut vorstellen, dass Linos Vater als zuständiger Landgendarm seinerzeit nicht vorschriftsmäßig ermittelt hatte, um einen oder mehrere Freunde zu schützen. Dafür gebe es gute Gründe. »Hier sind ja mehr oder weniger alle miteinander verwandt oder verschwägert. Da haut man sich nicht gegenseitig in die Pfanne«, fasste sie treffend zusammen und ließ erstmals in ihrem Gespräch ein minimales Lächeln erkennen. Aber nur ganz kurz, denn streng fuhr sie fort: »Die Ermittlungen müssen schneller und effizienter laufen, notfalls muss der Druck erhöht werden.«

Der Druck auf wen?, fragte sich Jules. Etwa auf ihn selbst?

Doch Joanna war noch nicht fertig.

»Einen ungeklärten Mord in einer ausgewiesenen Touristengegend braucht kein Mensch. Es ist nur eine Frage der Zeit, bis sich die Politik einmischt, was sich keiner von uns wünscht. Daher sollte baldmöglichst ein Schlussstrich unter diese Sache gezogen werden.« Sie sah an Jules vorbei, als sie spitz hinzufügte: »Wenn du glaubst, dass dir der Fall über den Kopf wächst, muss ich ihn eben in andere Hände legen.«

Das saß! Obwohl er sich auf der Abschussliste der Richterin wähnte, konnte er sich eine scharfzüngige Bemerkung nicht verkneifen. »Wirklich schade, dass wir Robin nichts nachweisen können. Er hätte wahrlich den perfekten Sündenbock abgegeben.« Er griff nach Joannas Handtasche, hob sie an und setzte sie auf dem Boden neben dem Schreibtisch ab. »Der Fall wächst mir nicht über den Kopf«, stellte er klar. »Du brauchst dir weder einen anderen Gendarm dafür suchen noch die Police nationale einschalten. Wir haben alles im Griff.«

Jules schnippte mit dem Finger und rief damit Kieffer und Lautner auf den Plan, die bis eben verlegen im Türrahmen gestanden und stumm gelauscht hatten. »Wir werden uns auf den umliegenden Höfen umhören, um festzustellen, ob am Tag der Tat etwas Ungewöhnliches beobachtet wurde oder sich jemand im Umfeld des Hauenstein-Geländes aufgehalten hat. Kieffer, Sie übernehmen das.«

»Das Hauensteinsche Gut liegt zwar verkehrsgünstig, aber recht einsam. Die nächsten Nachbarn leben etliche Hundert Meter entfernt. Ob das Herumfragen da viel Sinn hat ...«, wandte der Angesprochene ein.

»Versuchen Sie es!«, bestimmte Jules. »Und Sie, Lautner, gehen schnurstracks ins Archiv!«

»Bitte ... was?«, fragte der Adjutant wenig begeistert.

»Auch wenn alle meinen, dass längst Gras über die Sache gewachsen ist, will ich mehr über diesen Mord von 1945 wissen. Graben Sie die Akte aus, und checken Sie die Namen aus den Verhörprotokollen. Filtern Sie mögliche Querverbindungen zu den Alteingesessenen heraus. Und besorgen Sie mir Fakten über die damalige Rechtslage. Ich muss wissen, wie die Übernahme des Elsass gelaufen ist und was mit den deutschstämmigen Einwohnern passierte.«

»Sehr heikel«, warf Joanna ein, »denn das geht schnell ins Politische.« Sie schnappte sich ihre Tasche und räumte Jules' Platz. »Ich bin nicht gerade überzeugt von deiner Taktik, gebe aber mein Einverständnis. Ich erwarte noch heute den nächsten Zwischenstand.« Die Verabschiedung fiel ebenso unterkühlt aus wie das gesamte Gespräch. Joanna reichte ihre schmale Hand, nickte Jules mit ausdrucksloser Miene zu und stöckelte hocherhobenen Hauptes aus dem Raum.

Ein Abgang, der Jules ziemlich ratlos zurückließ. Warum behandelte sie ihn so unfreundlich, ja, geradezu herablassend? Natürlich zog er in Erwägung, dass der Dorfklatsch über Joanna zutraf und sie ihn piesackte, weil er nicht auf ihr Angebot von vorgestern eingestiegen war. Er fragte sich aber auch, ob sie sich genauso zugeknöpft gegeben hätte, wenn Lautner nicht die ganze Zeit über im Hintergrund gewartet hätte. Vielleicht, so seine stille Hoffnung, wollte sie nur den Schein wahren. Sie spielte die unnahbare Vorgesetzte, um nur ja nicht den Eindruck von zu viel Nähe und Vertrautheit mit dem neuen Chefgendarm aufkommen zu lassen.

Bis zu seinem nächsten Vier-Augen-Gespräch mit Joanna konnte er bloß spekulieren, und das führte zu nichts, dachte Jules. Deshalb gab er sich einen Ruck und trieb seine Männer an. »Also los, meine Herren, worauf warten Sie noch?«

Kieffer salutierte und kam der Aufforderung nach. In leichtem Trab verließ er das Büro. Nicht jedoch der Adjutant. »Aber der Dachboden ist staubig und das Archiv schlecht sortiert«, suchte Lautner nach einer Ausflucht.

»Dann nehmen Sie einen Staubwedel mit«, empfahl Jules.

Lautner fiel noch ein weiterer Grund dafür ein, Zeit zu schinden. »Ich habe eine Information für Sie, die wichtig sein könnte.«

Jules verdrehte die Augen. Wie viele Ausflüchte wollte sich der Adjutant denn noch einfallen lassen? »Na schön«, sagte er ungeduldig. »Schießen Sie los.«

»Madame Cantalloube hat vorhin angerufen. Kurz bevor Sie von Moreaus Weingut zurückkamen. Es klang dringend.«

»Madame Cantalloube? Und es war dringend? Warum haben Sie das nicht eher gesagt?«, brauste Jules auf.

»Ich bin ja nicht zu Wort gekommen, solange Mademoiselle Laffargue hier war.«

»Ja, ja, schon gut«, beruhigte sich Jules. »Was wollte sie denn?«

»Mit Ihnen sprechen. Ich habe ihr mitgeteilt, dass Sie nicht da sind.«

»Hat sie gesagt, worum es geht?«

»Nein, das wollte sie nur mit Ihnen persönlich bereden«, erläuterte Lautner und wirkte leicht pikiert über diese Zurücksetzung seiner Person. »Sie sollen sie so bald wie möglich zurückrufen. Ich musste ihr versprechen, dass ich Ihnen das ausrichte. Bis fünf ist sie in ihrem Büro erreichbar.«

»Also gut«, meinte Jules und griff zum Telefonhörer. Die Nummer des *office de tourisme* las er von einem Tischkalender ab, den ihm sein Vorgänger hinterlassen hatte. Er lauschte dem Freizeichen und wartete. Jules zweifelte stark daran, dass Isabelle Cantalloube aus freien Stücken mit einer wesentlichen Information für ihn aufwarten würde. Dass sie ihm von dem Ermittlungsverfahren gegen sie berichten würde, hielt er für ebenso abwegig wie die plötzliche Erkenntnis, dass sie sich entgegen ihrer ersten Aussage doch mit Zoé getroffen hatte. Nein, nein, dachte Jules, diese ganz und gar auf sich und ihre Mission fixierte Frau würde sich gewiss nicht selbst belasten. Schon eher würde es ihr um die nächste Beschwerde gehen. Vielleicht drohte mal wieder jemand mit einer Baustelle, oder sie hatte einen weiteren tourismusschädlichen Zeitungsartikel aufgestöbert.

»Nimmt sie nicht ab?«, riss Lautner ihn aus seinen Gedanken.

»Nein.«

»Seltsam. Sonst geht sie spätestens nach dem zweiten Freizeichen dran.«

»Vielleicht führt sie gerade ein Kundengespräch.

Oder sie hat heute früher Schluss gemacht«, mutmaßte Jules.

»Das würde ihr überhaupt nicht ähnlich sehen.«

Jules legte auf. Gleichzeitig mit Lautner trat er ans Fenster und sah hinaus auf den Place Turenne. Ihnen direkt gegenüber lag das schmucke Haus der Touristikzentrale halb im Schatten einer Edelkastanie.

»Der Kundenstopper steht vor der Tür. Den holt sie normalerweise rein, bevor sie zumacht«, wusste Lautner. »Dann hat sie wohl doch jemanden da. Oder ist vielleicht nur schnell auf Toilette.«

Jules fixierte den Eingangsbereich des Tourismusbüros, wobei ihn ein ungutes Gefühl befiel. »Sie sagte, dass sie mich dringend sprechen müsste?«, vergewisserte er sich.

»Ja. Sie klang ziemlich nachdrücklich.«

»Dann sollten wir auf Nummer sicher gehen«, befand Jules. »Kommen Sie, wir schauen drüben mal nach dem Rechten.«

Ohne zu rennen, doch mit zügigem Tempo überquerten sie den Marktplatz, wobei Lautner einer älteren Dame mit Hund und zwei Jugendlichen, die mit gelangweilten Gesichtern am Brunnen lehnten, grüßend zuwinkte. Als sie vor der gläsernen Tür des *office de tourisme* ankamen, hielt Jules inne. Zunächst blickte er von außen durch die Scheibe und fand das modern eingerichtete und mit zahlreichen großformatigen Landschaftsfotos ausstaffierte Büro menschenleer vor. Er war angespannt und auf der Hut, als er die Tür vorsichtig aufzog und an der Seite des Adjutanten hineinging. Ihr Eintreten löste einen melodisch klingelnden Signalton aus. Doch nichts tat sich.

»Madame Cantalloube?«, machte sich Jules bemerkbar. Er trat näher an einen geschwungenen Tresen, an den sich ein Hinterzimmer anschloss. »Ich bin es, Major Gabin. Sind Sie da?«

Wieder blieb es still. Jules sah Lautner besorgt an und gab ihm ein Zeichen, zurückzubleiben. Er selbst umrundete den ausladenden Tresen. Als er seinen Blick nach unten richtete, schien ihm das Blut in den Adern zu gefrieren.

»Mein Gott«, murmelte er erschüttert. Das Bild, das sich ihm bot, war so entsetzlich, dass er instinktiv die Hand vor seinen Mund presste.

»Was ist passiert?«, fragte Lautner panisch. Im nächsten Moment stand er neben seinem Chef und wiederholte dessen emotionale Geste. »Furchtbar«, stammelte er.

Isabelle Cantalloube lag mit ausgestreckten Armen und Beinen bäuchlings auf dem Boden. Ihr Kopf, vom wilden Haar umsäumt, war zur Seite geneigt, das Gesicht vor Schmerz entstellt. Blut rann aus einer großen Kopfwunde über Stirn und Wangen und sammelte sich in einer dunklen Lache auf dem Boden. Auch die Rückseite des Tresens und die Wand waren voller Blutspritzer. Wie nach einer Schlacht, einem Gemetzel, durchfuhr es Jules.

Das grausige Bild der blutüberströmten Touristikchefin zog Jules in seinen Bann. Es kostete ihn einigen Willen, um sich davon loszureißen und sich umzusehen. Denn so schwer es in dieser Situation auch fiel, so musste er doch das nähere Umfeld erkunden. Als potenzielle Tatwaffe identifizierte er eine Art Pokal, wohl eine Touristik-Trophäe, mit schwerem marmornem Fuß. Er lag einen knappen Meter vom Kopf des Opfers entfernt und war verklebt mit Blut und Haaren.

»Mein Gott«, hauchte Lautner, »wer hat das bloß getan? Wer hatte einen Grund, Madame Cantalloube umzubringen?«

Jules wusste es genauso wenig wie er, denn schließlich zählte sie ja selbst zu seinen Verdächtigen. Dass nun auch sie zum Opfer geworden war, kam für ihn völlig überraschend. »Ich habe mit nichts Gutem gerechnet, nachdem sich Madame Cantalloube am Telefon nicht meldete. Aber dass es so schlimm kommen würde …«

»Ich mache mir schreckliche Vorwürfe«, meinte Lautner, der betreten an seiner Seite stand. »Hätte ich bloß früher von ihrem Anruf erzählt.«

»Dann wären wir wahrscheinlich trotzdem zu spät gekommen«, befand Jules, der keine Schuld bei seinem Adjutanten sah.

Nachdem er den Raum erfolglos nach sichtbaren Spuren des Täters abgesucht hatte und der anfängliche Schreck überwunden war, ließ sich Jules neben dem Opfer nieder. Er betrachtete eingehend die klaffende Kopfwunde – und stutzte. Als er genau hinsah, bemerkte er, dass der Blutfluss noch nicht versiegt war. Er beugte sich tiefer und meinte, ein leises, rasselndes Atmen zu hören.

Mahnend erhob er die Hand: »Gehen Sie ans Telefon!«, wies er Lautner an. »Rufen Sie den Notdienst! Sofort! Ich glaube, sie lebt!«

Jules wartete, bis Isabelle Cantalloube vom Notarzt erstversorgt und abtransportiert worden war, sodass die Kollegen der Spurensicherung den Tatort übernehmen konnten. Auch Joanna Laffargue war mittlerweile informiert.

Lautner hörte sich bei den Jugendlichen am Brunnen um, kehrte aber kurz darauf mit einem mageren Ergebnis zurück. Die beiden hätten nichts Ungewöhnliches beobachtet, berichtete er. Heute sei kaum etwas los gewesen auf dem Markt, und es hätte sich kein Tourist blicken lassen. Der Einzige, den die Kids aus dem Touristikbüro kommen sahen, sei Reporter Le Claire gewesen.

»Le Claire?« Jules überlegte, was das zu bedeuten hatte. Vielleicht gar nichts, vielleicht aber doch. »Das ist besser als nichts«, meinte er schließlich und erteilte Lautner die Anweisung, die Schaulustigen auf Abstand zum *office de tourisme* zu halten. Er selbst werde derweil Vincent le Claire aufsuchen.

Diesen vermutete Jules in der Redaktion, die er allerdings menschenleer vorfand. Zwar war nicht abgeschlossen, doch die Deckenleuchten brannten nicht mehr, und der Platz der Sekretärin war unbesetzt. Jules, schon halb im Raum stehend, klopfte gegen den Türrahmen. Als keine Reaktion erfolgte, ging er langsam durch die Redaktion. Auf den Schreibtischen stapelten sich Ausdrucke und Fotoprints. Halb geleerte Kaffeetassen und welke Blumen kündeten davon, dass sich hier niemand die Zeit nahm, um Ordnung zu halten oder es Le Claire und den wenigen Mitarbeitern seines Provinzblatts schlichtweg egal war.

Am Arbeitsplatz des Redaktionsleiters verharrte Jules. Auch ohne die verstreuten Unterlagen zu durchstöbern oder gar in Schubladen nachzusehen, was ihm beides nicht gestattet war, erkannte er auf den ersten Blick Le Claires Prioritäten. Mehrere Bilder von Zoé Lefèvre waren wie ein Kartenspiel drapiert worden. Die Aufnahmen, die die Volontärin in unterschiedlichen Posen zeigten, hatte Le Claire offenbar selbst angefertigt. Dafür sprach die Offenherzigkeit, mit der Zoé vor dem Objektiv kokettiert hatte. Einem Fremden gegenüber hätte sie sich gewiss verschlossener gezeigt, mutmaßte Jules.

Er wollte sich die Fotos näher ansehen, als er aufhorchte. Ein leises Plätschern erregte seine Aufmerksamkeit. Es kam aus einem Nebenzimmer. Hinter der Milchglasscheibe einer Tür zeichnete sich eine menschliche Silhouette ab. Jules löste sich von der Bildersammlung auf dem Schreibtisch, pochte gegen die Tür und stieß sie im gleichen Moment auf.

Damit jagte er Vincent Le Claire, der bis eben über ein Waschbecken gebeugt gestanden hatte, einen ordentlichen Schrecken ein. Er zuckte heftig zusammen und ließ einen Lappen fallen, mit dem er an seinem Hemd und seiner Hose gerieben hatte.

»Herrgott!«, rief er und starrte Jules an. Sein Gesicht war krebsrot, die Haare zerzaust. »Sie haben mir eine Heidenangst gemacht! Platzen hier rein wie ein Einbrecher!«

»Ich habe geklopft«, entschuldigte sich Jules. »Einmal außen am Redaktionseingang und gerade eben hier.«

Er betrachtete den derangiert wirkenden Reporter und erkannte mehrere rote Flecken auf dessen Kleidung. Der Versuch, sie mit Wasser und Handseife auszuwaschen, war gescheitert. Intuitiv fasste Jules nach seinem Holster.

»Was hat das zu bedeuten?«, fragte er.

»Was meinen Sie?«

»Ihre Kleider! Ist das etwa Blut?«

»Blut? Aber nein! Wie kommen Sie darauf?«

Jules fixierte den Redaktionsleiter argwöhnisch. »Erklären Sie mir das. Sofort!«

»Ich hatte heute sehr viel zu tun, weil ich einen kranken Kollegen vertreten muss und Zoé uns fehlt. Der pure Stress. Deshalb habe ich es erst zu einem späten *déjeuner* beim Italiener geschafft«, plapperte Le Claire aufgeregt, weil ihm Jules' aggressives Auftreten offensichtlich Angst machte.

»Italiener?« Noch immer war Jules höchst angespannt und achtete auf jede Bewegung des anderen.

»Pasta Bolognese. Ich habe es noch nie geschafft, mich nicht damit zu bekleckern.« Demonstrativ leckte Le Claire seine Finger ab. »Ist bloß Tomatensoße. Wollen Sie kosten?«

Jules verzichtete auf den Geschmackstest, blieb aber auf der Hut. Ohne den Reporter aus den Augen zu lassen, sagte er: »Ich bin gekommen, um Ihnen ein paar Fragen zu stellen. Zeugen wollen gesehen haben, wie Sie heute das *office de tourisme* verließen.«

»Ja«, antwortete Le Claire, ohne zu zögern. »Ich habe mir einige Infos über das Weinfest besorgt. Wir bringen morgen einen großen Vorbericht, deshalb wollte ich Madame Cantalloube bitten …« Er unterbrach sich selbst, als würde ihm erst jetzt der tiefere Sinn von Jules' Satz ins Bewusstsein dringen. »Haben Sie gerade etwas von Zeugen gesagt?«

»Das ist richtig. Leider ist Madame Cantalloube einem Mordanschlag zum Opfer gefallen. Sie gehören offenbar zu einem der Letzten, der sie zuvor getroffen hat.«

La Claires rote Gesichtsfarbe wich schlagartig einem beängstigenden Mehlweiß. Er japste nach Luft und suchte Halt am Türrahmen. »Isabelle Cantalloube ist auch ermordet worden?«, formulierte er stammelnd.

»Nein, sie lebt. Aber ob sie durchkommt, ist völlig ungewiss.« Jules gab dem Reporter etwas Zeit, sich zu sammeln. Anschließend brachte er die nächste Frage an. »Sie haben also Informationen über das Weinfest eingeholt. Wann genau war das?«

»Vielleicht vor eineinhalb Stunden.«

»Was für einen Eindruck hat Madame Cantalloube auf Sie gemacht? Verhielt sie sich so wie immer, oder wirkte sie nervös?«

»Nein, sie war völlig normal. Ein wenig aufgedreht ist sie ja immer, das gehört zu ihrem Naturell.«

»Sie hatten nicht den Eindruck, dass sie sich vor etwas oder jemandem fürchtete?«

»Isabelle Cantalloube? Gewiss nicht. Derjenige, vor dem sie Angst hat, muss erst geboren werden.«

»Sie gehen davon aus, dass der Anschlag aus heiterem Himmel kam?«

»Das habe ich nicht gesagt. Schon möglich, dass sie sich über etwas Sorgen machte. Ich habe davon nur nichts mitbekommen.«

»Ungewöhnlich für einen ambitionierten Journalisten mit untrüglicher Spürnase, dem ansonsten jede kleinste Gefühlsregung seiner Mitbürger Anlass für Spekulationen gibt. Meinen Sie nicht auch?«

»Darauf können Sie keine Antwort von mir verlangen.«

»Nun gut«, meinte Jules. »Als Sie Madame Cantalloube aufsuchten, hielt sich zu diesem Zeitpunkt noch jemand anderes im Tourismusbüro auf?«

»Nein, heute war dort tote Hose. Das hat auch Isabelle gesagt. Sie war froh, dass wenigstens ich mal vorbeischaute.«

»Sie waren also der Einzige«, betonte Jules.

»Ja, das war ich«, sagte Le Claire und folgte Jules' Blicken, die wieder hinunter auf sein besudeltes Hemd wanderten. »Aber Major Gabin! Sie glauben doch nicht wirklich, dass ich es getan habe!«

Jules antwortete nicht, sondern sah den Reporter streng an.

Dieser wurde noch nervöser und begann damit, sein Hemd aufzuknöpfen. »Wenn Sie darauf bestehen: Hier! Nehmen Sie es! Geben Sie meine Wäsche Ihren Experten und lassen Sie die Flecken untersuchen! Sie werden sehen, es ist nichts als Tomatensoße!«

Jules wog ab, wie er sich verhalten sollte. Schließlich ließ er sich von Le Claires melodramatischem Auftritt überzeugen. »Sie brauchen Ihr Hemd nicht auszuziehen«, sagte er. »Ich gehe davon aus, dass Ihr Stammitaliener Ihr kleines Mittagsmalheur bestätigen wird?«

Le Claire nickte heftig, zog Stift und Block aus seiner Hosentasche und kritzelte einige Zahlen darauf. »Das ist Giuseppes Telefonnummer. Sie können ihn gleich anrufen, wenn Sie mögen.«

»Danke«, sagte Jules, nahm die Nummer entgegen und ließ Le Claire im Ungewissen darüber, ob er der Sache nachgehen würde oder nicht.

Inzwischen war die Menge der Schaulustigen vor dem *office de tourisme* noch größer geworden. Die Leute kreisten um die Schaufenster wie Aasgeier. Jules fühlte sich zunehmend unwohl und wollte nur noch eines: fort von hier!

»Ich bin ganz durcheinander«, sagte Adjutant Lautner, als sie das Absichern des Tatorts den Kollegen von der Police municipale übertrugen und sich über den Marktplatz entfernten. »Ich hätte nicht gedacht, dass dieser irre Mörder ein zweites Mal zuschlägt. Und dass es ausgerechnet Madame Cantalloube trifft – unglaublich.«

»Ja, ich bin auch reichlich verwirrt«, gab Jules zu. Genau wie Lautner konnte er sich keinen Reim auf diese zweite Attacke machen. Nur in einem unterschieden sich seine Überlegungen von denen seines Untergebenen: Um einen Irren handelte es sich bei dem Täter gewiss nicht. Jules ging vielmehr davon aus, dass jemand triftige Gründe dafür besaß, andere Leute mundtot zu machen. Bloß um wen handelte es sich dabei? Der Antwort auf diese Frage war er immer noch keinen Deut näher gekommen.

Die letzten Meter bis zur Gendarmerie schritten sie schweigend nebeneinander her. Jeder hing seinen Gedanken nach. Vor dem Corps de Garde sahen sie sich an: Lautner mit hängenden Schultern, Jules mit sorgenvoll gekräuselter Stirn.

»Gehen wir noch mal rauf in die Wachstube?«, fragte Lautner matt.

Der Adjutant könnte sich das Archiv vornehmen, die Leute aus der Nachbarschaft zum *office de tourisme* befragen und vieles mehr, dachte Jules. Doch er erkannte an Lautners trüben Augen, wie ausgebrannt er war. Sein Mitarbeiter mochte nett sein, aber ganz sicher nicht stressresistent.

»Nein. Für heute lassen wir es gut sein«, befand Jules, blieb aber unschlüssig auf den ausgetretenen Sandsteinstufen stehen. Er merkte, dass ihm nicht nur die Ideen ausgingen, sondern auch sein Elan schwand. Stumm blickte er ins Leere. Lange Sekunden verstrichen, ohne dass einer der beiden Gendarmen Anstalten machte, etwas zu unternehmen.

»Was ich jetzt brauche, ist Ablenkung«, durchbrach Lautner schließlich das tatenlose Schweigen. »Nach Hause, wo mir meine Mutter ein Loch in den Bauch fragen wird, zieht mich nichts.«

Da hatte er recht, dachte Jules. Auch ihn lockte seine Herberge nicht im Geringsten. Dort würde auch ihn die Wirtin mit tausend Fragen über die jüngste Bluttat bombardieren. »Ja, mir geht es genauso. Ich muss den Kopf frei bekommen«, sagte er und schaute prüfend in den Himmel. »Uns bleibt noch etwas Zeit, bevor es dunkel wird. Was halten Sie von einer Spritztour mit dem Rad?«

Lautners Miene hellte sich auf. »Gute Idee, Major. Wenn wir uns beeilen, können wir uns den anderen anschließen. Die treffen sich gerade vor der *brasserie*.«

Tatsächlich war die wackere Truppe annähernd vollzählig angetreten. Allerdings saßen die Männer nicht wie sonst munter plaudernd und scherzend beisammen, sondern schauten ziemlich dumm aus der Wäsche. Ratlosigkeit stand in ihren Gesichtern geschrieben, woraus Jules schloss, dass sich die Neuigkeiten über Madame Cantalloube schon bis zu ihnen herumgesprochen hatten.

Zeitgleich mit Jules und Lautner traf auch Robert Moreau ein, auf dessen dominante Gesellschaft Jules gern verzichtet hätte. Moreau ignorierte die unheilvolle Stimmung und nahm sogleich die Führungsrolle ein, indem er auf seinem Lenker eine Karte ausbreitete und die Route vorgab. »Bis zum Waldrand und zurück«, lautete die Devise. »Heute machen wir mal auf Tempo, Jungs!«

Jules nahm den ruppig autoritären Auftritt mit einiger Verwunderung zur Kenntnis, denn gerade Moreau war doch so viel an Isabelle Cantalloube gelegen. Wenn er mit keinem Wort auf ihr Schicksal einging, wusste er entweder noch nichts von dem Anschlag auf sie oder wollte einem Gespräch darüber aus dem Weg gehen.

Jules konnte ihn nicht danach fragen, denn gleich darauf saßen sie auf ihren Sätteln und traten in die Pedale. Im geschlossenen Feld brausten sie durch die engen Gassen der Altstadt, bevor sich die Abstände auf freier Strecke schnell vergrößerten.

Jules hielt sich wacker im Mittelfeld, strampelte nach Kräften und merkte schon nach den ersten Kilometern, wie gut ihm dieser Sprint tat. Die Sauerstoffzufuhr im Verein mit dem erhöhten Puls brachten ihn im wahrsten Sinne des Wortes auf Touren. Die Bewegung förderte den Kreislauf ebenso wie den Geist, und es gelang ihm, die beklemmenden Gefühle abzuschütteln, die sich am Tatort im Tourismusbüro eingestellt hatten. Auch wenn es ihm an Kondition mangelte, blieb er zäh und ließ sein Rad Meter um Meter fressen. Beim Blick zurück stellte er zufrieden fest, dass er Rebenheim schon ein ganzes Stück hinter sich gelassen hatte.

Er befand sich jetzt auf Augenhöhe mit Christian, dem Jungsporn im Team. Christian trug eine schwarzblaue Radlerhose und ein ebenfalls schwarzes Trikot. Windschnittiger Sturzhelm und stylische Radlerbrille vervollkommneten seine Ausstattung. Selbst wenn sich Jules gut zu schlagen glaubte, war er nicht so vermessen, sich für besser als Christian zu halten. Wenn der andere wollte, könnte er ihn jederzeit abhängen. Das war Jules vollkommen klar.

»Du brauchst nicht auf mich zu warten«, rief Jules ihm zu, während er das kräftige Grün der Reben an sich vorbeiziehen sah. Die Luft roch würzig und frisch.

»Ist schon in Ordnung. Ich muss mich nicht ständig beweisen wie Moreau«, antwortete Christian, musterte ihn kurz und riet: »Ich an deiner Stelle würde mir Fahrradschuhe und Klickpedale zulegen. Damit tust du dich bei den Steigungen leichter, weil so auch beim Heben des Beines Kraft auf die Kette übertragen wird. Das bringt bis zu zwanzig Prozent mehr Power.«

»Danke für den Tipp!« Jules würde das beherzigen, denn bei der ersten steileren Anhöhe ging ihm die Puste aus. Er fing an zu pumpen.

»Nur nicht aufgeben!«, ermutigte ihn Christian. »Alles eine Frage der Kondition. Wenn du täglich fährst, bist du bald so fit wie wir.«

Kaum war die Steigung überwunden, blieb Jules wieder genug Atem, um zu sprechen. Er beschloss, die Gelegenheit beim Schopf zu packen und seinen Radkumpan auszuhorchen. »Hast du schon gehört?«, fragte er. »Jetzt hat es auch Isabelle Cantalloube erwischt. Jemand hat ihr einen heftigen Schlag auf den Kopf verpasst.«

Christian sah ihn entsetzt an. »Die anderen haben etwas von einem Unfall erzählt. Aber keiner wusste Genaueres. Wann ist das denn passiert? Ist sie tot?«

»Erst vor ein paar Stunden. Ihr Leben hängt am seidenen Faden.« Jules schaltete in den nächsten Gang. »Hast du eine Vorstellung, wer so etwas getan haben könnte?«

»Nein«, antwortete Christian knapp.

»Keinerlei Vermutung?«

Christian sah ihn scharf an, um den Blick unverzüglich wieder auf die Straße zu richten. Er verzichtete auf eine Antwort und konzentrierte sich stattdessen darauf, seine Gangschaltung zu bedienen.

Jules aber blieb am Ball. »So wie die Dinge stehen, könnte es einen Zusammenhang mit dem Mord an Zoé Lefèvre geben. Was sagst du dazu?«

»Warum fragst du mich das? Ist das etwa ein Verhör, Major Gabin?« Christians kumpelhafte Aufgeschlossenheit wich einer skeptischen Distanz.

Das tat Jules leid, denn er hatte wirklich nur die Meinung eines Außenstehenden hören wollen. »Schon gut, Christian. Vergiss es«, sagte er schnell.

»Nichts ist gut! Wenn bei uns ein Mörder frei herumläuft, geht das alle an.« Er legte sich jetzt mehr ins Zeug und damit an Geschwindigkeit zu. »Ich kannte Zoé. Wir haben uns ab und zu in der Disco in Colmar getroffen und ein paar Worte gewechselt. Sie war in Ordnung. Hatte Flausen im Kopf, aber wer hat das nicht in unserem Alter?«

»Was denn für Flausen?« Jules musste sich anstrengen, um mit Christians anziehendem Tempo mithalten zu können.

»Beim letzten Mal, als ich sie sprach, so ungefähr vor zwei Wochen, wirkte sie ziemlich aufgedreht. Richtig euphorisch, fast wie auf Drogen. Sie war aufgekratzt, als rechne sie mit einem Anruf aus Hollywood oder mit einem Glückstreffer beim Lotto.«

»Hat sie sich näher darüber geäußert? Irgendetwas Konkretes?« Jules keuchte.

»Nein, gar nicht. Sie beließ es bei Andeutungen, behauptete, dass es nicht mehr lange dauern könnte, bis sie groß rauskommt. Womit auch immer.«

»Und Madame Cantalloube? Kanntest du sie auch näher?«

»Nein«, kam es entschieden zurück. »Diese Verrückte habe ich gemieden. Sie hat mir nie etwas getan, aber ich kann sie nicht besonders gut leiden.« Eilig fügte er hinzu: »Trotzdem ist es natürlich schlimm, was ihr widerfahren ist.«

»Du magst sie also nicht besonders?«

»Hab ich doch gerade gesagt!« Christian legte noch einen Zahn zu und ließ Jules zurück.

»Hatte sie Feinde?«, rief Jules ihm nach.

»Das weiß ich nicht. Aber es gibt viele im Ort, denen sie so unsympathisch ist wie mir. Reicht dir das?«

»Nein!«, schrie Jules, aber das konnte Christian wohl nicht mehr hören. Alles, was Jules noch von ihm sah, war die Rückseite seines Trikots, die mit zunehmender Distanz kleiner wurde.

»*Putain!*« Jules, angespornt durch seinen Ehrgeiz, gelang es, wieder aufzuholen. Doch dann trafen sie auf die nächste Anhöhe, wo er abermals zurückfiel.

»Wir sehen uns am Ziel!«, verabschiedete sich Christian endgültig und vergrößerte erneut den Abstand.

Jules hatte nicht mehr genug Puste, um ihm zu antworten. Obwohl er es mit seiner Fragerei selbst provoziert hatte, ärgerte es ihn, dass Christian ihn einfach abhängte. Leise schimpfend und verbissen kämpfte er sich im Schneckentempo die Steigung hinauf und merkte nicht, wie der nächste Fahrer zu ihm aufschloss.

»Da wünscht man sich ein E-Bike, was?«, interpretierte Jean Paul seinen gequälten Gesichtsausdruck. »Ich habe auch schon mit dem Gedanken gespielt, aber noch reichen die Kräfte.«

Zu Jules' Verblüffung wirkte der unscheinbare Versicherungsmakler kein bisschen außer Atem. »Ja, ein wenig Anschub wäre nicht schlecht«, ging er auf Jean Pauls Vorschlag ein.

»Mein Tipp: Besorg dir ein paar Energieriegel. Wenn du die kaust, hat das fast dieselbe Wirkung wie ein Akku unterm Hintern.«

»Danke. Werde ich versuchen.« Das Reden fiel Jules immer schwerer, denn es brachte seinen Atemrhythmus durcheinander. Als der Weg noch steiler wurde, war er kurz davor, abzusteigen.

»Tu das nicht!«, erahnte Jean Paul seine Gedanken. »Wenn du schiebst, verbrauchst du sogar noch mehr Kraft. Fahr im kleinsten Gang weiter, ganz langsam und gleichmäßig tretend.«

Jules hörte auf seine Worte, und es gelang ihm tatsächlich, die Kuppe zu meistern. »Radfahren stärkt nicht nur die Beinmuskulatur, sondern erhöht die Willensstärke, was?«, stellte er dankbar über seinen Erfolg fest.

»Das will ich meinen! Sonst wäre es gar nicht möglich, die Alpenüberquerung zu meistern.«

»Du bist ...« Jules musterte ungläubig den dürren Körper seines Nebenmanns. »Du bist schon einmal über die Alpen geradelt?«

»Einmal? Bisher waren es sieben Mal. Immer auf anderen Routen.«

»Respekt!«, rief Jules. Inzwischen lief er nicht mehr ganz auf Reserve und fand es an der Zeit, auch Jean Paul auf Madame Cantalloube anzusprechen.

Doch kaum hatte er den Namen der Tourismuschefin über die Lippen gebracht, vollzog sich mit Jean Paul die gleiche Wandlung wie zuvor mit Christian. Jean Paul war mit einem Mal seltsam einsilbig, wich konkreten Antworten aus und zog mit seinem Rad ab, kaum dass sie die nächste Anhöhe erreichten. Jules blieb schnaufend zurück, ohne etwas in Erfahrung gebracht zu haben.

Eine gute halbe Stunde später erreichte er das Ziel als einer der letzten Fahrer. Hinter ihm folgten nur noch Pierre, der Rentner, und Lautner, der seinem Chef wohl den Vortritt lassen wollte.

Hier, am Treffpunkt, veränderte sich die Landschaft und der Wald begann: eine düstere, schweigende, undurchdringliche Masse. Der Wald mit seinem dichten Bewuchs aus Eichen, Eschen und Farnen schien sich endlos bis hinauf zu den Felsspitzen zu erstrecken. Sicherlich ein Paradies für Wild und Vögel, dachte Jules. Dennoch wirkte er auf ihn nicht sehr einladend, eher trostlos mit seinem graubraunen Buschwerk und dem Laub, das noch nicht den leuchtenden Goldton des Herbstes aufwies.

Die anderen hatten sich um Moreau versammelt, der vor der imposanten Kulisse aus mächtigen Bäumen mehr denn je wie der Platzhirsch wirkte. Jules gewann den Eindruck, dass Moreau nur mit dem Finger schnipsen musste, um seine Männer zum Reden zu bringen und all die Fragen zu beantworten, mit denen sich Jules plagte. Doch diesen Gefallen tat Moreau ihm nicht.

LE SIXIÈME JOUR

DER SECHSTE TAG

Seine Nacht verlief unruhig. Dauernd wachte er auf und wälzte sich im Bett, das Handy stets in griffbereiter Nähe. Schon früh schälte er sich aus den Laken und duschte abwechselnd warm und kalt, um den Kreislauf auf Vordermann zu bringen.

Auf dem Weg zur Gendarmerie verlor er die Geduld und rief im Krankenhaus an, obwohl mit den Ärzten in Colmar vereinbart worden war, dass sie sich bei ihm melden würden, sollte es Neues über Isabelle Cantalloubes Gesundheitszustand geben. Deren Leben hing am seidenen Faden, und das, was die Chirurgen gestern hatten verlauten lassen, klang für Jules alles andere als optimistisch.

Mit dem ans Ohr gepressten Handy eilte Jules die Rue de Strasbourg entlang und verlangte Dr. Kléber zu sprechen.

Der Chefarzt klang kurz angebunden. »Die Patientin ist noch nicht über den Berg. Falls Sie daran denken, sie befragen zu wollen, vergessen Sie es. Wir mussten sie in ein künstliches Koma versetzen.«

»Können Sie mir etwas über die Art der Verletzung sagen?«, fragte Jules, der so viele Informationen wie möglich brauchte, um den Tathergang rekonstruieren zu können.

»Ich könnte jetzt eine ganze Litanei an lateinischem

Fachvokabular herunterbeten, von der Sie so gut wie nichts verstehen würden. Um es also in Polizistensprache auszudrücken: Sie hat gewaltig einen auf den Kopf bekommen, aber Glück im Unglück gehabt.«

»Ein wenig genauer bräuchte ich es schon«, sagte Jules mit säuerlichem Unterton.

Das rief ein angestrengtes Schnaufen des Arztes hervor. »Also gut. Die Patientin trug eine große Platzwunde mit hohem Blutverlust davon, doch die Schädeldecke ist nicht frakturiert, also gebrochen. Allerdings haben wir im CT eine Schwellung in der vorderen rechten Gehirnregion festgestellt, außerdem ist der Kreislauf instabil. Zur Genesung ist absolute Ruhe und Bewegungsarmut notwendig, daher das künstliche Koma. Reicht Ihnen das?«

»Kein Schädelbruch?« Ihr Dickkopf hatte der Cantalloube das Leben gerettet, dachte Jules einigermaßen erleichtert und fragte: »Sie kommt also durch?«

»Wie gesagt, sie ist keineswegs stabil. Wir wissen nicht, ob durch den heftigen Hieb das Hirn nachhaltig geschädigt wurde. Das erfahren wir erst, wenn sich die Schwellung zurückgebildet hat und wir sie wecken können.«

»Wann wird das der Fall sein?«, fragte Jules ungeduldig. »Wann werden Sie sie wecken?«

»Genau dann, wenn ich es für medizinisch vertretbar halte«, lautete die patzige Antwort. »Das kann morgen sein, übermorgen oder erst in zwei Wochen.«

»Zwei Wochen?« Jules fluchte still in sich hinein. Aber er wusste, dass er den Genesungsprozess nicht beschleunigen konnte und sich so lange gedulden musste.

Das Büro war trotz der frühen Stunden schon mit

Gendarm Kieffer besetzt, der, kaum dass er Jules sah, ein mit Schinken, Käse, Tomaten und überlappendem Salatblatt belegtes Baguette beiseitelegte und aufsprang. »Auftrag erledigt!«, meldete er zackig. »Alle Anwohner um das Anwesen Hauenstein wurden befragt. Ich habe zwei Kollegen als Verstärkung mitgenommen, so ging es schneller.«

»Wie viele waren es denn?«, fragte Jules.

»Wir haben uns einen Umkreis von fünf Kilometern vorgenommen. Dort liegen drei Höfe und sieben Wohnhäuser. Das meiste haben wir gestern geschafft und heute in aller Herrgottsfrüh den Rest. Ich wusste ja, dass Sie es eilig haben, die Ergebnisse zu erfahren«, meinte der dickliche Gendarm anbiedernd.

Wollte er Lautner Konkurrenz machen und sich die Gunst des Chefs sichern, fragte sich Jules. »Dann lassen Sie hören«, sagte er und setzte sich auf Kieffers Schreibtischkante.

Der Gendarm zog einen Notizblock zu Rate: »Die Leute, die in den Mehrfamilienhäusern wohnen, haben nichts gesehen, abgesehen vom …« Er hielt den Zettel erst auf Abstand, um ihn gleich darauf näher vor seine Augen zu führen.

»Können Sie Ihre Schrift nicht lesen?«, fragte Jules.

»Doch, doch, es geht schon. Wo war ich? Ach ja, abgesehen vom normalen Verkehr auf der Landstraße, aber auf den hat natürlich niemand besonders geachtet. Den Hauensteinschen Hof selbst kann man von den Häusern aus nicht sehen, denn der Weinberg liegt dazwischen. Allerhöchstens von den Dachbodenfenstern aus könnte man etwas erkennen, doch dort oben hielt sich zur Tatzeit niemand auf.«

»Hm«, meinte Jules. »Das bringt uns nicht weiter.«

»Als Nächstes hätten wir den Hof der Familie Dolder. Das ist ein älteres Ehepaar.« Wieder veränderte er den Abstand zwischen Zettel und Augen.

»Was sagt das Ehepaar?«, drängte Jules.

»Es sagt … Moment bitte. Es sagt, nun ja, gar nichts.«

»Haben die beiden auch nichts gesehen?«, fragte Jules mit wachsender Enttäuschung.

»Sie waren gar nicht zu Hause, als es passierte.«

Jules bedachte seinen Mitarbeiter mit einem skeptischen Blick. »Und die anderen beiden Höfe? Hatten Sie dort mehr Erfolg?«

»Bei den Grundlers, deren Gelände südwestlich an das der Hauensteins grenzt, war ebenfalls Fehlanzeige.«

»Bleibt nur noch einer übrig«, drückte Jules aufs Tempo.

Kieffer vollführte wieder seine Akrobatik mit dem Zettelblock, bevor er das Ergebnis preisgab. »Der letzte Hof, den wir aufgesucht haben, war der von Fabrice.«

»Und?«

»Fabrice gehört zur Radlergruppe und ist normalerweise auch in der *Brasserie Georges* dabei.«

Fabrice? Jules hatte zu diesem Namen auf Anhieb kein Gesicht parat. »Kenne ich ihn?«

»Nein. Denn zurzeit ist er verhindert. Sein Rad steht schon seit Wochen im Schuppen und setzt Rost an. Fabrice wird sich ganz schön ins Zeug legen müssen, wenn er seine alte Kondition wieder aufbauen will.«

Jules blies die Backen auf. »Ist das nicht zweitrangig? Ich will wissen, ob dieser Fabrice eine Beobachtung gemacht hat, die uns weiterhelfen kann.«

»Nein, es ist nicht zweitrangig«, entgegnete Kieffer

beleidigt. »Denn seit einem Sturz vom Rad vor einem Monat hat Fabrice sein rechtes Bein in Gips. Er kann nicht arbeiten und auch sonst nichts Vernünftiges mit seiner Zeit anfangen. Er langweilt sich fürchterlich, sitzt den lieben langen Tag vor seinem Haus herum und starrt auf die Straße. Das ist genau die Straße, die jeder benutzen muss, der auf den Hauensteinschen Hof gelangen will. Es sei denn, man schlägt sich von hinten durchs Unterholz.«

Jules pfiff durch die Zähne. »Wir haben also doch einen Treffer gelandet?« Neue Hoffnung keimte auf.

Kieffer wiegte seinen Kopf. »Leider nicht nur einen Treffer, sondern mindestens fünf.«

»Wie das?« Die Hoffnung drohte bereits wieder zu versiegen.

»In den Vormittagsstunden des Tattages kamen etliche alte Bekannte vorbei. Ihre Wirtin Clotilde war dabei, ebenso Robert Moreau, Vincent Le Claire, Lino und Isabelle Cantalloube.«

»Oje«, gab Jules matt von sich.

»Für die meisten Touren kennt Fabrice auch den Grund. Clotilde beliefert über diese Strecke regelmäßig Gasthäuser der Nachbargemeinden mit Wein. Moreau inspiziert alle naselang seinen künftigen Baugrund. Vincent bricht oft schon früh zu seinen Reportagen auf. Lino fährt mit seiner Wellblechkiste, einem Citroën Typ H, gern zum Angeln raus und fängt Forellen. Madame Cantalloube klappert zurzeit die Weinbauern ab, um die Details fürs Weinfest zu besprechen.«

»Hat er auch Zoé gesehen?«

»Nein, sie hatte ja keinen Wagen benutzt und ist zu Fuß über den Weinberg gekommen.«

»Und Robin? Hat Fabrice ihn beobachten können?«

»Nein. An seinen alten Opel hätte er sich bestimmt erinnert.«

Damit wurde die Beweislage gegen Zoés Exfreund noch dünner, dachte Jules, der ohnehin längst nicht mehr an Robins Schuld glaubte. Spätestens nach dem zweiten Mordanschlag, der sich ja während Robins Haft ereignet hatte, stand für ihn fest, dass er den Täter woanders suchen musste. Aber wo? Sollte er Clotilde, Robert Moreau, Vincent Le Claire und Lino in den Kreis der Verdächtigen aufnehmen, bloß weil sie an besagtem Vormittag in der Nähe des Tatorts vorbeigekommen waren? Eher nicht, denn dies erschien ihm als sehr schwaches Indiz. Obwohl er es durchaus seltsam fand, dass Clotilde, Le Claire und Lino versäumt hatten, dieses Detail zu erwähnen. Genauso wie Isabelle Cantalloube, die entgegen ihrer Aussage zur fraglichen Stunde eben doch am Tatort gewesen sein konnte.

Und noch etwas kam ihm in den Sinn. Jules griff nach seinem Notizblock, blätterte durch die vorderen Seiten und fand, wonach er suchte: nämlich Robert Moreaus Aussage, die Jules schon kurz nach dem Fund der Leiche aufgenommen hatte. Folgendes hatte Jules zu Protokoll genommen.

Nein, ich habe mich zuletzt gestern gegen Abend in der Gegend aufgehalten. Ich musste einen Vermessungsfehler überprüfen. Aber um Ihre nächste Frage vorwegzunehmen, Mademoiselle Lefèvre war zu diesem Zeitpunkt noch nicht hier. Und auch sonst niemand. Zumindest habe ich keinen gesehen.

Er schlug einige Seiten weiter, um Moreaus Angaben zu seinem Alibi nachzulesen. Demnach hatte er am frühen Vormittag mit seiner Frau gefrühstückt und anschließend einen Termin bei Madame Cantalloube wahrgenommen. Dem folgte ein Meeting mit seinem Kellermeister. Anschließend ging er wie gewöhnlich in sein Büro, um mit seiner Sekretärin die Korrespondenz durchzugehen. Lautner hatte diese Angaben überprüft und mit Madame Moreau, Isabelle Cantalloube, dem Kellermeister und der Sekretärin gesprochen. Alle bestätigten Moreaus Angaben und gaben auch ungefähre Zeiten an. Das Alibi war somit nahezu lückenlos. Wenn der aufmerksame Nachbar Fabrice Moreaus Wagen zur fraglichen Zeit trotzdem nahe dem Hauensteinschen Hof gesehen haben wollte, konnte das nur zwei Gründe haben: Entweder der Zeuge hatte sich schlichtweg getäuscht und Moreaus SUV mit einem ähnlich aussehenden Wagen verwechselt. Oder aber einer von Moreaus Alibigebern hatte gelogen. Doch wer von ihnen und weshalb? Bei Moreaus Frau hätte es Jules nachvollziehen können, jedoch lag das gemeinsame Frühstück außerhalb des infrage kommenden Zeitfensters. Blieben also Isabelle Cantalloube, der Kellermeister und die Sekretärin.

Jules tippte auf Madame Cantalloube, denn auch sie wollte der emsige Beobachter ja nahe dem Weingut gesehen haben. Hatten Moreau und sie sich gegenseitig ein Alibi verschafft? Aber weshalb? Was hatten sie zu verbergen?

Wenn Jules die Alibis der beiden ein weiteres Mal überprüfen sollte, dürfte er auf keinen Fall die anderen von Fabrice Genannten aus den Augen verlieren. Auch Lino würde sich rechtfertigen müssen, was er am Mordmorgen so nahe am Tatort getrieben hatte und vor allem, warum er ihm gegenüber keine Silbe darüber verloren hatte.

Jules nahm sich vor, sich Moreau und auch Lino so bald wie möglich vorzuknöpfen, als das Telefon ihn aus dem Konzept brachte. Als er die Nummer auf dem Display erkannte, versteifte er sich und bekam eine trockene Kehle.

»Wollen Sie nicht drangehen?«, fragte Kieffer, weil Jules sich nicht rührte. »Es ist die Untersuchungsrichterin. Die sollte man nicht warten lassen.«

Jules überwand seine Starre und nahm das Gespräch an.

»Jules? Bist du es selbst?«, erklang Joannas glockenklare Stimme.

»Am Apparat«, sagte er förmlich.

»Schlechte Nachrichten. Wir können den Haftgrund gegen Robin nicht länger aufrechterhalten. Außer seiner Flucht und die Auseinandersetzung mit dir ist ihm nichts nachzuweisen. Er wird noch heute Morgen auf freien Fuß gesetzt.«

»Damit mussten wir rechnen«, sagte Jules.

»Bevor du mir den nächsten Tatverdächtigen anschleppst, solltest du besser überprüfen, ob es für eine Anklage reicht.«

»Robin hatte ein Motiv, kein Alibi und einen Fluchtversuch unternommen. Die Untersuchungshaft war absolut gerechtfertigt«, gab Jules patzig zurück.

»Trotzdem: Das genügt nicht. Was ich brauche, sind hieb- und stichfeste Beweise«, forderte sie und fragte: »Was gibt es Neues aus dem Krankenhaus? Hast du schon was gehört?«

»Nicht viel. Ich habe gerade mit dem Arzt gesprochen. An ein Verhör von Isabelle Cantalloube ist vorerst nicht zu denken. Sie liegt im Koma. Schlimmstenfalls könnte das noch Wochen dauern.«

»Hat eure Befragung der Nachbarn vom Hauensteinschen Hof etwas gebracht?« Jules sagte es ihr, woraufhin sie deutlich vernehmbar stöhnte. »Wir können nicht jedem Autofahrer, der zufällig dort vorbeifuhr, Handschellen anlegen. Ich benötige belastbares Material.« Sie schwieg einige Sekunden und fragte unvermittelt: »Was hat Adjutant Lautner im Archiv ausgegraben?«

»Ich habe ihn heute noch nicht gesehen«, musste Jules eingestehen, doch bevor Joanna die nächste Frage anbringen konnte, kam er ihr zuvor. »Wie soll Robin denn nach Rebenheim zurückkommen? Sein Auto musste er nach seiner Verhaftung ja hierlassen.«

»Per Anhalter oder mit dem Bus, was weiß ich?«

»Bist du einverstanden, wenn ich ihn abhole? Eine kostenlose Mitfahrgelegenheit wird er kaum ausschlagen, und unterwegs kann ich ihm noch einmal auf den Zahn fühlen. Nachdem der Druck des Tatverdachts nicht mehr auf ihm lastet, wird er vielleicht etwas kooperativer. Ich bin mir sicher, dass er mehr über die ganze Sache weiß, als er bislang rausgelassen hat.«

Joanna ließ sich Zeit zum Überlegen. Schließlich gab sie Jules grünes Licht mit der Auflage: »Ruf mich an, sobald du etwas in Erfahrung gebracht hast. Aber diesmal wirklich! Ich will dir nicht die ganze Zeit hinterhertelefonieren.«

Obwohl Jules die Ansicht vertrat, dass überführte Täter ihre Strafe in einem Umfeld mit möglichst wenig Komfort und Annehmlichkeiten abzusitzen hatten, erfüllte ihn der Anblick der *maison d'arrêt* im Strasbourger Vorort Elsau mit einem Gefühl der Beklemmung. Der schmutzig graue Stahlbetonbau in unmittelbarer Nähe zur Stadtautobahn wurde von einer haushohen Mauer mit spitzgiebeligen Wachtürmen umsäumt. Das an Hässlichkeit kaum zu überbietende Gebäude sah aus wie eine gruselige Mischung aus mittelalterlicher Trutzburg und düsterer Zukunftsutopie. Der Komplex machte einen trostlosen und kalten Eindruck und wirkte ungemein abschreckend, was wohl auch der Sinn war.

Jules, der sich zuvor bei der Anstaltsleitung telefonisch nach Robins Entlassungszeit erkundigt hatte, wartete im Dienstwagen vor einem militärgrau gestrichenen, stählernen Tor. Pünktlich auf die Minute flammte ein orangefarbenes Warnlicht oberhalb des Tores auf, woraufhin sich eine in die Metalltür eingelassene kleine Pforte öffnete. An der Seite eines Justizvollzugsbeamten verließ Robin die Haftanstalt. Er trat auf den Gehsteig und blieb unschlüssig an der Bordsteinkante stehen, woraufhin sich der Wachmann zurückzog.

Die Strapazen des Knastalltags waren dem jungen Kerl deutlich anzusehen: Blass sah er aus, fand Jules, und die Haare hingen ihm strähnig ins Gesicht. Robin, der wohl nicht wusste, was er als Nächstes tun sollte, sah sich unentschlossen um. Als er Jules' Polizeiwagen entdeckte, wandte er sich ruckartig ab und entfernte sich in die entgegengesetzte Richtung. Jules ließ den Motor an und folgte ihm langsam. Als er auf Robins Höhe angelangt war, fuhr er das Seitenfenster hinunter und rief: »Mitfahrgelegenheit gefällig?«

»*Casse-toi, pauvr' flic*«, kam es unwirsch zurück.

»Bitte?«, tat Jules, als würde er ihn nicht genau verstehen.

»Sie sollen verduften!«

Jules tippte kurz aufs Gaspedal und schlug das Lenkrad ein. Das Auto machte einen Satz auf den Bürgersteig und schnitt Robin den Weg ab. Jules öffnete die Tür und stieg aus.

»Es ist ganz einfach«, sagte er ruhig. »Du setzt dich zu mir in den Wagen, ich fahre dich nach Hause und unterwegs plaudern wir ein bisschen über Zoé. Wenn du brav meine Fragen beantwortest, setze ich dich in einer halben Stunde bei deiner Vermieterin ab und lass dich in Ruhe.«

»Und wenn nicht?«

»Dann koche ich deinen tätlichen Angriff auf mich noch einmal auf und reiche eine Strafanzeige ein. Selbst wenn du mit dem Mord an deiner Freundin nichts zu tun hast, würdest du wegen Widerstands gegen die Staatsgewalt und Körperverletzung verknackt werden.«

Robin spuckte auf den Boden, stieß einen unverständlichen Fluch aus und ließ sich auf den Beifahrersitz fallen.

Jules gab ihm einige Kilometer Zeit, um sich zu akklimatisieren, bevor er seine Fragen stellte. »Wie lange wart ihr beiden zusammen?«, wollte er zunächst wissen.

»Ein halbes Jahr. Vielleicht auch etwas länger.« Robin sah Jules nicht an, sondern hielt seinen Blick auf den Fußraum gerichtet.

»Hast du in dieser Zeit Zoés Familie kennengelernt?«

»Nee.«

»Ihre Leiche wird bald freigegeben. Jemand muss

sich um die Beerdigung kümmern. Weißt du jemanden, der das übernehmen kann?«

»Zoés Eltern sind lange tot, Geschwister hat sie keine, und von sonstigen Verwandten weiß ich nichts.«

Immer entlang eines alten Kanals erreichten sie bald die Strasbourger Peripherie. Jules lenkte das Gespräch auf die letzten Tage, die Robin mit Zoé verbracht hatte. Ihn interessierte, ob Robin eine Veränderung an seiner Freundin aufgefallen wäre.

»Klar, Mann«, antwortete Robin schnoddrig. »Sie ist noch zänkischer geworden als sowieso schon. Wegen jedem Furz hat sie das Streiten angefangen. Eines sag ich Ihnen, wenn sie nicht mit mir Schluss gemacht hätte, dann hätte ich es getan!«

Das widersprach zwar seiner ursprünglichen Fassung, nach der Robin Zoé ungern ziehen lassen wollte, hörte sich in Jules' Ohren jedoch authentisch an. »Ihre Arbeitskollegen haben Zoé als sehr freundlichen Mensch beschrieben. Dass sie zänkisch war, höre ich zum ersten Mal. Gab es denn einen Grund für ihre launische Art?«, wollte er wissen.

»Keine Ahnung.«

»Denk nach!«

»Na ja, ich war ihr wohl nicht mehr gut genug, der feinen Dame.«

»Wie kommst du darauf?«

»Sie meinte, sie hätte etwas Besseres verdient.«

Das konnte Jules durchaus nachvollziehen. Robin zum Freund wünschte er keiner anständigen Frau. Dennoch erkannte er einen vielversprechenden Ansatz in Robins ungelenken Andeutungen. Er hakte nach: »Hat sie dir das wörtlich so gesagt?«

»Nein. Aber blöde Sprüche hat sie geklopft. Von wegen, dass sie es nicht mehr nötig hat, mit Nieten wie mir abzuhängen. Dass sie bald genug Kohle haben würde, um sich ein besseres Leben leisten zu können – eben eines ohne mich.«

Jules horchte auf. »Worauf hat sich Zoé bezogen? Erwartete sie eine Festeinstellung bei *Les Nouvelles du Haut-Rhin*?«

»Nein. Die hätten ihr höchstens einen kleinen Aushilfsposten überlassen. So was wirft nicht viel ab.«

»Da habe ich etwas anderes gehört. Angeblich hätte sie durchaus Karriere machen können.«

»Wer behauptet so was? Etwa dieser Schmierfink?« Er stieß ein abfälliges Lachen aus. »Le Claire, dieser miese Ausbeuter, hat ihr den Floh ins Ohr gesetzt, dass er sie groß rausbringen würde. Aber in Wirklichkeit wollte er bloß 'ne Nummer mit ihr schieben.«

»Wie wollte sie sonst an das Geld kommen, wenn nicht mit ihrem Job?«

»Na, raten Sie mal!«

»Wir spielen hier kein Ratequiz, Robin. Sag es mir.«

»Da war ein anderer Mann im Spiel! Einer mit rich tig Kohle. Ist doch sonnenklar.«

»Hast du eine Ahnung, um wen es sich handeln könnte?«

Robin sah zu ihm mit vor Wut funkelnden Augen auf. »Wenn ich es wüsste, hätte ich dem Kerl längst eine verpasst.« Zähneknirschend fügte er hinzu: »Eine Weile habe ich ja auch auf Le Claire getippt. Der war scharf auf Zoé, soviel steht fest. Aber besonders viel Asche hat der nicht.«

»Könnte es eine andere Möglichkeit geben, wie Zoé

zu Geld zu kommen hoffte?«, fragte er. »Ist die Lösung etwa auf dem Hauensteinschen Hof zu suchen? Hältst du es für möglich, dass sie dort etwas ausgegraben hat?«

»Wie meinen Sie das?«, fragte Robin verblüfft. »Einen verschissenen Schatz oder was?«

»Nein, nicht im Wortsinn. Womöglich ist Zoé als Journalistin auf eine Information gestoßen, die mit einem weiteren Todesfall in Zusammenhang steht. Einem Todesfall aus dem Jahr 1945.«

Robin führte seine rechte Hand zum Mund und kaute auf dem Nagel seines Daumens. »Schon möglich«, sagte er weit weniger aufbrausend als zuvor. »Da könnte etwas dran sein.«

»Weißt du Näheres? Worin lag ihr besonderes Interesse? Was hatte sie auf dem alten Weingut zu finden gehofft?« Jules' Fragen wurden drängender.

»Keinen Schimmer, Chef. Ehrlich. Aber sie hat immer wieder von diesem alten Weingut geredet. Wenn ich es mir so überlege, dann könnte man sagen …«

»Was könnte man sagen?«, fragte Jules gebannt.

»Man könnte sagen, dass sie von dem Hauenstein-Hof besessen war.«

Schon während der Rückfahrt bemerkte Jules, wie sich die Wetterlage veränderte. Der Spätsommer, der sie so lange mit wohligen Temperaturen und Sonnenschein verwöhnt hatte, ergriff die Flucht vor einem rasch herannahenden Tief aus dem Westen. Tiefschwarze Wolken waberten über den Gipfeln und Kuppen der Vogesen, um das Tal im Sturm zu erobern. Als er Robin am späten Nachmittag in der Neustadt aussteigen ließ, begann es zu regnen. Die ersten dicken Tropfen klatschten auf die Windschutzscheibe.

Adjutant Lautner hatte den Wetterumschwung erwartet, ob dank Eingebung oder durch Lektüre der Vorhersage konnte Jules nicht wissen. Jedenfalls kam er ihm mit Regencape geschützt entgegen, als Jules gerade die Treppenstufen zur Wache hinaufging.

»Wohin so eilig?«, bremste er Lautner.

»Feierabend«, erklärte Lautner und tippte mit dem Finger auf seine Armbanduhr. »Es ist schon fünf Uhr vorbei. Außerdem ist Samstag, und laut Dienstplan bin ich dieses Wochenende eigentlich gar nicht dran.«

Da hatte er recht, dachte Jules und konnte sich ausrechnen, dass Lautner es ihm übel nehmen würde, wenn er ihn zu weiteren Überstunden verdonnern und zurück in die Amtsstube schicken würde. Daher griff er zu einem Trick, um sich Lautners Mitarbeit über die offizielle Arbeitszeit hinaus zu sichern. »Was haben Sie denn noch vor?«, erkundigte er sich mit viel Schmelz in der Stimme. »Zum Radfahren ist es zu nass und fürs Bier in der *brasserie* zu früh. Ich bin gerade an der netten kleinen *pâtisserie* am Parc des Noyers vorbeigefahren. Aus dem Schaufenster haben mich ein paar wunderbare *éclairs* angelächelt. Wenn ich richtig gesehen habe, nicht nur mit Vanille und Schokofüllung, sondern auch mit einigen exotischen Fruchtvarianten. Hätten Sie Lust, mich zu begleiten und davon zu kosten?«

Lautner, dessen schmaler werdende Augen zeigten, dass er die Finte durchschaute, zögerte. Doch als er an die aus Brandmasse gebackenen Teilchen mit ihrer verführerischen Füllung und der köstlichen Glasur dachte, konnte er nicht widerstehen.

Keine zehn Minuten später standen sie sich an einem Bistrotischchen in der *pâtisserie* gegenüber, genossen *éclairs* mit Himbeercreme und Zitronenüberzug und genehmigten sich je einen kleinen schwarzen Kaffee dazu. Jules brachte Lautner auf den neuesten Stand, was Robin und die seltsame Veränderung seiner Freundin kurz vor deren Tod anbelangte. Außerdem wies er Lautner auf Zoés angebliche Fixierung auf den Hauensteinschen Hof hin.

»Wir können nicht mehr ausschließen, dass tatsächlich ein Zusammenhang mit den Ereignissen aus dem Jahr 1945 besteht«, beendete Jules seine Bestandsaufnahme und wollte von Lautner wissen, ob er im Archiv auf einen brauchbaren Hinweis in dieser Richtung gestoßen sei. »Wie genau ist das damals abgelaufen, und was ist aus der Familie Hauenstein geworden, nachdem sie Hals über Kopf das Elsass verlassen hat?«

Lautner schob sich den Rest seines *éclairs* in den Mund und griff gleich nach dem nächsten, diesmal einen mit Sahnecremefüllung und Mokka-Überzug. Kauend begann er zu referieren. »Zunächst einmal muss man sagen, dass die Vertreibung der Hauensteins nichts Ungewöhnliches war in jener Zeit. Die Rebenheimer handelten nicht anders als andere Städter der Region. Solche Aktionen waren im Prinzip nichts anderes als die Fortsetzung der Säuberungspolitik durch die provisorische Regierung. Diese internierte Deutsche und auch NS-treue Elsässer im KZ Struthof in den Vogesen und im Strasbourger Gymnasium Fustel de Coulanges. Gauleiter Wagner wurde sogar zum Tode verurteilt. Diese Säuberung von Nazis und Mitläufern betraf die Rathäuser und Verwaltungen ebenso wie die Wirtschaft. In der Bevölkerung schlug das Bedürfnis nach Revanche und Vergeltung nicht selten in Denunzierungen, Ausgrenzung, manchmal auch in Gewalt um. Es war quasi eine Wiederholung der Vorgänge von 1918, als nach dem Ersten Weltkrieg die sogenannten Altdeutschen und Neusiedler mit dreißig Kilo Gepäck über die Grenze zurück ins Deutsche Reich abgeschoben wurden.«

»Verstehe ich das richtig, die Hauensteins wären über kurz oder lang ohnehin ausgewiesen worden? Warum hat man sich dann an ihrer Tochter vergriffen?«

»Es ist nicht gesagt, dass die Hauensteins hätten gehen müssen«, stellte Lautner richtig. »Nach den Unterlagen, die ich unterm Dach gefunden habe, waren sie keine Nazis. Ihr einziges Bestreben bestand darin, gute Weinbauern zu werden. Sie zeigten sich offen gegenüber der französischen Kultur und waren bereit, sich zu integrieren.«

»Andererseits hatten sie von der Enteignungswut der deutschen Besatzer profitiert und ihren Hof bestimmt weit unter Marktwert zugesprochen bekommen«, wandte Jules ein.

Lautner bestätigte das, während er seine verklebten Hände mit einer Serviette reinigte. Er griff in die Innentasche seiner Uniformjacke und zog eine stark zerknickte Schwarz-Weiß-Aufnahme heraus. »Das ist sie übrigens, die kleine Hauenstein. Das Bild lag bei den Akten im Archiv.«

Jules nahm die Aufnahme entgegen und betrachtete sie aufmerksam. Es handelte sich um das Porträt eines heranwachsenden Mädchens mit kindlichen Gesichtszügen, großen Augen und einem offenen Lächeln. Die hellen Haare waren zu Zöpfen geflochten, eine Bluse mit Stehkragen kündete von der strengen Mode längst vergangener Zeiten. Jules ließ das Bild eine Weile auf sich wirken und versuchte, dabei jedes Detail zu beachten. Als er es Lautner zurückgab, hatte er gleichwohl das Gefühl, etwas Wesentliches übersehen zu haben.

Sein Adjutant liebäugelte derweil mit einem dritten *éclair*, entschied sich jedoch dafür, zuerst seinen Vortrag zu Ende zu führen. »Was interessant ist: Laut den alten Aufzeichnungen waren die Hauensteins nicht die einzigen Interessenten, nachdem die jüdischstämmigen Vorbesitzer enteignet worden waren.«

Jules blickte neugierig von seiner Tasse Kaffee auf. »Ach? So wie Sie mich anschauen, sind Sie auf einen bekannten Namen gestoßen.«

»Richtig«, meinte Lautner. »Meine Entdeckung könnte eine triftige Erklärung dafür liefern, warum Linos Vater die Polizeiarbeit damals so sträflich hatte schleifen lassen. Denn es war Pignieres selbst, der sich den Weinberg billig unter den Nagel reißen wollte. Linos Vater spekulierte wohl darauf, dass er als Weinbauer mehr verdienen könnte als mit seinem bescheidenen Gendarmengehalt. Als er leer ausging, muss er eine gehörige Wut gegen die Neu-Elsässer im Bauch gehabt haben.«

Jules nickte gewichtig. »Das ist wirklich eine wichtige Erkenntnis«, sagte er, wobei es ihm in den Fingern juckte, Lino sofort zur Rede zu stellen. Doch zunächst wollte er einen anderen Punkt klären. »Haben Sie sonst noch etwas entdeckt? Konnten Sie die Spur der Hauensteins verfolgen? Wissen Sie, wo sie sich nach 1945 niedergelassen haben?«

»Nein, darüber gaben die Akten keine Auskunft. Ich habe mal gehört, dass es sie irgendwo nach Rheinland-Pfalz verschlagen haben soll. Aber wenn Sie es genau wissen wollen, müsste man in der *mairie* nachfragen. Möglich, dass es einen Eintrag im Einwohnerregister gibt. Ist das denn wichtig?«

»Möglicherweise ja«, sagte Jules, wobei ihm selbst erst bewusst wurde, in welche Richtung seine Fragen zielen könnten. Und dann fiel es ihm wie Schuppen von den Augen! Jules streckte seine Hand aus und forderte Lautner eindringlich auf: »Geben Sie mir noch einmal das Foto!«

»Das von der kleinen Hauenstein?«, erkundigte sich der Adjutant, den die vielen Zuckerbomben allmählich träge werden ließen. Umständlich reinigte er erneut seine Hände, bevor er das Schwarz-Weiß-Bild herausrückte.

Jules nahm es ungeduldig entgegen. Gezielt suchte er es nach etwas ganz Bestimmtem ab und wurde fündig. »Schauen Sie hier!«, sagte er und tippte mit dem Zeigefinger auf den Oberkörper des Mädchens. »Sehen Sie genau hin!«

Das tat Lautner, wurde aber nicht schlau aus den Andeutungen seines Chefs. »Sie hat eine Bluse an, sehr altmodisch und hochgeschlossen.«

»Und was trägt sie darüber?«, drängte Jules.

»Eine …« Lautner stutzte. »Eine Kette.«

»Genau!«, triumphierte Jules, der endlich den Durchbruch in diesem vertrackten Fall vor Augen hatte. »Sehen Sie sich den Anhänger genauer an. Es handelt sich unverkennbar um dasselbe verschnörkelte Kreuz, das neben Zoés Leichnam gefunden wurde.«

»Meinen Sie?«, fragte Lautner und hielt das Foto ganz dicht vor seine Nase.

»Es sollte mich sehr wundern, wenn wir es hier noch immer mit einem Zufall zu tun haben sollten«, blieb Jules optimistisch und zog bereits die nächsten Schlussfolgerungen. Er fragte: »Gesetzt den Fall, dass sich Zoé nicht aus journalistischen Ambitionen heraus in die Sache hineingehängt hat, sondern aus persönlichem Grund. Das würde doch alles ändern, nicht wahr?«

»Sie meinen, wenn …«, setzte Lautner an, konnte den Satz jedoch zu keinem logischen Ende bringen.

»Ich meine, wenn Zoé ein ganz privates Anliegen verfolgte. Etwa wenn es eine verwandtschaftliche Beziehung zwischen ihr und den Hauensteins gegeben haben sollte. Das würde uns zwei gute Erklärungen für ihr Interesse an dem alten Hof geben. Erstens, dass sie die tragische Geschichte ihrer Familien aufzudecken suchte. Zweitens, dass sie davon ausging, ein Erbrecht auf das Grundstück geltend machen zu können.«

Lautner sah seinen Chef ein wenig mitleidig an. »Aber Major! Kettenanhänger hin oder her, unser Opfer hieß Zoé Lefèvre und nicht Hauenstein. Zoé besaß einen französischen Pass. Woher nehmen Sie plötzlich die Gewissheit, dass sie mit den Deutschen verwandt gewesen sein sollte?«

Jules erklärte ihm, dass es sich bislang lediglich um eine Vermutung handelte, er diese Möglichkeit aber unbedingt überprüft haben wollte. »Klemmen Sie sich dahinter!«, wies er den Adjutanten an. »Recherchieren Sie im Internet, fragen Sie im Rathaus nach, und bitten Sie notfalls um Amtshilfe bei den deutschen Kollegen.«

Lautner seufzte. »Wenn es sein muss, werde ich mich morgen darum kümmern.«

»Nein«, sagte Jules zu Lautners Entsetzen. »Sie werden das heute erledigen.«

»Aber, Major, es ist Wochenende und Feierabend und schon spät«, protestierte er. »Außerdem ist die *mairie* heute geschlossen.«

»Dann treiben Sie jemanden auf, der Ihnen aufschließt!« Als er merkte, wie heftig er reagiert hatte, erklärte er: »Ich habe ein ganz ungutes Gefühl. Der Täter ist uns meilenweit voraus. Wir können es uns nicht leisten, die Sache auf die lange Bank zu schieben.«

»Also gut«, gab Lautner nach. »Ich kümmere mich darum.«

»Danke, Lautner. Das rechne ich Ihnen hoch an.« Er stand auf und hinterließ das Geld für die *éclairs*. »Ich gehe rüber zur *brasserie* und nehme mir Lino vor. Wollen wir doch mal sehen, was er zu Ihrem Fund im Archiv zu sagen hat und wie lange er seine Familienehre noch schützen will.«

Jules traute seinen Augen kaum, als er kurz darauf den Platz vor der *Brasserie Georges* erreichte und Lino mutterseelenallein beim Boulespielen antraf. Der Nieselregen, der Jules' Uniformjacke auf dem kurzen Weg hierher mit einem feuchten Film überzogen hatte, brauchte den alten Polizisten nicht zu kümmern. Die meisten Tropfen wurden vom Blätterdach der umstehenden Bäume abgefangen.

Diesmal verzichtete Jules darauf, Linos Fortschritte im Umgang mit der Kugel zu würdigen, sondern stellte sich ihm in den Weg, als dieser gerade Schwung holte.

»Du verdirbst mir die Partie!«, beschwerte sich Lino.

Jules' versteinerter Gesichtsausdruck ließ erkennen, dass ihm nicht der Sinn nach Spielchen stand. »Es wird Zeit, dass du redest«, forderte er den anderen unmissverständlich auf. »Wenn schon nicht aus eigenem Antrieb, so doch wenigstens für die Berufsehre.«

Lino wog die Boulekugel in seinen rauen Händen und lachte verkniffen. »Einen Teufel werde ich tun. Ich bin nicht mehr im Dienst, und die Pension könnt ihr mir nicht wegnehmen.«

»Kommt ganz drauf an, wie tief du mit drinsteckst«, sagte Jules streng. »Der Moment ist gekommen, um alte Seilschaften zu kappen und dich an deine Verpflichtung gegenüber dem Gesetz zu besinnen.«

Lino lachte abermals, lauter diesmal, fast schäbig. »Bist du bald fertig mit deinem Moralgeschwätz? Heb dir deine Reden für den Mörder auf, solltest du ihn jemals erwischen.«

»Vielleicht bin ich ja schon an der richtigen Adresse«, sagte Jules und hielt Linos bohrendem Blick stand.

»Wie meinst du das?«, fragte der alte Polizist mit flachem Atem.

»Gegenfrage: Wie hat dein Vater reagiert, als er damals den Weinbaubetrieb kaufen wollte und von den Hauensteins überboten worden war? Er hat die deutschen Invasoren zum Teufel gewünscht, nicht wahr?«

Lino wirkte weniger erstaunt über Jules' neueste Erkenntnis, als dieser erwartet hatte. »Keine Ahnung«, sagte er achselzuckend. »Das war 1941. Da war ich nicht mal geboren.«

»Aber du weißt davon. Genau wie du von dem Totschlag an der kleinen Hauenstein vier Jahre später weißt. Hat dir dein Vater jemals gestanden, dass er der Drahtzieher gewesen war?«

»Unsinn!«

»Lag es nicht wie ein Schatten über deiner Kindheit, dass ausgerechnet dein Vater, der Dorfgendarm, hinter dem Tod eines kleinen Mädchens steckte?«, setzte Jules ihm zu. »Und muss es sich nicht schmerzhaft angefühlt haben, als Zoé Lefèvre damit begann, die alte, mühevoll verdrängte Geschichte wieder ans Tageslicht zu zerren? War es nicht so, als würde man eine geheilt geglaubte Wunde aufreißen?«

Lino schaffte es nicht länger, sich zusammenzureißen. Aufgewühlt brüllte er Jules an: »Du hast kein Recht dazu, so über meine Familie zu reden! Mein Vater war ein Ehrenmann. Als das alles passierte, war er blutjung! Und ja, du hast recht, er hat Fehler gemacht. Es gab Versäumnisse. Aber ich lasse nicht zu, dass du ihn als Mörder hinstellst.«

Jules fixierte Lino und fasste den Mut, seinen Verdacht zu konkretisieren. »In erster Linie geht es hier nicht um deinen Vater, sondern um dich, Lino.«

Der alte Gendarm starrte ihn ungläubig an. Sein Gesicht nahm das Rot eines alkoholisierten Sonnenuntergangs an, seine Unterlippe fing zu zittern an. Das Zittern pflanzte sich über seinen ganzen Körper fort, und ehe Jules sichs versah, entglitt die Boulekugel den Händen des Alten. Jules stand zu dicht vor ihm, um ausweichen zu können. Die schwere Kugel landete auf seinem Fuß.

»Nicht schon wieder!« Jules stieß einen schmerzerfüllten Schrei aus und spürte, wie ihm die Tränen in die Augen stiegen. Es fühlte sich an, als hätte das Metall seinen linken Mittelfußknochen zertrümmert. »*Putain!*«

»*Merde!*«, hielt Lino dagegen und hob entschuldigend die Schultern.

Jules humpelte zur nächstgelegenen Sitzbank. Linos unbeholfene Versuche, ihn zu stützen, wies er brüsk von sich. Jules ließ sich stöhnend auf der Bank nieder, beugte sich vor und schnürte seinen linken Stiefel auf. Leise vor sich hin schimpfend zog er seinen Fuß langsam aus dem Schuh und entledigte sich der Socke. Dass der Fußrücken geschwollen war, sah man auf den ersten Blick. Auch schien er blau anzulaufen.

»*Putain!*«, wiederholte er seinen Lieblingsfluch.

»Das sieht gar nicht gut aus«, bemerkte Lino, der ihm nicht von der Seite gewichen war. »Der Fuß muss gekühlt werden!«

»Tolle Erkenntnis«, raunzte Jules ihn an. »Darauf wäre ich nie gekommen.«

»Warte, Major, ich hole Eis aus der *brasserie.*«

Jules zwang sich zu einem schwachen Lächeln. »Danke«, sagte er. »Aber mach schnell. Es tut höllisch weh.«

Lino zwinkerte ihm aufmunternd zu und eilte die Stufen zur Kneipe hinauf.

Jules blieb mit seinem pochenden Fuß zurück und fragte sich, ob er mit seiner provokanten Befragung den Bogen überspannt hatte. Immerhin hatte er Lino auf den Kopf zugesagt, dass er ihn zum Kreis der Verdächtigen zählte. Linos Reaktion war daher allzu verständlich.

Er bückte sich wieder nach seinem Fuß und versuchte, einen Bruch zu ertasten. Nach eingehender

Untersuchung mit sanftem Druck von oben, von den Fußkanten und der -sohle kam er zu dem Schluss, dass es wohl nicht ganz so schlimm um ihn bestellt war. Jules tippte auf eine Prellung, wenn auch auf eine heftige.

Während seiner Selbstdiagnose schielte er immer wieder auf die Eingangstür der *brasserie* und rechnete fest damit, dass Lino jeden Moment mit einem Eisbeutel auftauchen würde. Doch der Alte ließ sich Zeit. Vielleicht musste er erst nach dem Wirt Ausschau halten. Oder es waren keine Eiswürfel mehr im Gefrierfach. Oder …

Das dritte Oder versuchte Jules zunächst zu verdrängen. Erst nachdem fünf Minuten verstrichen waren, ohne dass sich Lino sehen ließ, beschäftigte sich Jules mit dieser unschönen weiteren Variante: nämlich der, dass der alte *flic* Reißaus genommen hatte.

Jules klaubte Stiefel und Socke vom Boden und hüpfte auf einem Bein die Treppe zur Terrasse hinauf. Er stützte sich auf Geländer und Stuhllehnen und hangelte sich bis zur Tür vor. Als er sie öffnete, wusste er bereits, was folgen würde. Der Wirt, den er nach Lino fragte, sah ihn bloß verwundert an.

»Lino? Der ist nach Hause gegangen. Das Wetter war ihm zu schlecht fürs Boulespielen. Und wo er recht hat, hat er recht.«

Jules stieß zum wiederholten Male sein Lieblingsschimpfwort aus, humpelte aus der Wirtschaft und schaute sich auf der menschenleeren Straße um. Von Lino war nicht die geringste Spur zu sehen.

Bedrückt wegen der Schmerzen, Linos Flucht, dem miesen Wetter und der Dunkelheit befiel ihn eine depressive Stimmung. Mit einem Mal zeigte ihm das beschauliche Rebenheim seine hässliche Kehrseite. Der Blumenschmuck vor den Fenstern wirkte seltsam grau und gespenstisch. Die regennassen Pflastersteine wurden zu Grabsteinen, die Bäume zu Galgen. Jules fühlte sich erfolglos, müde und alleingelassen. Da momentan auch mit Lilou Funkstille herrschte, hatte er niemanden, der ihn wieder aufbauen konnte. Was für ein elender Schlamassel!

Eine Stimme rief ihn aus dem seelischen Loch. Jules blickte auf und erkannte eine dürre Gestalt, die sich schnell näherte.

»Gut, dass ich Sie treffe, Major!« Alain Lautner blieb um Atem ringend neben ihm stehen. Eine an der Stadtmauer angebrachte Laterne tauchte sein Gesicht in ein milchiges Licht. »Ich habe Lynn dazu überreden können, das Rathaus für mich aufzusperren. Lynn arbeitet für den Bürgermeister. Sie ist seine Sekretärin, schmeißt aber auch das Einwohnermeldeamt. Mädchen für alles, Sie verstehen?«

Jules nickte. »Was haben Sie herausgefunden?«

»In der Ablage hat sich ein Aktenvermerk mit der Umzugsadresse der Hauensteins gefunden. Eine Adresse in Deutschland, an die damals mehrere Briefe geschickt wurden, um die Besitzverhältnisse des Weinguts zu klären. Die Hauensteins haben aber nie geantwortet.«

»Schön. Und weiter?«

»Mit der Adresse hatte ich einen Anhaltspunkt für weitere Nachforschungen im Internet. Und was soll ich sagen? Ich bin fündig geworden!«, verkündete er stolz.

»Lassen Sie hören«, sagte Jules, dem die Feuchtigkeit unter die Kleider kroch, mit wachsender Ungeduld.

»Den Hauensteins ist es gelungen, ihr persönliches Drama zu überwinden. 1950, da war Frau Hauenstein neununddreißig, brachte sie noch einmal ein Kind zur Welt, wieder ein Töchterchen. Auch deren Weg konnte ich verfolgen. Bis zu ihrer Hochzeit.«

Jules sah ihn erwartungsvoll an. »Lassen Sie mich raten: Die Tochter nahm den Nachnamen ihres Mannes an.«

»Richtig, Major. Dieser Mann war Franzose und hieß Lefèvre.«

»Endlich ein Treffer!«, rief Jules aus und schüttelte sein Unwohlsein ab wie eine kratzende Decke. Den Rest der Geschichte spann er selbst fort. »Die Lefèvres bekamen ebenfalls eine Tochter: Zoé!«

»Korrekt, das war 1988. Die Enkelin der Weinbauern vom Hauensteinschen Hof kehrte ins Elsass zurück, um dort anzuknüpfen, wo ihre Großeltern gescheitert waren«, meinte Lautner.

»Ja, Zoés Absicht könnte darin gelegen haben, die Familientragödie aufzuarbeiten, das Weingut zurückzufordern oder sogar beides.« Jules zog die Stirn in Falten, als er fortfuhr: »Die Frage drängt sich auf, wer etwas dagegen gehabt haben könnte. Wem kam Zoé mit ihren Plänen in die Quere?«

Lautner schluckte deutlich hörbar. »Ich wüsste jemanden, dem Zoé mit ihren Ansprüchen auf Rückgabe des Hofs das Geschäft vermasselt hätte.«

»Trauen Sie sich ruhig, seinen Namen auszusprechen. Es ist Moreau, dessen Hotelpläne grandios gescheitert wären, wenn Zoé sich hätte durchsetzen können. Genauso gut könnte Zoé mit ihrem Wühlen in der Vergangenheit den Zorn von Lino heraufbeschworen haben, der die Ehre seines Vaters und damit die seiner Familie in Gefahr sah. Dafür spricht, dass er mir soeben entwischt ist.«

»Lino ist getürmt?«, wunderte sich Lautner.

»Als ich ihn in die Zange nehmen wollte, hat er mir eine Boulekugel auf den Fuß geworfen und ist stiften gegangen.«

»Donnerwetter!«

Jules wog die nächsten Handlungsoptionen ab und gab seine Instruktionen. »Wir müssen alle beide zur Rede stellen, Moreau und Lino. Sie übernehmen Lino, denn Sie kennen sich besser aus in Rebenheim und wissen um die Schlupfwinkel dieses alten Ganoven. Stöbern Sie ihn auf und halten Sie ihn fest! Notfalls legen Sie ihm Handschellen an. Ich statte inzwischen Monsieur Moreau einen abendlichen Besuch ab. Diesmal möchte ich von ihm Klartext hören. Wenn er Schwierigkeiten macht, nehme ich ihn mit aufs Revier. Meinetwegen kann er dort die ganze Nacht verbringen. Wäre doch gelacht, wenn wir seinen Hochmut nicht brechen können.«

Jules stellte den Scheibenwischertakt auf die zweite Stufe. Trotzdem blieb die Sicht bescheiden. Kaum hatte er mit dem Wagen der Gendarmerie die Altstadt verlassen, umfing ihn tiefste Dunkelheit. Die Lichtkegel der Autoscheinwerfer reichten keine zehn Meter weit und spiegelten sich auf dem nassen Asphalt. Lichtreflexe von Schildern, Leitplanken und die aufblitzenden Augen von Wildtieren zwangen ihn dazu, vom Gas zu gehen.

Das Autofahren erforderte seine ganze Konzentration, doch immer wieder drifteten seine Gedanken ab, und er spielte die jüngsten Ereignisse durch. Waren die Ermittlungen anfangs sehr schleppend verlaufen, schienen sich die Ereignisse jetzt zu überstürzen. Sehr kurzfristig hatten sich die vagen Verdachtsmomente und Verdächtigungen konkretisiert. Zwei Männer waren nun im Visier – beide mit starken Motiven. Jules konnte weder den einen noch den anderen richtig einschätzen. Doch er wusste, dass sowohl Lino wie auch Moreau mit allen Wassern gewaschen waren und es ihm nicht leicht machen würden. Freiwillig würde keiner der beiden irgendetwas zugeben. Jules stellte sich auf langwierige und zähe Verhöre ein.

Die Fahrt nahm viel mehr Zeit in Anspruch als geplant, und mit jeder weiteren Minute wuchs seine innere Unruhe. Als er endlich eine große Hinweistafel und kurz darauf die Einfahrt zu Moreaus Weingut erspähte, waren seine Nerven angespannt wie Drahtseile. Langsam ließ er den Wagen weiterrollen, folgte dem kurvenreichen Anstieg zwischen den Reben – und musste unvermittelt auf die Bremse treten. Er tat das so heftig, dass er den Motor abwürgte. Eine Weiterfahrt war unmöglich, denn zwei Fahrzeuge blockierten die Zufahrt. Ein großes dunkles Auto, womöglich Moreaus SUV, stand schräg auf der Trasse. Quer davor und mit den Vorderrädern halb im Graben steckend, hielt ein mit Wellblech beplankter Kleintransporter. Jules erkannte in dem verbeulten Oldtimer einen Citroën H, einen bis in die 1980er-Jahre gebauten und als unverwüstlich geltenden Klassiker. Er stutzte: Hatte Kieffer nicht davon gesprochen, dass

Lino einen Citroën H benutzte, um seine Anglerausrüstung zu transportieren?

Wie beiläufig fasste Jules an sein Holster und vergewisserte sich, dass er die Dienstwaffe bei sich trug. Er öffnete die Fahrertür, stieg aus und schaute sich mit wachsamem Blick um. Der Regen schlug ihm ins Gesicht, doch er ignorierte ihn. Langsam näherte er sich dem Blechtransporter und sah zunächst im Fahrerhaus nach. Es war leer. Jules umrundete den Transporter und gelangte zur Heckklappe. Eines der beiden rückwärtigen Fenster war geborsten, sodass er hineinsehen konnte. Tatsächlich hatte der Wagen mehrere Angelrouten, Kescher und Eimer geladen.

Als Nächstes nahm er sich den Geländewagen vor. Das Kennzeichen bestätigte Jules' Vermutung. Es handelte sich um Moreaus Pkw. Der Fahrersitz war verwaist. Auch hier versuchte Jules, im Kofferraum nachzusehen, doch die Heckfenster waren mit dunkler Folie überzogen. Einem Impuls folgend zog er am Türgriff. Der Wagen war nicht verschlossen! Jules beugte sich hinein und fand zwei Reisekoffer im Laderaum.

Noch während er sich überlegte, was das alles zu bedeuten hatte, wurde er auf eine feine rote Linie aufmerksam. Sie lief den feuchten Kiesweg in Richtung des Haupthauses entlang und löste sich im Nieselregen schnell auf. Jules ließ die quer stehenden Autos außer Acht und folgte der Spur, bei der es sich, wie er annehmen musste, um Blut handelte. Sein Puls beschleunigte sich, sein Atem ging schneller.

Was war hier passiert? Er konnte sich keinen Reim auf das machen, was er vorgefunden hatte. Während er im Lichtkegel seines Wagens den Weg nach weiteren roten Tropfen absuchte, versuchte er zu begreifen, was vorgefallen war. Die seltsame Anordnung der beiden Fahrzeuge sprach für einen Unfall. Womöglich hatte Lino die Kurve geschnitten und den entgegenkommenden Moreau versehentlich abgedrängt. Ja, ein Unfall also. Genauso gut konnte sich Lino dem anderen ganz bewusst in den Weg gestellt haben. Aber aus welchem Grund? Und wie war es danach weitergegangen? Kam es zum Streit, bei dem sich einer von beiden verletzt hatte? Doch wo waren die beiden Männer dann abgeblieben?

Was auch immer sich ereignet hatte, es konnte nicht lange her sein. Denn so schnell, wie sich die dünne Blutspur in nichts auflöste, musste sie erst vor Kurzem entstanden sein.

Jules, den Blick fest auf den Kiesweg geheftet, folgte der roten Linie. Dabei spürte er wieder den Schmerz in seinem Fuß. Trotzdem humpelte er weiter. Bald erreichte er den Gebäudekomplex mit dem angeschlossenen Verkaufspavillon. Die *cave vinicole* war längst geschlossen, und auch sonst wirkte das Gelände wie ausgestorben. Da sich die Spur mittlerweile im Regen verlaufen hatte, besaß Jules keinen Anhaltspunkt mehr, in welche Richtung er sich orientieren sollte. Also rief er Linos Namen. Erst mit normaler Stimme, danach noch zweimal lauter. Als sich nichts tat, wiederholte er seinen Versuch mit Moreaus Namen. Wieder ohne jede Antwort.

Jules, dessen Uniformjacke klamm und schwer war und dessen Hose klatschnass an seinen Beinen klebte, überlegte, wo er nach den beiden Männern suchen sollte. Er inspizierte das Gebäude von außen, wobei er in dem schwächer werdenden Licht kaum etwas erkennen konnte. Zu dumm, dass er die Stabtaschenlampe aus seinem Wagen nicht mitgenommen hatte. Kurz überlegte er, umzukehren und sie zu holen. Doch er spürte instinktiv, dass es keine Zeit zu verlieren galt.

Er schritt die Front des Haupthauses so weit ab, bis er an die Tür zum Weinkeller gelangte. Ohne an einen Erfolg zu glauben, drückte er die Klinke. Zu seiner Verwunderung war nicht abgeschlossen. Jules öffnete die Tür und kniff geblendet die Augen zu. Jemand hatte die Deckenbeleuchtung im Korridor brennen lassen. Er wollte erneut nach den Männern rufen, blieb jedoch still, als er die Blutspur wiederfand. Gleich hinter der Tür setzte sie sich fort. Tropfen für Tropfen führte sie den Flur entlang bis zur Stiege in den Keller.

Jules entschied sich, auf Nummer sicher zu gehen, öffnete den Knopf am Holster und zog seine Dienstwaffe, eine SIG Sauer SP2022. Ihr Stangenmagazin fasste fünfzehn Patronen. Genug, um einen oder mehrere potenzielle Gegner in Schach zu halten. Er entsicherte die Pistole und wagte sich in Habachtstellung bis zur obersten Stufe vor. Er blickte die Treppe herunter, die an der zugezogenen Tür zum Weinlager endete. Langsam und lauernd ging er nach unten. Die inneren Alarmsignale, die sich mit jedem Schritt hinab verstärkten, versuchte er zu verdrängen.

Die Blutstropfen reichten bis ans Türblatt heran. Also musste Jules weiter, um den Verletzten finden und ihm helfen zu können. Während er die Waffe in der rechten Hand hielt, zog er mit der anderen die Tür auf. Er tat dies mit äußerster Vorsicht, wusste er doch nicht, was ihn dahinter erwartete. Jules nutzte das schwere Holz der Pforte als Deckung und lauschte. Aus dem Inneren des Weinkellers war kein Mucks zu hören. Also schob er sachte seinen Kopf nach vorn, um in das Lager sehen zu können. Er fand den weitläufigen Raum, dessen Gewölbedecke sich auf unzählige Säulen stützte, im Schummerlicht vor. Feuchte, weingeschwängerte Luft schlug ihm entgegen. Noch immer halb verborgen hinter der Tür, suchte er das labyrinthische Fasslager ab, ohne einen der beiden Männer zu entdecken. Er senkte den Blick und fand die nächsten dunkelroten Tropfen, die in den rauen Steinboden sickerten. Die Anzeichen seiner inneren Anspannung konnte er dabei nicht länger ignorieren: Seine Knie zitterten, das Herz donnerte gegen seine Rippen.

Die Pistole wie eine Speerspitze vor sich herführend, ging Jules der Spur weiter nach. Vorbei an den großen Eichenfässern gelangte er ins Flaschenlager. Sandiges Knirschen begleitete jeden seiner Schritte und durchbrach die Totenstille, die den menschenleeren Weinkeller wie eine Gruft erscheinen ließ. Jules hielt sich strikt an die blutige Spur und folgte ihr um einen besonders voluminösen Stützpfeiler herum. In diesem Moment erkannte er, dass er sein Ziel erreicht hatte. Keine drei Meter von ihm entfernt saß Lino!

Der alte Mann gab ein bemitleidenswertes Bild ab. Man hatte ihn auf einen dreibeinigen Schemel gesetzt und mit einem daumendicken Seil an einen tonnenartigen Gegenstand gebunden, den Jules erst auf den zweiten Blick als Weinpresse erkannte. Auf Linos linkem Unterarm klaffte eine Wunde, offenbar die Quelle der Blutspur. Lino glotzte Jules aus hervorquellenden Augen an und blieb dabei stumm wie ein Fisch.

Er konnte nicht anders, denn in seinem Mund steckte ein zusammengewickeltes Stofftaschentuch als Knebel.

Dies alles nahm Jules in zwei, höchstens drei Sekunden wahr. Auch seine Rückschlüsse auf den, der Lino so zugerichtet hatte, stellten sich binnen weniger Wimpernschläge ein. Trotzdem erfolgte seine Reaktion zu langsam. Bevor er sich vom Bild des böse malträtierten alten Mannes lösen konnte, traf ihn Moreaus Stiefelabsatz an der rechten Hand. Die SIG Sauer beschrieb einen hohen Bogen und landete scheppernd auf den Steinplatten. Jules fuhr herum, um seinen Angreifer zu stellen. Doch wieder war Moreau schneller und landete mit seiner geballten Faust einen Treffer auf Jules' Nase. Der Schmerz trieb ihm die Tränen in die Augen und machte ihn im entscheidenden Moment blind. Moreau nutzte Jules' kurze Auszeit dafür, sich auf die Pistole zu stürzen. Kaum hielt er sie in den Händen, richtete er den Lauf auf Jules' Brust.

Jules wusste, dass die SIG entsichert war. Selbst wenn Moreau keine oder nur wenig Erfahrung mit Schusswaffen haben sollte, konnte er nicht viel falsch machen. Er musste lediglich abdrücken. Aus dieser kurzen Distanz würde er sein Ziel gewiss nicht verfehlen. Als ihm das bewusst wurde, begann sein Hals zu schwellen. Das Blut rauschte sirrend durch seine Ohren.

»Machen Sie sich nicht unglücklich«, sagte Jules, nachdem er zweimal tief durchgeatmet hatte. »Legen Sie die Pistole weg.«

»Ganz bestimmt nicht!«, rief Moreau, dessen Gesicht vor Aufregung puterrot leuchtete.

Jules suchte fieberhaft nach einer Ausflucht. »Wollen Sie etwa einen Gendarmen erschießen?«

»Wenn es sein muss: ja!« Moreau wedelte mit der Pistole und dirigierte Jules neben die Weinpresse. »Schon besser«, sagte er mit etwas ruhigerer Stimme. »So habe ich Sie beide im Visier.«

»Was soll das werden?«, fragte Jules. »Was haben Sie mit uns vor?«

»Gute Frage. Das weiß ich selbst nicht so genau. Ich habe ja nicht ahnen können, dass Lino, dieser Schwachkopf, hier aufkreuzt. Und auch mit Ihnen habe ich nicht gerechnet.«

Der Adrenalinstoß, der Jules' Herzfrequenz nach oben hatte jagen lassen, hielt nicht lange vor. Anstelle von Reflexen und Gefühlen trat allmählich die Vernunft, und die sagte ihm, dass er soeben einen unverzeihlichen Leichtsinnsfehler begangen hatte. Niemals hätte er auf Lino zugehen dürfen, ohne seine Flanken zu schützen. Auch war es ein Fehler gewesen, den Keller überhaupt allein zu betreten. Jules hätte Verstärkung anfordern müssen, anstatt den Alleingang zu wagen. Doch all diese Überlegungen halfen ihm nicht weiter. Die einzige Chance, die ihm blieb, bestand nun darin, mit Moreau zu reden und ihn mit Worten daran zu hindern, von der Schusswaffe Gebrauch zu machen.

»Wovor haben Sie Angst? Was haben Sie von Lino zu befürchten?«, fragte er.

»Er ist ein schlauer Kopf, unser alter Gendarm.« Moreaus Worte klangen wie ein Vorwurf. »Zwar längst in Rente, aber loslassen kann er nicht. Mischt sich in Dinge ein, die ihn nichts angehen.«

»Zum Beispiel in die laufende Mordermittlung«, riet Jules.

»Lino hat sich daran festgebissen. Wollte nicht glauben, dass es die Tat eines Sexualverbrechers war. Auch nicht an Robin als eifersüchtigen Totschläger. Nicht einmal die Version, dass jemand Zoé als Journalistin mundtot machen wollte, ließ er durchgehen. Nein, der gute Lino setzte sich in den Kopf, dass niemand anderes als ich der Bösewicht sein soll. Und zwar aus reiner Habgier, wie er mir vorwirft.«

»Und? Sind Sie es?«

Moreau lachte schäbig. »Was meinen denn Sie, Major? Immerhin sind Sie der offizielle Ermittler und nicht dieser Pensionär.«

Jules sah seinen Gegner intensiv an, als er sagte: »Sie haben ein Motiv. Zoé hätte Ihre Hotelbaupläne durchkreuzen oder zumindest für einen Aufschub sorgen können. Wie Sie mir neulich selbst sagten, wirft der Weinbau allein nicht mehr genug ab. Womöglich sind Sie bereits in Vorleistung gegangen, haben Architekten beauftragt und die ersten Arbeiten vergeben. Platzen die Hotelpläne, müssten Sie schmerzliche Verluste hinnehmen. Kein Geschäftsmann tut so etwas gern.«

»Es wäre mein finanzieller Ruin«, gab Moreau in erschreckender Freimütigkeit zu. »Ich stehe mit dem Rücken zur Wand.«

»Also trifft es zu, dass Zoé den Hauensteinschen Hof für sich beansprucht hat?«

»Das tat sie, ja.« Moreau trat zornig mit dem Fuß auf. »Diese kleine Zecke hatte es faustdick hinter den Ohren. Sie kannte sich aus im Erbrecht und hantierte mit Paragrafen wie Jongleure mit ihren Kugeln. Schon beim allerersten Gespräch mit ihr wurde mir klar, dass Zoé ein Problem darstellte.«

»Sie meinen, vor Gericht hätte sie die besseren Karten gehabt?«

»Sie hätte mein Bauvorhaben um Jahre zurückwerfen können. Und das, nachdem Isabelle und ich so lange darauf hingearbeitet hatten.«

»Inwiefern war Madame Cantalloube beteiligt?«

»Das fragen Sie noch? Denken Sie, ich hätte die Baugenehmigung in den Weinbergen bloß deswegen bekommen, weil ich einen Namen habe und ab und zu einen Schoppen mit dem Bürgermeister trinke? So läuft das heutzutage nicht mehr. Die Behörden wollen Nachweise sehen, Statistiken und Belege. Und diese lieferte Isabelle mit der Zuverlässigkeit eines Uhrwerks.«

»Sie sprechen von den steigenden Touristenzahlen.«

»Ja, Tagesgäste, Übernachtungsgäste, Reisebusse ...«

Jules erkannte endlich die Zusammenhänge. »Madame Cantalloube hat die Statistik manipuliert, um einen höheren Bedarf an Hotelbetten vorzugaukeln.«

»Sie hat sie ein wenig geschönt und großzügig aufgerundet.«

»Weshalb tat sie das? Was sprang für sie dabei raus?« Jules musste die Antwort nicht abwarten, denn er kam selbst darauf: »Sie haben ihr nach ihrer Beinaheverurteilung die Chance auf einen beruflichen Neuanfang geboten. Sie verschafften ihr den Job in Rebenheim und verlangten im Gegenzug von ihr genau die Gästezahlen, die Ihnen beim Durchsetzen Ihrer Hotelpläne in die Hände spielten.«

»Erst dank dieser Zahlen habe ich das Baurecht erhalten«, rechtfertigte sich Moreau.

»Und wie gedachten Sie, die Besitzansprüche der Vorbesitzer auszuhebeln?«

»Das Grundstück hätte längst in städtische Hand fallen müssen, nachdem sich die alten Eigner jahrzehntelang nicht darum gekümmert hatten. Doch wegen der Geschichte von damals, dem toten Mädchen, hatte man in der *mairie* lange Zeit Skrupel, den Vorgang offiziell abzuwickeln. Erst als ich meine Hotelpläne auf den Tisch legte, geriet die Verwaltung in Zugzwang und wollte den Hauensteinschen Hof freigeben.«

Für kurze Momente sah Jules eine Möglichkeit, die Lage zu wenden. Denn während Moreau sich in Erklärungen über sein Handeln erging, ließ er die Pistole unbewusst sinken. Jules rechnete sich Chancen für einen Überraschungsangriff aus. Doch das schien Moreau zu spüren und riss die Mündung wieder nach oben.

Sein Gesicht wurde hart, als hätte es ein kalter Wind gestreift. »Genug geredet!«, befand er und zog einen zweiten Hocker aus einer unbeleuchteten Nische. Mit dem Fuß versetzte er ihm einen Tritt und ließ ihn vor Jules' Füße poltern. »Stellen Sie den Stuhl neben den von Lino«, befahl Moreau. »Verschränken Sie Ihre Arme hinter dem Rücken, und setzen Sie sich auf Ihre Hände.«

»Sie wollen mich auch an die Weinpresse binden?«, fragte Jules.

»Stellen Sie keine dummen Fragen. Machen Sie einfach, was ich Ihnen gesagt habe.«

Jules kam der Aufforderung bewusst langsam nach, woraufhin ihn Moreau mit weiteren knappen Ordern antrieb.

»Sie haben es wohl eilig?«, schloss Jules aus Moreaus Verhalten. »Haben wir etwa Ihre Flucht gestört?«, mutmaßte er und dachte dabei an die Koffer in Moreaus Auto. »Sie wollten sich absetzen, richtig?«

Moreau hob ein Seil auf, das hinter der Presse gelegen hatte. Er warf es Jules zu. »Binden Sie es sich um die Beine. Aber fest!«

»Soll ich mich auch selbst knebeln, wenn ich mit dem Fesseln fertig bin?«, provozierte Jules ihn.

Moreaus aufgesetzte Überlegenheit begann zu bröckeln, als er barsch antwortete: »Reizen Sie mich nicht, Major. Ich könnte in Versuchung geraten, doch noch abzudrücken.«

»Das dürfte Ihnen nicht schwerfallen«, riskierte Jules Kopf und Kragen. »Bei Zoé hatten Sie ja auch keine Skrupel. Genauso wenig wie bei Isabelle Cantalloube, die Ihren Mordversuch nur knapp überlebt hat.«

»Zoé hatte es sich selbst zuzuschreiben!«, fuhr Moreau auf. »Hätte ich mich auf ihre Forderungen eingelassen, wäre ich geliefert gewesen.«

»Sie hätten sie entschädigen und auszahlen können. Damit hätten Sie sich viel Ärger erspart.«

»Womit denn? Etwa mit meinen Schulden bei der Société Générale?« Er lachte verbittert. »Selbst wenn ich sie beteiligt hätte, wäre ich meines Lebens nicht mehr glücklich geworden. Denn Zoé war ein Parasit, der ewig an mir gehangen und mich ausgesaugt hätte.«

»Und warum auch Madame Cantalloube? Ich dachte, Sie beide wären Verbündete gewesen? Weshalb der Schlag auf ihren Kopf?«

Moreau ging über diese Frage hinweg, überprüfte stattdessen den Halt von Jules' Fußfessel, indem er mehrmals kräftig daran zog. Anschließend ging er dazu über, Jules' Oberkörper mit dem Seil an der Weinpresse zu verzurren.

»Wenn Sie es mir nicht sagen wollen, beantworte

ich meine Frage selbst«, redete Jules weiter auf ihn ein. »Madame Cantalloube hatte an Zoés Todestag einen Termin mit ihr vereinbart. Wahrscheinlich war Zoé ihr auf die Schliche gekommen und wusste von den geschönten Touristenzahlen. Womöglich wollte sie dieses Wissen als Druckmittel nutzen, falls Sie sich weigern sollten, ihr den Hauensteinschen Hof freiwillig zu überlassen. Isabelle Cantalloube ahnte, was auf sie zukam, zog Sie ins Vertrauen und bat Sie um Hilfe. Sie sagten ihr zu, den Termin mit Zoé zu übernehmen und dem lästigen Mädchen den Kopf zurechtzurücken. Natürlich ahnte Madame Cantalloube nicht, dass Sie Zoé an jenem Vormittag töten würden. Als sie es später erfuhr, bekam sie es mit der Angst zu tun. Zunächst hielt sie noch dicht und gab nichts von ihrem Wissen preis. Doch dann plagte sie das Gewissen, und sie wollte sich uns offenbaren. Dem sind Sie zuvorgekommen, indem Sie ihr den Pokal über den Schädel zogen.« Er wartete eine Reaktion ab. Als diese ausblieb, fragte er forsch: »Verraten Sie mir eines, Moreau, wie sind Sie ungesehen ins *office de tourisme* und wieder herausgekommen?«

»Sie meinen, ohne dass mich die Jungs, die immer am Brunnen herumlungern, gesehen haben? Nichts einfacher als das: Seiteneingang.«

»Also lief es so ab. Sie schlugen Isabelle Cantalloube nieder, stahlen sich davon und tauchten pünktlich zum Rennen wieder auf. Frisch geduscht im Radlerdress. Wie haben Sie das bloß so schnell geschafft?«

»Halb so wild. Ich musste mich nicht beeilen. Es blieb genug Zeit, um mich umzuziehen und das Rad zu holen.«

»Ganz schön kaltblütig.«

»Ich habe die Nerven behalten, das ist alles.«

»Ihre Nerven aus Stahl helfen Ihnen jetzt auch nicht weiter. Sie sind am Ende, Moreau, denn ich bin Ihnen auf die Schliche gekommen.«

Moreau fixierte Jules' Fessel und trat einen Schritt zurück. »Ja. Wirklich sehr clever, Major. Sie stehen Ihrem Vorvorgänger in nichts nach. Bloß schade, dass Sie nicht mehr viel davon haben.«

»Heißt das, Sie wollen uns auch töten? Vom Totschläger zum Serienkiller? Was für eine Karriere!«

»Nein, das kann ich meinem alten Freund Lino nicht antun. Auch wenn Sie das anders sehen mögen, Major, ich bin kein Unmensch. Ich lasse euch beide hier zurück. Bis man euch morgen finden wird, bin ich längst über alle Berge. Im wahrsten Sinne des Wortes. In zwei Stunden hebt mein Flugzeug am Aéroport Strasbourg ab. Ich werde euch von oben zuwinken.«

»Ist das Ihr Ernst? Sie setzen sich ab und lassen Ihre Frau, den Betrieb, einfach alles zurück?«

»Auf dem Weingut lastet eine Hypothek, die ich gern zurücklasse. Die Angestellten kommen anderswo unter. Und was meine Frau anbelangt: Wenn ich hinter Gittern säße, hätte sie genauso wenig von mir.«

»Sie machen es sich verdammt einfach.«

»Nein, Major. Sie können mir glauben, dies sind die schwersten Stunden meines Daseins. Ich werde mein altes Leben sehr vermissen. Rebenheim und meine Weinberge, meine Freunde und die Familie, die Radtouren ...« Moreau ließ so etwas wie Melancholie anklingen. Ein feuchter Film legte sich über seine Augen.

»Sie haben in Ihrer Aufzählung den Flammkuchen vergessen«, spottete Jules.

Moreau zügelte seine Emotionen und warf ihm einen bitterbösen Blick zu. »Schluss damit! Es ist reine Zeitverschwendung, sich länger mit Ihnen zu unterhalten. Sie haben ebenso wenig Verständnis für meine Lage, wie Sie ein Gefühl für das Leben der Menschen im Elsass aufbringen, Major. Sie sind und bleiben ein Fremder.« Er machte Anstalten zu gehen.

»Warten Sie!«, rief Jules. »Erlösen Sie Lino wenigstens von seinem Knebel. Er bekommt ja kaum Luft.«

»Warum nicht«, wog Moreau ab. »Ihr beide könnt hier unten so laut schreien, wie ihr wollt. Die dicken Mauern schlucken den Schall, niemand wird euch hören.« Mit einem groben Ruck zog er Lino das Taschentuch aus dem Mund. Dieser stieß ein röchelndes Husten aus. »Hab dich nicht so, Lino! Du wirst es schon überleben.« Moreau wandte sich ab. Doch dann überlegte er es sich anders. Er sah sich in seinem Weinkeller um und sagte: »Alles, was ich brauche, sind ein paar Stunden Vorsprung. Und damit ihr beiden hier unten nicht auf dumme Gedanken kommt, werde ich euch ins süße Tal der Träume schicken.«

»Was haben Sie vor?«, fragte Jules scharf und dachte sofort an Chloroform. Doch eine solche Substanz dürfte Moreau kaum zur Verfügung stehen.

Moreau grinste heimtückisch. »Ich werde euch eine kostenlose *dégustation* zukommen lassen.« Sein höhnisches Lachen hallte in dem Gewölbe wider, als er zwei Flaschen aus dem nächstliegenden Regal nahm, sie auf dem Tisch mit den Prüfgeräten abstellte und sie entkorkte. »Ihr habt das seltene Vergnügen, einige meiner Allerbesten verkosten zu dürfen.«

»Es ist schlimm genug, dass Sie uns hier angebunden

haben«, schimpfte Jules. »Ersparen Sie uns Ihre demütigenden Spielchen!«

Moreau ignorierte seinen Einwand. »Beginnen wir mit einem meiner Lieblingsweine aus dem Jahr 2013, einem Riesling.« Er stellte sich, die Flaschen in den Händen, vor ihnen auf. »Er eröffnet mit einem feinen Duft nach Pfirsich und reifem Apfel, am Gaumen werdet ihr seine intensiven Aromen spüren, von Gewürzen, Limette und Honig.« Er hielt die Flaschenhälse unter die Nasen seiner Gefangenen. »Dieser Wein ist stolz auf seine vielen Facetten. Riecht ihr es?«

Während Jules demonstrativ den Kopf wegdrehte, schnupperte Lino das Bukett.

Moreau nickte zufrieden. »Und nun: trinkt!«, befahl er und hielt die Flaschen auf Mundhöhe.

»Nie im Leben!«, wehrte sich Jules.

Doch Moreau saß am längeren Hebel. Wortlos stellte er die Flaschen wieder auf dem Tisch ab und zog die Pistole aus seiner Gürtellasche, in der er sie zuvor gesteckt hatte. Er setzte die Mündung auf Jules' Stirn. »Lino werde ich nichts tun. Bei Ihnen dagegen hätte ich keinerlei Skrupel. Auf einen Toten mehr oder weniger kommt es wohl nicht mehr an, oder?«

»Tu es nicht!«, rief Lino. »Mit einem Polizistenmord machst du alles nur noch schlimmer. Lass ihn in Frieden. Wir trinken deinen Wein.«

Jules, dem das kalte Eisen auf die Stirn drückte, sah sich außerstande, seinen Widerstand aufrechtzuerhalten.

Nachdem Moreau die Waffe weggesteckt und zu den Flaschen gegriffen hatte, öffnete er brav den Mund. Moreau ließ einen ordentlichen Schluck über seine Lippen fließen. Jules schmeckte die angenehme Süße, das Prickeln der Kohlensäure und die beachtliche Nuancenvielfalt im Geschmack. Kaum hatte er heruntergeschluckt, wedelte Moreau mit der Flasche.

»Der nächste Schluck«, ordnete er an. Nahezu parallel füllte er Jules und Lino ab. Perfiderweise hielt er ihnen dabei die Nasen zu, damit sie schlucken mussten, um wieder atmen zu können. Spätestens beim vierten Mal spürte Jules die Wirkung des Alkohols.

»Ich begreife es einfach nicht«, sagte Jules und schüttelte den Kopf, um bei klarem Verstand zu bleiben.

»Was begreifen Sie denn jetzt schon wieder nicht?«, zog Moreau ihn auf.

»Weshalb ausgerechnet Sie mich mit der Nase auf den Mord aus den Vierzigerjahren gestoßen haben. Darin lag doch der Schlüssel zur Lösung des Falls. Daher hätten Sie eigentlich alles in Ihrer Macht Stehende dafür tun müssen, dass ich nichts davon erfahre.«

Moreau winkte ab. »Reines Kalkül. Früher oder später hätten Sie ohnehin davon gehört. Und indem ich derjenige war, der es Ihnen erzählte, konnte ich den Verdacht auf Linos Sippe lenken. Sie sind ja auch prompt darauf eingestiegen.«

»Du hinterhältiger Hund!«, schimpfte Lino.

Doch Moreau ließ sich davon nicht beirren. »Wir machen weiter mit einem jungen Riesling aus der letzten Lese. Ein erfrischender Sommerwein, der mit seiner klaren Fruchtstruktur und seinen Zitrusaromen das Zeug für einen echten Stimmungsmacher hat.« Jules und Lino mussten schnuppern, dann verkosten. »Könnt ihr seinen Charakter herausschmecken? Er ist saftig und leicht und hat einen beschwingenden Abgang.«

Das mit dem »beschwingend« traf zu, dachte Jules, nachdem die zweite Flasche geleert war. Er versuchte, gegen den Alkohol anzukämpfen und einen klaren Kopf zu bewahren. Sein Mitgefangener schien trotz des Ernstes der Lage Gefallen an der Situation gefunden zu haben. Erwartungsvoll schielte er auf die nächsten Flaschen, die Moreau aus dem Regal zog.

»Dieser Gewürztraminer ist ein besonders lebhafter Elsässer mit einem ganzen Bündel an exotischen Aromen.« Moreau ließ die Korken knallen. »Melone, Mango und Limette. Probiert selbst!« Zum dritten Mal zog er seine Prozedur durch und flößte den beiden schlückchenweise den Wein ein. »Seine zurückhaltende Säure schmeichelt dem Gaumen, man wähnt sich sicher, doch im Finale überrascht er mit weißem Pfeffer!«

Lino nickte eifrig. »Ein klasse Tropfen!«

Jules sah ihn tadelnd an, als ihm Moreau die nächste Ration aufnötigte. Jules versuchte, den Wein möglichst lange in der Mundhöhle zu spülen und das Herunterschlucken hinauszuzögern. Doch Moreau trieb ihn zur Eile, indem er ihm schon wieder den Flaschenhals an die Lippen drückte.

Als Nächstes zauberte Moreau einen Pinot gris hervor, einen Grand-Cru-Jahrgangswein von 2009. Der Grauburgunder entstammte einer besonders edlen Traubensorte. »Er ist nicht ganz so aromatisch wie ein Riesling, verfügt aber über eine exzellente Textur. Mit seinen feinen Noten von Bienenwachs und Honig kommt er außerordentlich zart daher. Ein erstklassiger Vertreter seiner Art«, verkündete Moreau mit stolzgeschwellter Brust und ließ seine Zwangsgäste probieren.

Als auch diese Runde vorüber war, befand Moreau,

dass er genug seines kostbaren Weins vergeudet hatte. Er vergewisserte sich, dass die Weinprobe zum gewünschten Erfolg geführt hatte, sah Lino schief in den Seilen hängen und Jules' glasigen Blick. Zufrieden nickte er.

»Na, dann: *Salut!* Schade, dass ich nicht dabei sein kann, wenn Sie Untersuchungsrichterin Laffargue erklären, wie Sie mir auf den Leim gegangen sind.« Mit diesen Worten überließ er sie ihrem Schicksal. Hinter sich zog er die schwere Eichenholztür zu. Sie hörten das metallische Klimpern seines Schlüssels und das dreifache Klacken, als das Schloss verriegelt wurde.

»Jetzt ist er weg«, sprach Jules das Offensichtliche aus und versuchte, seine Hände und Füße zu bewegen.

»Und mit ihm deine Dienstwaaawaaaffe«, gab Lino lallend von sich. »Was für ein blöder Anfängerfehler!«

»Das musst du gerade sagen: Hat dich Moreau nicht genauso überrumpelt wie mich?«, ärgerte sich Jules über Linos Vorhaltungen und noch viel mehr darüber, dass er kaum noch dazu in der Lage war, vernünftige Sätze zu bilden.

»Überhaupts nicht! Ich hatte ihn schon laaange, laaange im Verdacht. Als er abhauen wollte, habe ich ihn gestellt.«

»Indem du ihm deine rollende Konservendooose vor den Kühler gesetzt hast? Mit seinem S... S... SUV räumte er deinen Citroën zuck, ruck, äh, ruck, zuck aus dem Weg.«

»Ich habe gekämpft wie ein Löwe.«

»Wie ein altersschwacher Löwe«, meinte Jules und musste unpassenderweise über seinen eigenen Witz kichern.

»Mach dich nur lustig!«

Jules' unkoordiniert kreisende Blicke fielen auf Linos Wunde. »Wie hast du dir den Schnitt am Arm zugezu …, äh, zogen?«

»Als ich mit Moreau gerungen habe, ist eine Scheibe vom Auto zu Bruch gegangen.«

»Die Wunde muss versorgt werden«, befand Jules.

»Wie denn?«, keifte Lino. »Wir sind hier angekettet wie zwei Kerkerinsassen.«

»Abwarten«, beruhigte Jules. »Wir kommen hier schon rausssss.«

Nun war es Lino, der kicherte. »So besoffen, wie wir sind, kommen wir nirgends hin. Nirgends. Das waren eins, zwei, drei, vier Flaschen. Mindeschtens.«

»Die Hälfte ist danebengegangen«, meinte Jules, der sich bemüht hatte, möglichst viel aus seinen Mundwinkeln laufen zu lassen.

»Das ist immer noch su viel.«

Jules kniff die Augen zusammen, schüttelte seinen Kopf und bemühte sich, sich aus dem Delirium herauszukämpfen. »Wir müssen uns konzentrieren«, sagte er ruhig. »Moreau mag sich für unschlaaagbar halten, aber von Knoten versteht er nichtsss. Versuch mal, hin und her zu rutschen. Mein Seil löst sich schon.«

»Was bringt uns das? Wir bleiben trotsssdem Gefangene in diesem Keller. Die Tür kriegen wir nie auf.«

»Sei nicht so pessimischtisch! Hast du nicht gemerkt, wie nervös Moreau war? Unser Auftauchen hat ihn aus dem Kenzopt, Konzept gebracht. Er musste improvisieren und hat dabei Fehler gemacht.« Jules rieb mit dem Gesäß weiter auf den Tauen, stieß sich dabei immer wieder mit den Füßen vom Boden ab und gewann mehr und mehr an Bewegungsfreiheit.

»Fehler?«, fragte Lino, der es Jules mit beschwerlichem Stöhnen gleichtat. »Welchen denn zum Beispiel?«

»Er hat versäumt, mich sssu durchsuchen.«

»Warum auch? Deine Pistole hast du ihm ja freiwillig überlassen.« Lino lachte glucksend.

Jules ging über diese Spitze hinweg. »Hätte Moreau meine Jacke abgetastet, wäre ihm mein Handy aufgefallen.«

»Du hast…« Linos anfängliche Ungläubigkeit schlug in übertriebene Begeisterung um. »Du hast dein Handy dabei?«

»Ja, und sobald ich diesen Strick los bin, alarmiere ich Lautner. Er soll die Gendarmerie mobile in Bewegung setzen, um Moreau abzufangen. Wäre doch gelacht, wenn wir den Kerl nicht erwiiischen!«

Stöhnend, ächzend und immer wieder fluchend rieben die beiden Männer ihre Hinterteile auf den Sitzflächen der Schemel. Sie erreichten, dass die Stricke lockerer wurden, hatten aber nicht genug Spiel, um ihre Hände zu befreien.

Nach minutenlangem, kräftezehrendem und doch erfolglosem Bemühen gab Jules auf. »Wir müssen es anders versuchen.«

»Wie denn?« Von Linos kurzzeitigem Überschwang war nichts übrig geblieben.

»Probieren wir, die Stühle umzuwerfen!«, schlug Jules vor und begann, mit dem Oberkörper hin und her zu schaukeln.

»Bist du verrückt?«, protestierte Lino. »Wir fallen auf den Boden! Das tut weh.«

»Das ist mein Zzziel!«, rief Jules und schaukelte umso kräftiger.

Da beide mit dem Rücken an die Weinpresse fixiert waren und auch diese in Bewegung geriet, konnte sich Lino nicht gegen Jules' Aktion stemmen. Auch er wankte nach rechts und dann nach links …

Ein schepperndes Geräusch ließ sie innehalten. Jules glaubte seinen Augen nicht zu trauen: Vor seinen Füßen lag plötzlich ein Schweizer Taschenmesser.

»Was ist das?«, fragte er stammelnd.

»Das brauche ich zum Angeln«, antwortete Lino.

»Du hast ein Messer dabei? Warum hast du das nicht früher gesagt?« Der Ärger erlangte für kurze Zeit die Überhand über seine Trunkenheit. »Wir hätten die Seile durchschneiden können.«

»Ich habe nicht dran gedacht.«

Jules stellte den ungelenken Versuch an, das Messer mit den Fußspitzen zu sich herzuziehen. Doch er kam nicht dran. Und selbst wenn es ihm gelungen wäre, hätte er es nicht aufheben können.

Also machte er da weiter, wo er aufgehört hatte, und brachte seinen Oberkörper ins Schwingen. Nun tat es Lino ihm freiwillig gleich. Die Weinpresse hinter ihnen quietschte, das Holz unter ihnen ächzte.

Die schmalbrüstigen Hocker machten diese Tortur nicht lange mit. Erst brach Linos Schemel entzwei, gleich darauf barst Jules' Sitzgelegenheit. Schmerzhaft landeten die beiden Männer auf den Steinplatten. Jules musste sich erst sammeln, bevor er sich vom Erfolg ihres Unternehmens überzeugen konnte. Zögerlich bewegte er zunächst seine Füße. Fehlanzeige, sie waren noch immer verzurrt. Anschließend probierte er es mit den Händen: Auch diese hingen fest im Strippengewirr. »*Putain!*«, fluchte er.

Lino antwortete diesmal nicht mit einem Gegenfluch, sondern raunzte vergnügt. Er hatte mehr Glück als Jules und bekam beide Handgelenke frei. Sodann machte er sich daran, auch seine Füße loszubinden.

»Gut!«, lobte Jules. »Jetzt bin ich dran. Mach die Fesseln losss!«

Lino robbte an ihn heran und versenkte seine Wurstfinger in dem Knäuel. Umständlich löste er Knoten um Knoten und blies Jules dabei seine Weinfahne ins Gesicht. Die Zeit, die er benötigte, erschien Jules wie eine Ewigkeit.

»Aufstehen!«, ordnete Jules den nächsten Schritt an.

»Kann ich nicht«, lautete die Antwort.

Jules versuchte vorzumachen, wie es ging, rutschte aber immer wieder in der Weinlache aus, die sich unter ihren Schemeln gebildet hatte. Genauso wenig gelang es ihm, sich an der Weinpresse hochzuziehen. Sein Zustand ließ es nicht zu, dass er sich vom Fleck bewegte oder gar eine aufrechte Position einnahm.

»Is doch egal«, befand Lino. »Telefonieren wir eben im Sitzen.«

Jules nickte, tastete seine Jacke nach dem Handy ab und zog es umständlich hervor. Kaum meinte er, es in seiner Hand zu halten, entglitt es ihm und fiel zu Boden.

»*Merde!*« Lino sah ihn über seine rot leuchtende Nase hinweg an. »Hoffentlich ist es nicht kaputt.«

Jules zuckte die Achseln, bückte sich, kippte dabei beinahe kopfüber um, wurde aber von Lino am Kragen festgehalten. Er hob das Handy auf und schaute auf das Display. Jules sah es erst doppelt und dann sogar dreifach vor sich und war nicht imstande, das Gerät einzuschalten. Erst als er ein Auge zukniff und alle seine Konzentration zusammenfasste, schaffte er es.

»Und?«, fragte Lino mit aufkeimender Hoffnung, als er das Display aufleuchten sah. »Funkssioniert es?«

»Ja«, sagte Jules triumphierend, um es gleich darauf frustriert beiseitezulegen. »Kein Empfang. Die Mauern sind zu dick.«

Damit war ihre letzte Hoffnung zunichtegemacht, den Weinkeller in nächster Zeit verlassen zu können.

Lino verzichtete auf eine weitere Wiederholung seines bevorzugten Schimpfworts. Er rückte ein Stück zur Seite, bekam eine von Moreaus abgestellten Flaschen zu fassen und hielt sie gegen das gelbe Licht der Deckenlampe. »Hier ist noch was drin. Wäre ssschade, es verkommen zu lassen.« Er setzte die Flasche an, trank und reichte sie an Jules weiter.

»*À ta santé*«, fügte sich Jules seinem Schicksal.

»*Den liebsten Bulen, den ich han, der ligt beim Wirt im Keller: Er hat eyn höltzins Röcklin an und heisst der Muskatteller*«, schmetterte Lino aus Leibeskräften. »*Er hat mich nechtern trunken g'macht und fröhlich disen Tag vollpracht, drumb geb ich jm eyn gute Nacht.*«

Jules verstand kein Wort von dem, was sein Leidensgenosse sang, und hielt dagegen, indem er genauso lautstark die *Marseillaise* anstimmte, die, wie Lino ihm weiszumachen versuchte, auch von einem Elsässer geschrieben worden war. Im Wettstreit der Barden schenkten sie sich nichts und legten eine Pause nur dann ein, wenn sie einen neuen Wein verkosten wollten.

Im Delirium verlor Jules nicht nur jegliches Zeitgefühl, sondern auch jeden Sinn für die Realität. Seine eigene Lage kam ihm mittlerweile derart verrückt und surreal vor, dass er sich in einen wilden Traum versetzt fühlte. Anfangs hatte er dagegen aufbegehrt und immer wieder auf sein Handy gestarrt. In der Hoffnung, es möge doch wenigstens ein einziger Empfangsbalken auftauchen. Aber nichts dergleichen geschah. Und so ließ er sich eher resigniert als bereitwillig von Lino nachschenken und probierte sich durch die Kabinettweine der letzten Jahrgänge.

Sie waren gerade dabei, das altbekannte Volkslied *Sur le pont d'Avignon* zu intonieren und sich dabei klirrend mit zwei frisch entkorkten Flaschen zuzuprosten, als Jules ein dumpfes Dröhnen wahrnahm. Er war viel zu betrunken, um die Quelle dieses Geräuschs ausmachen zu können. Immerhin registrierte er, dass es sich wiederholte.

»Dasss kommt von der Tür«, stellte er fest und versuchte, seinen Zeigefinger in etwa in diese Richtung auszustrecken.

»Was kommt von wo?« Lino sah ihn weinselig an.

»Das, das, das …« Jules fehlten die Worte.

Die brauchte er auch nicht mehr, denn im selben Moment flog das schwere Tor mit einem lauten Krachen auf. Die Strahlen starker Taschenlampen fluteten den Raum, sodass Jules geblendet seine Hände vor die Augen hielt. Gleich darauf hörte er Rufe und das Trampeln von Stiefeln. Noch ehe er begriff, was vor sich ging, packten ihn kräftige Hände unter den Achseln und zogen ihn in die Höhe.

Jules nahm seine Hände herunter, öffnete blinzelnd die Augen und sah sich von schwarz gekleideten Gestalten mit Schutzhelmen umringt. Anhand ihrer Abzeichen, die er verschwommen wahrnahm, konnte er sie zuordnen. »Die *mobile* sind da«, raunte er Lino zu. »Was für ein Glück.«

»Hätten sich ruhig mehr ZZZeit lassen können«, lallte Lino. »Wir haben etliche Jahrgänge nicht geschafft.«

Aus den Reihen der Spezialeinheit, die vor Jules' Augen wie wild gewordene Marionetten zu tanzen schienen, kristallisierte sich eine Figur heraus, die nicht zum Rest der Truppe passen wollte. Zwar sah er auch sie nur unscharf und verwackelt, erkannte sie jedoch an ihrem Parfüm. »Joanna?«

»Geht es dir gut, Jules?« Ihre Stimme hörte sich an wie aus einer anderen Welt.

»Den Umständen entsprechend«, sagte Jules um eine einigermaßen klare Aussprache bemüht. »Er hat uns gezzzwungen.«

»Zum Trinken?« Die Untersuchungsrichterin klang nicht überzeugt.

»Wie hasss... wie hast du uns gefunden?«, wollte Jules wissen.

»Dafür darfst du dich bei Adjutant Lautner bedanken. Nach seiner erfolglosen Suche nach Lino hat er mich eingeschaltet. Gemeinsam haben wir eins und eins zusammengezählt und sind dich suchen gegangen. Ich hoffe, euch beiden ist klar, wie fahrlässig ihr gehandelt habt.«

Diese Worte, die ihn wie durch ein Echo verstärkt erreichten, lösten eine Reaktion in seinem alkoholdurchtränkten Gehirn aus. Ein Funke Verantwortungsbewusstsein stob auf, sein Körper straffte sich. »Moreau!«, stieß Jules aus. »Er ist auf der Flu, Flu, Flu...«

»Flucht?«, riet Joanna. »Wie ist er entkommen? Mit seinem Auto?«

Jules nahm an, dass es so war, und nickte.

»Keine Sorge«, sagte Joanna. »Ich lasse ihn sofort zur Fahndung ausschreiben. In ein paar Minuten wird jede Streife im Umkreis nach seinem Kennzeichen Ausschau halten.« Sie gab einem der Gendarmen einen Wink, woraufhin der mit seinem Walkie-Talkie in der Hand ins Freie eilte.

Aber Joanna wusste noch zu wenig. Jules musste ihr mehr Details über Moreaus Fluchtplan mitteilen. Während die Regale und Fässer um ihn zu kreisen begannen, sammelte er noch einmal all seine Kraft für ein Minimum an Konzentration. Wieder brachte er nur die drei Buchstaben F, L und U heraus: »Flu, Flu, Flu…«

»Flughafen?«, tippte Joanna. »Den lasse ich überwachen!«

Gut, dachte Jules erleichtert, doch schon formte sich der nächste Gedanke in seinem vernebelten Kopf: Er durfte die Jagd nach Moreau nicht allein den anderen überlassen! Er musste dabei helfen, den Flüchtigen zu stellen! Diese fixe Idee vor Augen machte er einen Schritte nach vorn, hob die Hand und wollte sagen: »Ich komme mit!«

Doch sein Artikulationsvermögen ließ ihn nun vollends im Stich. Außer ein paar undefinierbaren Lauten bekam er nichts mehr heraus. Dann gingen auch noch die Lichter aus. Jules kippte vornüber und fiel Joanna Laffargue direkt in die Arme.

LE SEPTIÈME JOUR

DER SIEBTE TAG

Seine dunkle Sonnenbrille schützte ihn zwar vor ungebetenen Blicken auf seine rot unterlaufenen Augen, jedoch nicht gegen die Kopfschmerzen, die ihn plagten. Mal stechend und bohrend, mal dröhnend und trommelnd wie ein Schlagzeugsolo mitten in seinem Hirn.

Clotilde servierte ihm zum Frühstück einen Milchkaffee, dazu seine geliebten *pains au chocolat*. Doch die verschmähte er heute und ließ sie auf dem Porzellantellerchen liegen.

»Ein schwerer Kopf?«, diagnostizierte die Wirtin treffend. »Ich hoffe nicht, dass ich die Schuld daran trage.«

»Wie sollten Sie?«, fragte Jules, wobei jedes seiner Worte neue Attacken von Schmerzen auslöste.

»Ich habe Sie dazu verleitet, Weißwein zu trinken. Nach all dem, was man über gestern Abend hört …«

»Hat sich das tatsächlich schon herumgesprochen?«, fragte Jules. Ihn wunderte in dieser Stadt bald gar nichts mehr.

»Immerhin handelt Moreau mit den besten Weinen weit und breit«, beeilte sich Clotilde zu beteuern. »Es hätte Sie weitaus schlimmer treffen können.«

Jules wusste diesen Trost durchaus zu schätzen. Dankbar lächelnd nahm er einen Schluck Kaffee und sah, wie hinter Clotildes Rücken ein Gast auftauchte. Erst auf den zweiten Blick erkannte er Joanna.

Mittlerweile war er es gewohnt, dass sein Puls jedes Mal in Wallung geriet, wenn er die Untersuchungsrichterin sah. Diesmal machte sein Herz einen gewaltigen Hüpfer, als sie ihm engelsgleich entgegenschwebte. Luftig leicht und elegant, ihre Füße schienen den Boden nicht zu berühren. Jules sah in ihr aufgeschlossenes, hübsches Gesicht, ließ sich von ihrem neugierig forschenden, gleichzeitig verlangenden Blick einfangen und schnupperte ihren charakteristischen Duft. Er grinste sie an, fühlte sich ihr gegenüber willenlos und ergeben, wobei er nicht wusste, ob er seine Reaktion dem Restalkohol in seinem Blut zuschreiben konnte oder ob er drauf und dran war, sich ernsthaft zu verlieben.

Kaum setzte sich Joanna zu ihm, zog sich Clotilde zurück. Joanna richtete sich auf dem Stuhl neben ihm ein, schlug die Beine übereinander und spielte mit der linken Hand an einer Perlenkette, die den Ausschnitt ihrer Seidenbluse zierte.

Sie musterte ihn aufmerksam, bevor sie sich fürsorglich erkundigte: »Hast du die Tortur einigermaßen verkraftet?«

»Der gute Ausgang macht den ganzen Ärger wieder wett«, überspielte Jules sein mieses Befinden. »Du hast mich vor dem sicheren Tod durch Alkoholvergiftung bewahrt. Denn wenn ihr nicht aufgekreuzt wärt, hätten Lino und ich uns auch noch durch den Rest der Weinvorräte gesoffen.«

Joanna schmunzelte, legte ihre zarten Finger an seine Brille und hob sie an. »Ein schlimmer Kater, was?«

»Der schlimmste seit einer Absinth-Party im Ferienlager«, gab Jules zu.

»Damit du beruhigt bist, wir haben ihn geschnappt.«

»Moreau?« Jules war augenblicklich hellwach. »War die Fahndung erfolgreich?«

»Wie man's nimmt. Eigentlich haben wir es eher einem Zufall zu verdanken. Moreau war mit seinem demolierten BMW auf einem Schleichweg unterwegs in Richtung Flughafen. Dabei fiel er einer Streife der Police municipale auf, die ihn wegen seiner defekten Rücklichter anhalten wollte. Sein Versuch, sich der Kontrolle zu entziehen, ist mit einem Schuss in die Reifen verhindert worden.«

Jules freute sich aufrichtig. »Wurde er schon verhört? Konntest du Moreau auf sein Geständnis, das er Lino und mir gegenüber abgelegt hat, festnageln?«

»Nein, er hat noch in der Nacht seinen Anwalt aus dem Bett geklingelt, und der verpasste ihm prompt einen Maulkorb. Wahrscheinlich bereut Moreau es zutiefst, euch beiden gegenüber so redselig gewesen zu sein. Aber in seinem Fall gilt wohl der alte Spruch: Hochmut kommt vor dem Fall.«

»Der Anwalt wird sich schwertun, gegen Lino und mich als Belastungszeugen anzukommen«, gab sich Jules zuversichtlich.

»Und ihr bekommt sogar noch Verstärkung von einer dritten Zeugin. Ich habe vorhin mit dem Krankenhaus telefoniert. Madame Cantalloube geht es besser. Sie brennt darauf, eine Aussage gegen Moreau abzulegen.« Joannas Mund umspielte ein zufriedenes Lächeln. »Alles in allem kann ich sagen: *Chapeau*, Major! Das war ein gelungener Einstieg im neuen Job.«

»Du siehst mir meine Alleingänge also nach?«, hoffte Jules.

»Solange sie letztlich zum Erfolg führen, kann ich damit leben«, sagte sie versöhnlich.

Jules hätte sie dafür am liebsten in den Arm genommen, doch unterdrückte er diesen Impuls der tiefen Zuneigung jäh, als er an die Gerüchte über die Richterin dachte.

»Was ist?«, fragte sie, kaum dass sie die Veränderungen in Jules' Ausdruck bemerkte.

»Ach, nichts weiter«, versuchte er seine Gedanken zu überspielen.

»Ich habe einen anderen Eindruck«, widersprach Joanna. »Du hast Berührungsängste, und ich kann mir gut vorstellen, woher sie kommen.«

»Berührungsängste? Warum sollte ich?«

»Weil du mich für eine männerfressende Karrieristin hältst. Eine Gelegenheitsnymphomanin, die nichts anbrennen lässt. Stimmt's oder habe ich recht?«

»Ich, äh …« Jules spürte, wie sich ihm die Kehle zusammenschnürte. Er fühlte sich in die Ecke gedrängt.

Joanna befreite ihn daraus, indem sie offen und herzhaft lachte. »Man hat dir die Geschichte von deinem Vorgänger aufgetischt, ja? Dass ich mich an ihn herangemacht hätte, er mir einen Korb gegeben und ich ihn aus Rache diskreditiert hätte.«

»Trifft es denn nicht zu, dass du für seine Versetzung gesorgt hast?«

»Doch, es trifft zu«, sagte Joanna ganz offen. »Aber die Gründe dafür lagen ganz woanders. Ich möchte hier keine schmutzige Wäsche waschen, nur so viel: Dein Vorgänger war die Inkompetenz in Person. Eitel wie ein Gockel, jedoch bar jeglicher Fachkompetenz. Als er erfuhr, dass ich mich an höherer Stelle über ihn beschwert hatte, platzierte er geschickt die Gerüchte über mich, die die Rebenheimer natürlich begierig aufsaugten. Das ist ihnen nicht zu verdenken, denn was gibt es für einen reizvolleren Tratsch als den über eine sexsüchtige Richterin?«

Jules freute sich über Joannas Offenheit, die einiges klärte. Erleichtert sagte er: »Ich bin froh, dass nichts dran ist an dieser üblen Nachrede. Und noch mehr darüber, dass du mir eine höhere Kompetenz zugestehst als dem letzten Chef der Gendarmerie. Und ganz ehrlich, ich freue mich auf die weitere Zusammenarbeit mit dir.«

Darauf schlug Joanna die Augen nieder. Weil sie sich geschmeichelt fühlte, aus Verlegenheit oder beides, vermochte Jules nicht zu beurteilen. Sie wechselte das Thema und fragte: »Wie schaut es eigentlich mit deiner Wohnungssuche aus? Bist du schon weitergekommen?«

»Kein Stück. In dem ganzen Trubel blieb überhaupt keine Zeit dafür.«

»Dann bleibst du Clotilde also erhalten.«

»Es sieht beinahe so aus. Aber das hat ja auch sein Gutes. Bei ihr werde ich wenigstens nicht verhungern.«

Kleine Grübelfältchen zeichneten sich auf ihrer Stirn ab, als Joanna vorschlug: »Ich wüsste da noch eine andere Lösung. Bist du handwerklich begabt?«

Jules wunderte sich ein wenig über diese Frage. »Zumindest habe ich keine zwei linken Hände.«

»Wie wäre es dann mit dem Hauensteinschen Hof? So wie die Dinge stehen, ist er wieder zu haben. Dort hättest du dein eigenes Reich. Beim Kochen könnte ich dir hin und wieder unter die Arme greifen. Und du hättest sogar deinen eigenen Weinberg.«

»Weißweinberg«, präzisierte Jules lachend. »Dann müsste ich zuallererst die Rebsorte austauschen.«

Sie knuffte ihn in den Arm. »Ach was! Gib zu, dass du dich mit unserem Weißen inzwischen ganz gut angefreundet hast.« Mit etwas ernsterem Ton fuhr sie fort: »Apropos Hauensteinscher Hof, der Mord von 1945 ist nach wie vor ungeklärt. So wie ich dich einschätze, wirst du es nicht dabei bewenden lassen.«

»Mord verjährt nicht«, meinte Jules vielsagend.

»Dann mach dich darauf gefasst, dass du dich mit dem ein oder anderen Alteingesessenen anlegen musst.«

»Darin habe ich nach meiner ersten Woche in Rebenheim schon reichlich Übung. Und auf deine Hilfe kann ich zählen, oder?«

Joanna lächelte ihn tatenfroh an. »Ganz bestimmt!«

In einer Geste des Überschwangs kam Jules mit der Hand an seinen Frühstücksteller, ein Messer fiel zu Boden. Als er sich gleichzeitig mit Joanna danach bückte, stießen sie beinahe mit den Köpfen zusammen. Dicht beieinander, zum Küssen nahe, sahen sie sich tief in die Augen. Ihr Atem streichelte sein Ohr. In diesem Moment wusste Jules, dass es spätestens jetzt um ihn geschehen war. Royan schien in weite Ferne gerückt. Er war endgültig angekommen in seiner neuen Heimat.

Das Klingeln seines Handys ließ Jules zusammenzucken. Er richtete sich auf und schaute aufs Display: Es war Lilou.

REMERCIEMENTS

Elsass-Kenner werden es schnell bemerkt haben: Das idyllische Städtchen Rebenheim, hinter dessen Fachwerkfassaden das Verbrechen lauert, gibt es im wahren Leben nicht. Würde es existieren, läge es irgendwo zwischen Colmar und Strasbourg an der Weinstraße. Ich danke Jacques Poulet für seine Hilfe beim Entwurf des Stadtplans.

Ein besonderer Dank geht zudem nach Strasbourg an Marie-Anne Tan und Lieutenant Nadia Boughani für ihre wertvollen Tipps und Anregungen.

Ein Dank für die medizinische Beratung gebührt Karsten und Christiane Naumann, für seine Radler-Kenntnisse Tilmann Volk und für die fotografische Begleitung Ralf Lang und Anna Engel. Ich danke meinen kritischen Testlesern Uwe Meier, Sabine Gräwe, Kathrin Winkler sowie meiner Frau Susanna, meinen Eltern und meiner Schwiegermutter.

Ich hoffe, Jules Gabins erster Fall hat Ihnen gefallen und Sie möchten noch weitere Morde an der Seite des Majors aufklären.

Cordiales salutations,
der Autor

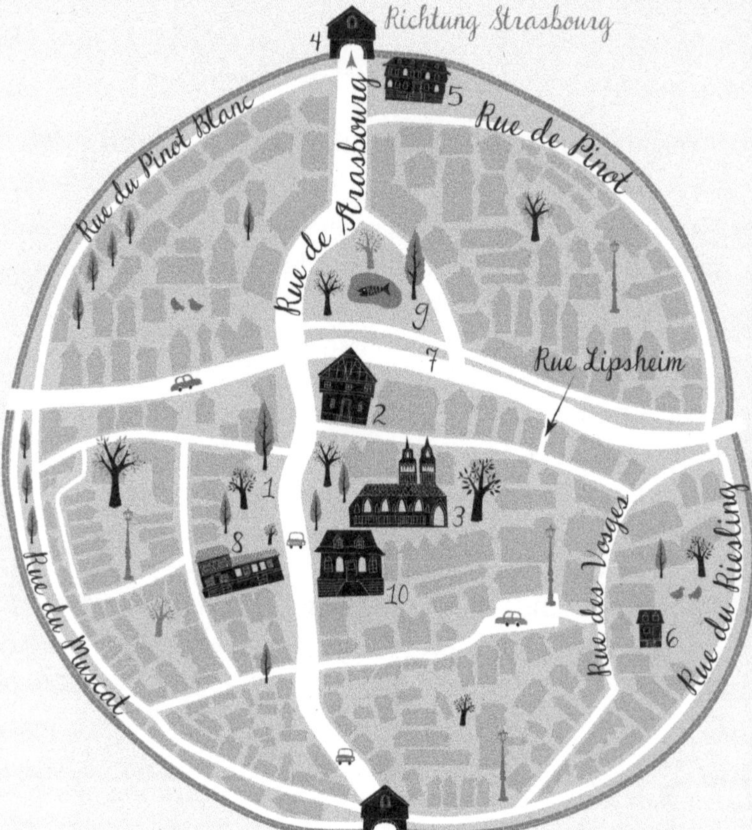

1 Place Turenne
2 Corps de Garde
3 Notre Dame des Trois Epis
4 Porte de la Ville
5 Auberge de la Cigogne
6 Brasserie
7 Rue du Ruisseau à truites
8 Office de Tourisme
9 Parc de Noyer
10 Mairie